KB268657

마왕출사 2

청산 新무협 판타지 소설

초판 1쇄 찍은 날 § 2006년 11월 16일
초판 1쇄 펴낸 날 § 2006년 11월 26일

지은이 § 청산
펴낸이 § 서경석

편집장 § 문혜영
편집 § 서지현 · 심재영

펴낸곳 § 도서출판 청어람
등록번호 § 제1081-1-89호
등록일자 § 1999. 5. 31
어람번호 § 제2-1063호

주소 § 경기도 부천시 원미구 심곡1동 350-1 남성B/D 3F (우) 420-011
전화 § 032-656-4452 팩스 § 032-656-4453
http://www.chungeoram.com
E-mail § eoram99@chollian.net

ISBN 89-251-0405-9 04810
ISBN 89-251-0403-2 (세트)

魔王出師

마왕출사

청산 新무협 판타지 소설

청산 新무협 판타지 소설

Fantastic Oriental Heroes

2

마왕인가, 영웅인가

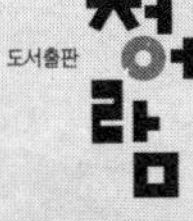

魔王
佛師
목차

제 11 장

눈을 떠보니 지옥

1

　전신이 으스러질 것 같은 고통과 충격은 결코 꿈이 아니었다.

　백 길 높이에서 떨어져 급류에 휘감기는 순간 그는 심장이 터질 것만 같았다. 만일 바닥이 바위투성이였다면 그의 몸이 아무리 단단해도 분신쇄골을 면치 못했을 것이다.

　콰류류류!

　가파른 협곡을 타고 흐르는 급류의 물소리가 마치 천둥소리 같았다. 협곡 벽을 이리저리 부딪치는 급류에 따라 백무향도 부유하는 나무토막처럼 이끌렸다.

　물살에 휘감기며 바위에 머리가 부딪치면서 그는 그만 정신을 잃고 말았다.

죽은 것일까?

눈을 뜬 백무향은 칠흑 같은 암흑을 대하자 자신이 살아 있는 것인지 죽은 것인지 분간을 할 수 없었다. 또한 온몸이 마비된 것인지, 아니면 육신이 모두 으스러진 것인지 손끝 하나 까딱할 수 없었다.

그는 혼미한 정신을 일깨우면서 기억을 더듬어보았다.

백괴문의 귀명소악에게 화혈독비를 맞은 후 도주하다가 협곡에 떨어진 것까지는 분명했다. 그 후 정신을 잃었고, 아무것도 기억할 수 없었다.

그는 혀와 입술을 깨물어보았다.

아팠다. 영혼이 아픔을 느끼지 못한다는 말이 사실이라면 그는 아직 죽은 것이 아니다.

'어라? 내가 아직 살아 있는 건가?'

조금씩 정신이 들자 머리와 옆구리 부위에서 욱신욱신 통증이 느껴졌다.

어찌 된 일인지 화혈독비에 의한 맹독은 해독이 된 것 같았다. 머리의 통증은 급류에 휩쓸리면서 받은 타박상이라 크게 문제될 것이 없었다.

'그래, 내가 죽지 않은 것이 확실해.'

그는 정신을 일깨워 자신이 처한 상황을 정확히 가늠해 보았다. 팔목과 발목의 차가운 감촉으로 미루어 쇠로 결박된 채

벽에 세워져 있음을 알게 되었다.

'대체 여기는 어디야? 왜 날 죄수처럼 묶어놓은 거지?

이때 어둠 속에서 소란스러운 움직임이 들려왔다.

철그렁!

쇠사슬이 풀리는 소리에 이어 철문이 활짝 열리며 환한 불빛이 스며들었다.

백무향은 갑작스런 불빛을 대할 수 없어 눈을 질끈 감았다.

한데 허공을 가르는 예리한 파공성과 함께 채찍이 그의 몸을 세차게 강타했다.

짜악― 짝!

살가죽이 벗겨지는 고통에 백무향을 눈을 번쩍 떴다.

"뭐, 뭐야?"

횃불을 밝혀 든 자를 대한 그는 그만 입이 딱 벌어지고 말았다.

상체를 드러낸 자들은 인간의 몸을 지니고 있었지만 모습은 인간이 아니었다. 목 위로는 소와 말의 형상이었던 것이다.

백무향은 순간적으로 지옥의 옥졸(獄卒)들을 떠올렸다.

어렴풋한 기억이지만 지옥의 옥졸들만이 우두마면(牛頭馬面)을 지녔다고 들은 것이다.

그를 직시하는 그들의 눈빛은 황달이 걸린 눈처럼 노랬다. 게다가 불타오르는 해골을 횃불 삼아 들고 있었기에 영락없는 지옥의 옥졸들로 보였다.

그의 입이 절로 쩍 벌어졌다.

'맙소사! 내가 지옥에 떨어졌단 말인가?'

짜악짜악! 퍽퍽!

채찍과 낭아곤이 사정없이 날아들었다.

백무향은 영문도 모르는 상태에서 얻어맞아야 했다. 자신이 무슨 잘못을 했는지 몰랐고, 그들이 어떤 자들인지도 알지 못했다. 반발을 하려 해도 벽에 박힌 쇠고리에 사지가 결박돼 있어 꼼짝할 수가 없었다.

부아가 치민 백무향이 악을 쓰듯 외쳤다.

"그만두지 못해, 이 짐승 대가리들아!"

그의 호통에 우두옥졸과 마두옥졸의 매질이 잠시 중단되었다. 그들은 어처구니가 없는 듯 서로를 바라보았다.

"혹시 미친놈 아냐?"

"비명을 질러도 시원치 않은데 감히 호통을 쳐?"

"그것참, 교룡편과 낭아곤에 얻어맞고도 비명 한 번 지르지 않는 것을 보면 몸뚱이가 제법 단단한 것 같군."

백무향은 그들을 쏘아보며 엄중하게 경고했다.

"모두 뒈지기 전에 당장 결박을 풀어라!"

"뭐야?"

"어서 결박을 풀란 말이다!"

"크흐흣, 뭐 이런 새끼가 다 있어?"

　낭아곤을 쥔 우두옥졸들이 그의 어깨며 가슴, 옆구리 할 것 없이 마구 내려쳤다. 낭아곤의 늑대 이빨 같은 가시 철침에 피부가 찢기며 피가 흘러내렸다.

　백무향은 몸의 고통보다 자존심이 상했다. 이런 옥졸 나부랭이들한테 얻어맞을 그가 아니었기에 이가 부득부득 갈렸다.

　“오, 오냐! 결코 용서치 않겠다, 이 짐승 대가리들아!”

　지독한 매질에도 그가 굴복하지 않자 오히려 때리던 우두옥졸들이 지칠 정도였다.

　“헉헉! 이건 웬 괴물이야?”

　“고통도 모르는 놈이란 말인가?”

　백무향은 손목과 발목을 옥죈 결박을 끊으려 했지만 진기가 전혀 운기되지 않았다. 눈길을 돌려 몸을 살펴보니 경혈마다 굵은 침이 깊숙하게 박혀 있었다. 공력을 제압하기 위한 가장 강력한 제맥술이었다.

　백무향은 빠르게 생각을 굴렸다.

　‘일단 이곳이 어디인지 알아야 한다. 탈출할 수 있는 상황인지 확인한 후 철침을 뽑아내도 충분해.’

　이때 뇌옥의 문이 열리며 검은 장포를 걸친 자가 들어섰다.

　그 역시 탈바가지를 쓰고 있었는데 소나 말의 형상이 아니라 귀신 형상의 귀면탈이었다. 옥졸들보다 신분이 높은지 그를 대한 우두옥졸과 마두옥졸이 황급히 허리를 꺾었다.

“귀면사령(鬼面使令)을 뵈오이다.”

귀면탈을 쓴 사령이 뒷짐을 진 채 느릿느릿 걸음을 옮겼다.

“이놈이 실토를 했느냐?”

마두옥졸 하나가 조심스럽게 대답했다.

“송구하오이다, 사령. 놈이 깨어난 지 얼마 안 돼 아직······.”

“뭐야?”

귀면사령이 흉흉한 안광을 발하자 옥졸들이 급히 한쪽 무릎을 꿇었다.

“요, 용서하십시오. 곧 놈의 정체를 밝혀내겠소이다!”

“한심한 새끼들!”

귀면사령이 백무향 앞으로 다가서며 오만한 어조로 물었다.

“네놈은 어떻게 본 지옥마부(地獄魔府)에 잠입한 것이냐?”

“이봐, 난 이곳이 어디인지도 몰라. 그냥 급류에 휩쓸렸는데 정신을 차려보니 이곳에 와 있는 거라고. 한데 왜 나를 결박하고 다짜고짜 패는 거냐?”

“네놈 이름이 뭐냐?”

“난 백무향이다.”

“백무향? 어느 문파 소속이냐?”

“그런 거 없어.”

“큭, 아무래도 쓴맛을 봐야 할 놈이로군?”

귀면사령이 장포 자락을 밀치자 폭이 넓은 가죽 허리띠가 드러났다. 허리띠에는 무수한 고문 도구가 촘촘하게 꽂혀 있었다.

집게를 뽑아 든 그는 백무향의 새끼손가락 손톱을 가차없이 뽑아버렸다.

"악!"

백무향이 진저리를 치자 그는 이번에는 무명지 손톱을 집게로 물었다.

"소속을 밝혀라."

백무향은 심장이 터질 것만 같았다. 청와태세와 혈번취왕까지 격파한 그의 위세가 말이 아니었다.

백괴문의 귀명소악에게 기습을 당해 흑도 무리들에게 쫓긴 것도 부족해 괴상한 탈바가지를 쓴 자들에게 손톱까지 뽑히는 고문까지 당하고 있으니 스스로 생각해도 한심하기만 했다.

그는 귀면사령을 향해 침을 뱉었다.

"멍청한 새끼, 내가 지녔던 뇌천검을 보고도 내 신분을 모른단 말이냐?"

"뇌천검?"

귀면사령은 마두옥졸들을 돌아보았다.

"뇌천검이라니? 이놈이 정녕 전설의 뇌천검을 지녔단 말이냐?"

"놈이 검을 쥐고 있었던 것은 사실이외다. 하오나 속하들

은 반사귀장께 즉시 상납했기에 무슨 검인지는 모르오이
다.”

　“그래?”

　귀면사령은 집게를 가죽 띠에 끼우고는 송곳을 뽑아 들었
다. 송곳을 백무향의 눈알 앞에 댄 그가 물었다.

　“네놈이 대체 누구인데 뇌천검을 지녔단 말이냐? 거짓을
고한다면 네놈의 눈알부터 파버리겠다.”

　백무향은 눈을 부릅뜬 채 그를 직시했다.

　“내가 바로 뇌천검제다, 이 귀신 나부랭이야! 모두 뒈지기
전에 당장 결박부터 풀어!”

　워낙 등등한 기세에 귀면사령은 그만 주눅이 들고 말았다.
백무향과 눈을 마주친 그는 슬며시 송곳을 내렸다.

　“큭, 네놈이 뇌천검제라고? 이미 이백 년 전에 죽은 귀신이
이곳 지옥마부로 끌려왔단 말이냐?”

　“죽기는 누가 죽었다는 거냐? 난 이백 년 동안 잠들었다가
얼마 전 깨어났단 말이다!”

　“미친 새끼, 뇌천검제의 이름은 국창해(國蒼海)다. 네놈이
뇌천검제 흉내를 내려면 최소한 이름 정도는 알고 있었어야
지?”

　귀면사령은 송곳을 백무향의 턱밑에 들이댔다.

　“네놈을 귀장께 데려가겠다. 네놈이 어떤 형벌을 받을지는
귀장께서 판결을 내리실 것이다.”

그는 뒤로 물러서며 송곳을 가죽 띠에 끼워 넣었다.

"놈의 결박을 풀어줘라."

"예, 사령."

우두옥졸이 백무향의 결박을 풀어주었다.

탈진한 그가 털썩 주저앉자 우두옥졸 둘이 좌우에서 그의 팔을 끼고 일으켜 세웠다.

"가자."

귀면사령이 앞서 뇌옥을 나서자 옥졸들이 뒤를 따랐다. 백무향은 두 옥졸에 의해 거의 이끌리다시피 하며 두 발을 질질 끌었다. 물론 그가 탈진할 만큼 기력이 쇠약해진 것은 아니었다. 상대의 방심을 유도하기 위해 짐짓 탈진된 모습을 보인 것이다.

뭇매를 맞았지만 그의 육신은 워낙 단단해 피부가 벗겨지는 찰과상을 입었을 뿐 골병이 들 정도는 아니었다. 게다가 그는 암암리에 진기를 운집하고 있었다.

본래 경혈에 철침이 꽂힌 상태라면 진기 운용이 불가능하다. 한데 그의 좌반신에서는 여전히 진기가 흐르고 있었다. 그 이유를 그도 알 수 없었지만 다행한 일이 아닐 수 없었다. 기회를 봐서 철침을 뽑고 진기를 순환시키면 반쪽 몸도 회복될 것 같았다.

지하 동부는 아주 복잡하게 형성돼 있었다.

처절한 비명이 메아리쳐 오르는 수직 동혈 위로 여러 개의

다리가 교차되었고, 어디로 향하는지 알 수 없는 나선형 계단들이 곳곳으로 연결돼 있었다.

오가는 자들은 대부분 우두옥졸과 마두옥졸이었으며 간혹 귀면사령도 보였다. 몇몇 죄수들이 백무향처럼 옥졸들에 의해 끌려 다니는데 팔다리가 끊어진 그들의 모습은 참담하기 이를 데 없었다.

백무향이 짐짓 무기력한 표정으로 물었다.

"대체… 이곳은 어디냐?"

귀면사령이 오만하게 턱을 치켜들며 대답해 주었다.

"지옥마부다."

"글쎄… 그 이름은 이미 들었는데… 뭐 하는 곳인지 궁금해. 그리고 무엇 때문에 탈바가지를 쓰고 다니는 거냐?"

"주둥이 닥쳐. 네놈은 귀장의 하문에만 숨김없이 답변을 하면 된다. 사실을 숨기려 한다면 네놈에게는 백 가지 독형이 주어질 것이다."

귀면사령이 차갑게 일축했지만 그 정도에 기세가 꺾일 백무향이 아니었다.

"누가 수괴냐? 아무래도 위의 놈들과 얘기를 해야 통할 것 같다. 네놈들같이 하찮은 조무래기들은 예의가 너무 없어."

"큭, 그래?"

귀면사령은 옥졸들을 멈춰 세우고는 허리춤에서 집게와

가위를 꺼내 쥐었다.

"당장 이 새끼 아가리 벌려. 나불대는 혓바닥부터 잘라 버리겠다."

백무향은 가소롭다는 듯 천연덕스럽게 응수했다.

"이봐, 나에 대해 아는 거 있어? 내 혓바닥을 잘라 버리면 내가 사실을 털어놓고 싶어도 말을 할 수가 없잖아? 네놈도 나에 대해 아는 바가 없는데 과연 네 상전이 네놈을 가만두겠느냐?"

"……."

"자, 어서 잘라봐."

백무향은 입을 벌리고 혀를 내밀었다.

귀면사령의 입에서 분노로 인해 누런 연기가 뭉클뭉클 피어올랐다. 지독한 마공을 수련했는지 냄새가 아주 고약했다.

"미친 새끼! 보고를 마친 후 산 채로 네놈의 껍데기를 벗겨 주겠다!"

귀장(鬼將)이라는 자는 비교적 높은 신분인지 동부 앞에는 귀면탈을 쓴 사령들이 경비를 서고 있었다.

옥졸들은 돌아갔고, 귀면사령이 백무향을 직접 이끌고 귀장의 동부로 들어섰다. 동부 안은 넓었고, 외부와 통하는 환기창이 나 있는지 비교적 공기도 상쾌했다.

돌 탁자를 앞에 두고 한 사람이 앉아 있었다.

탁자 위에는 뇌천검이 놓여 있는데, 주변으로 서책이 수북한 것으로 미루어 관련 자료를 검토 중인 듯싶었다.

"귀장을 뵈오이다."

귀면사령이 공손하게 예를 올리자 뇌천검을 매만지던 인물이 천천히 고개를 들었다.

끔찍하게도 얼굴 절반은 살 한 점 붙어 있지 않은 백골이었다. 누런 기운이 짙은 눈알은 중환자처럼 보였다. 그가 바로 지옥마부 귀장들의 수좌인 반사귀장(半死鬼將)이었다. 절반쯤 죽은 자라는 의미이니 적절한 별호였다.

그는 백무향에게로 시선을 돌리며 퉁명스럽게 내뱉었다.

"귀면 삼호, 죄수를 어떻게 관리했기에 감히 내 앞에서 뻣뻣하게 서 있는 것이냐?"

"소, 송구하오이다."

귀면 삼호는 백무향의 어깨를 강제로 찍어눌러 꿇어앉혔다.

자리에서 일어선 반사귀장이 뇌천검을 소매로 문질렀다.

"놈의 이름이 무엇이더냐?"

"백무향이라 하오이다."

"어디 출신이냐?"

"그게… 놈이 직접 귀장을 뵈어야 털어놓겠다 하여……."

"쓸모없는 놈. 네가 언제부터 죄수 놈들의 말에 복종하고 지냈단 말이냐?"

귀면 삼호는 황급히 부복하며 고개를 조아렸다.

"요, 용서하십시오, 귀장. 워낙 독종이라 입을 열지 않았소이다."

"그래?"

반사귀장은 백무향의 앞으로 다가섰다.

"백무향이라 하였느냐? 네놈이 어떻게 본 부에 잠입했으며, 뇌천검을 어디에서 훔쳤는지 소상하게 아뢰어라."

백무향은 몸을 일으켜 그와 마주 섰다.

"당신이 이 지옥마부라는 곳의 주인이야?"

그러자 반사귀장이 그의 어깨를 움켜쥐었다. 얼굴만 해골이 아니라 한쪽 손 역시 뼈만 앙상한 해골 손이었다.

"건방진 자식! 꿇어라!"

해골 손에서 뿜어지는 마기는 엄청났다. 백무향은 산악에 눌리는 듯한 중압감을 이기지 못하고 털썩 무릎을 꿇었다.

반사귀장은 뇌천검을 그에게 내보였다.

"이 검을 어떻게 얻었느냐?"

"본래 내 검이다."

"그게 무슨 말이냐?"

"못 알아들어? 내가 뇌천검제이니 뇌천검은 당연히 내 검이라고!"

반사귀장이 어처구니없다는 표정을 짓자 귀면 삼호가 조심스럽게 아뢰었다.

"귀장, 조금 돈 놈 같소이다. 문초를 받을 때도 자신이 계속 뇌천검제라고 우겨댔소이다."

"큭, 그렇다면 미친 새끼가 확실하군."

반사귀장은 냉소를 치며 돌아섰다.

"그래도 뇌천검은 확실하니 지존께서 귀환하실 때까지 감금해 두어라. 지존께서 직접 문초하실 것이다."

"예, 귀장."

몸을 일으킨 귀면 삼호가 백무향을 잡아끌었다.

"나가자, 미친놈."

백무향이 그의 손을 뿌리치며 반사귀장을 향해 외쳤다.

"이봐, 내가 검을 뽑으면 뇌천검제임을 인정하겠느냐?"

"……?"

"그 검은 나만이 뽑을 수 있다. 너희들이 갖고 있어봤자 장식용에 불과해."

반사귀장은 툴툴 실소를 흘렸다.

"크훗. 정말이지, 단단히 미친놈이군. 뇌천검은 오로지 뇌천진기를 지닌 자만이 뽑을 수 있다. 한데 뇌천진기는 무림 사상 유일하게 뇌천검제만이 보유했다. 한데 네놈이 정말 뇌천검을 뽑을 수 있단 말이냐?"

"검을 줘봐라. 대번에 뽑아 보일 테니까."

"만일 못 뽑으면 네놈 팔을 자르겠다. 그래도 해보겠느냐?"

백무향은 힘차게 손을 내밀었다.

"내 팔이 아니라 목을 잘라도 좋다. 어서 검이나 줘봐."

워낙 확신에 찬 모습에 반사귀장은 일순 의구심이 일었다.

그는 뇌천검의 손잡이를 쥐고는 공력을 운집했다. 하지만 앞서와 마찬가지로 아무리 용을 써도 검은 한 치도 뽑혀 나오지 않았다.

'기록을 통해 확인해 본 결과 이 검은 분명 전설의 뇌천검이다. 아마도 이놈이 뇌천검을 수중에 넣고 자신이 뇌천검제라고 착각했나 보군.'

그는 별 의심 없이 백무향에게 검을 건넸다.

"오냐. 네가 한번 뽑아봐라."

별반 기대를 하지 않았기에 그는 돌 탁자 쪽으로 걸음을 옮겼다.

"귀면 삼호, 놈이 검을 뽑지 못하고 쩔쩔매면 가차없이 팔 하나를 베어버려라. 감히 나를 능멸한 죄다."

"알겠습니다, 귀장."

귀면 삼호는 허리춤의 가죽 띠에서 톱을 꺼내 쥐었다.

독형의 전문가답게 그는 죄수들의 고통을 즐겼다. 그는 죄수들의 팔다리를 톱으로 천천히 자를 만큼 사악한 심성의 소유자였다.

뇌천검을 쥔 백무향이 가볍게 숨을 들이켰다.

'이 귀신 나부랭이들! 니들 모두 나한테 죽었어!'

잠시 잃어버린 뇌천검을 다시 되찾게 되자 절로 힘이 솟았다. 아직 몸의 좌반신밖에 공력을 운기할 수 없지만 뇌천검을 휘두를 수 있다면 누구도 두렵지 않았다.

검의 손잡이를 쥔 그는 짐짓 힘겨워하는 모습을 보였다.

돌 탁자에 걸터앉은 반사귀장은 어이가 없는 듯 실소를 지었고, 귀면 삼호는 당연히 그럴 줄 알았다는 표정으로 다가섰다.

귀면 삼호가 톱날을 혀로 스윽 핥았다.

"크훗, 미친 새끼. 어서 팔을 내밀어라. 아주 천천히 썰어 줄 테니까."

한데 이때였다. 우렛소리와 함께 눈부신 섬광이 폭사되었다.

번—쩍—!

시퍼런 번갯불이 사위로 비산되며 동부 안을 세차게 강타했다.

"캐액!"

처절한 비명성과 함께 귀면 삼호는 대번에 쪼개졌다.

"허억?"

기겁을 한 반사귀장이 훌쩍 솟구쳐 오르며 박쥐처럼 천장을 밟고 내달렸다. 백무향의 머리 위를 지나 동부 입구로 내려선 그는 경악의 표정으로 뇌천검을 직시했다.

"이, 이럴 수가! 네놈이… 어떻게 뇌천검을?"

백무향은 번갯불 형상의 검으로 그를 가리켰다.

"이봐, 반쯤 죽은 놈! 이제 내가 뇌천검제임을 믿겠느냐?"

"마, 말도 안 되는 소리 마라!"

반사귀장은 이해가 되지 않는 듯 눈을 가늘게 떴다.

"네놈이 뇌천진기를 지녔다 해도 분명 철침으로 점혈되었을 텐데 어떻게 진기를 운기했단 말이냐?"

"전설의 뇌천검제께서 그 정도에 점혈이 된다면 섭섭하지 않겠어?"

백무향은 사선으로 뇌천검을 그었다.

"네놈도 죽어라!"

번―쩍―!

거대한 번갯불이 허공을 갈랐다. 우렛소리까지 동반한 섬광의 공세에 반사귀장은 감히 맞설 엄두를 낼 수 없었다. 그는 급히 문을 통해 달아났고, 동부의 문은 대번에 박살 났다.

밖으로 피신한 반사귀장의 다급한 외침이 들려왔다.

"비상사태다! 모든 출구를 봉쇄하라!"

뇌천검을 회수한 백무향은 전신 경혈에 꽂힌 철침을 모두 뽑아냈다. 정식으로 운기조식을 취할 상황이 아니기에 그는 선 채로 진기를 회전시켰다. 기경팔맥을 따라 진기가 회전하면서 점차 공력이 되살아났다.

막혔던 경혈이 완전히 타통되자 백무향은 주먹을 불끈 쥐었다. 영문도 모른 채 옥졸들에게 매질을 당하고 귀면 삼호에게 손톱까지 뽑힌 수모에 울분이 치밀어 올랐다.

"독한 놈들, 지옥마부가 어떤 집단인지 몰라도 좋은 놈들은 아닌 게 확실해. 모조리 죽인다 해도 문제될 일은 없겠어."

그는 뇌천검을 움켜쥐고는 성큼성큼 동부 밖으로 걸음을 옮겼다.

"새끼들, 그러기에 사람을 봐서 건드렸어야지!"

퍼퍼펑—!

지옥마부의 통로가 하나씩 파괴되고 있었다.

반사귀장의 동부를 나선 백무향은 가로막는 옥졸들을 가차없이 날려 버렸다. 우두옥졸과 마두옥졸들이 머릿수를 믿고 덤벼들었지만 뇌천검의 위력은 실로 가공했다. 우렛소리와 섬광이 번득일 때마다 십여 명씩 핏물 속에 잠기고 말았다.

백무향은 굳이 옥졸들을 몰살시킬 의도는 없었다.

귀면 삼호를 비롯한 옥졸 수십 명을 죽이면서 적당히 복수를 한 상태였기에 울분도 어느 정도 해소했다. 자신의 앞길만 막지 않으면 굳이 쫓아다니면서 죽일 생각까지는 없었다.

한데 옥졸들이 기관 장치를 동원해 통로를 막고 계속해서 공격을 펼쳐 왔기에 그도 스스로를 지키기 위해 싸워야 했다.

콰아앙!

좁은 통로를 지켜서 있던 옥졸들 몇이 그의 주먹에 맞아 나가동그라졌다. 그는 우두옥졸들을 하나씩 일으켜 출구를 물었다.

"나가는 길이 어디냐?"

옥졸들은 조금도 두려워하지 않고 사납게 외쳤다.

"지옥에 들어온 이상 죽어서도 나갈 수 없다!"

"우라질 놈!"

백무향은 그들을 벽에 집어 던지고는 나선형 계단을 내려섰다.

깊이를 알 수 없는 수직 동혈 위에는 줄사다리 통로가 어지럽게 교차돼 있었다. 줄사다리마다 포진해 있던 옥졸들이 궁노(弓弩)를 쏘아댔다.

피피핑―!

궁노에 의해 날아드는 화살은 석벽을 관통할 만큼 강력했다.

백무향은 뇌천검을 휘둘러 화살을 쳐냈지만 몇 대의 화살이 몸을 스쳐 가면서 약간의 부상을 입게 되었다.

'어라? 이거 조심해야겠군. 정통으로 맞으면 내 몸도 뚫리겠다.'

줄사다리로 올라선 그는 장심 가득 열양진기를 운집했다.

"모두 죽고 싶지 않으면 어서 출구로 안내해라! 어서!"

옥졸들은 뒤로 물러서면서도 계속 궁노를 쏘아댔다.

"놈도 인간이다! 지칠 때까지 쏴라!"

백무향은 악착같이 자신을 죽이려 하는 그들의 집요함에 부아가 치밀었다.

"짐승 상판과 귀신 나부랭이들아! 그렇게 목숨이 부담스러우냐?"

그는 옥졸들이 후퇴하는 통로로 뛰어들며 일장을 내질렀다.

콰류류류!

화염폭풍이 통로를 타고 빠른 속도로 확산되었다. 처절한 비명과 함께 뼈와 살이 타는 역겨운 냄새가 코를 찔렀다. 또 다시 십여 명의 옥졸이 숯 덩이로 화했다.

백무향은 잔뜩 인상을 찡그리며 불꽃이 피어오르는 통로를 지나쳤다.

"멍청한 놈들아, 어서 출구를 열란 말이야!"

긴 통로를 벗어나자 비교적 넓은 지하 광장이 모습을 보였다.

광장에 운집해 있는 자들은 오십 명에 달하는 귀면사령들이었다. 그들은 부챗살 같은 진형을 펼친 채 일전을 불사할 태세를 갖추고 있었다.

백무향은 뇌천검을 어깨에 걸친 채 당당히 다가섰다.

"반사귀장이란 놈, 어디에 있느냐? 조무래기들만 보내지 말고 네가 직접 나서라!"

그러자 귀면사령들 뒤편에서 반사귀장의 탁한 외침이 들려왔다.

"죽여라!"

부챗살 형태로 포진한 귀면사령들이 일제히 함성을 외치며 달려들었다.

"카와아아!"

"귀류난도(鬼流亂刀)!"

한 줄에 열 명씩 늘어선 귀면사령들은 단지 한 번의 공격만 펼쳤다. 재수없게 죽는 자들은 어쩔 수 없었지만 멀쩡한 자들은 다시 후미로 돌아가 자신의 차례를 기다렸다.

백무향의 입장에서는 한 번에 다섯 명씩 덤벼드는 귀면사령들의 공격을 끊임없이 받아내야 했다. 그들 모두를 죽이지 않는 한 그가 쓰러질 때까지 공격을 피할 수 없는 지독한 차륜전이었다.

계속된 전투에 백무향도 어지간히 지쳤고, 싸우는 것조차 지겨웠다.

"비켜!"

그는 검극에 공력을 운기해 뇌천검법을 전개했다.

어떠한 초식인지는 그도 아직 알 수 없었다. 그동안 머릿속에 단편적으로 떠오르는 구결을 조합해 한 가지 수법을 만들어낸 것이다.

파파팟!

교차하는 섬광이 사위로 비산되면서 비명성이 줄을 이었다.

가공할 검법 절기에 차륜진이 박살 나면서 열 명도 넘는 귀면사령이 대번에 병기와 함께 쪼개지고 말았다. 초식이 가미된 검법이기에 단순히 휘두르는 뇌천검의 공격보다 훨씬 더 강력했다.

엄격한 율법 때문에 퇴각을 모르는 지옥마부의 마인들이었지만 뇌천검법의 엄청난 신위에 그만 전의를 상실하고 말았다. 자신들로서는 도저히 대적할 수 없는 상대임을 절감한 것이다.

귀면사령들이 좌우로 흩어지자 귀장들이 모습을 드러냈다. 그들은 팔짱을 낀 채 나란히 서 있었다. 체격은 하나같이 당당했고, 어깨 위로 황색 피풍의를 두르고 있었다.

지옥마부의 오대귀장 중 넷이었다.

귀장들의 수좌 격인 반사귀장은 사대귀장과 약간 떨어진 뒤쪽에 서 있었다. 본래 그는 상급 관리자였지만 최고 수뇌들이 모두 출타했기에 현 상황을 책임질 수밖에 없었다.

물론 지옥마부의 십대마옥을 관장하는 옥주(獄主)들이 열 명이나 있지만 그들은 오직 마존의 지시에만 복종할 뿐 자신의 마옥이 침범당하지 않는 이상 절대 나서지 않는 게 원칙이었다.

사대귀장은 제각기 병기를 뽑아 들었다. 칼과 채찍, 창과

도끼 등으로 각자의 병기가 모두 달랐다. 그들의 눈알은 누런 빛이 아주 짙어 인간의 눈이라기보다는 야수의 눈에 가까웠다.

사대귀장과 마주 선 백무향은 그들의 몸에서 뿜어지는 마기에 다소 경각심을 높였다. 앞서 일방적으로 도륙했던 옥졸들이나 귀면사령과는 확실히 다른 마기를 감지한 것이다.

반사귀장은 이가 부득부득 갈렸다.

단 한 명 때문에 수많은 수하들이 목숨을 잃고 시설이 파괴되었으니 찢어 죽이고 싶을 만큼 증오스러웠다. 문제는 아직 상황이 종료된 것이 아니라 더 악화될 수 있다는 점이었다.

귀장 넷이 나섰지만 갑작스럽게 불쑥 나타난 괴물 같은 자를 감당할 수 있을지 솔직히 자신할 수 없었다. 사대귀장마저 쓰러진다면 그야말로 절망이었다.

'젠장, 하필 지존과 삼마공께서 모두 출타하신 상황에 이런 변괴가 일어났단 말인가? 만일 놈을 제압하지 못한다면 나는 가장 참혹한 형벌을 받게 된다.'

곧이어 사대귀장이 공격을 펼치면서 격렬한 전투가 전개되었다.

절정 급 반열에 이른 귀장들의 공세는 빠르면서도 매서웠다. 두 명씩 조를 이루어 공격과 수비를 펼치는 합격술이 뛰어났으며, 뇌천검의 예리함을 인식해 가급적 정면충돌을 피하는 치밀함까지 갖추었다.

차차창—!

사대귀장의 신법은 갈수록 빨라져 눈에 보이지 않을 정도였다. 그들은 백무향의 최대 약점이 더딘 몸놀림임을 간파했기에 치고 빠지는 전투 방식을 펼쳤다.

상황을 지켜보던 반사귀장은 중대한 결정을 내렸다.

'안 되겠군. 지금 상황에서 놈을 제압할 수 있는 자는 암굴에 갇혀 있는 태(太) 늙은이뿐이다. 조금은 위험하지만 태 늙은이를 풀어줄 수밖에.'

그는 전투를 벌이고 있는 귀장들에게 전음을 보냈다.

"놈을 원형 광장으로 유인한 후 자네들은 비밀 통로를 통해 빠져나오게. 놈은 내가 해결하겠네."

그가 지하 광장을 빠져나가자 사대귀장은 교묘한 합격술을 전개하며 조금씩 동쪽 통로 쪽으로 이동했다.

백무향은 그들의 유인 술책을 전혀 알 리 없기에 조금씩 원형 광장으로 이끌려 갔다.

2

그그극!

돌이 어긋나는 마찰음과 함께 폐쇄된 암굴의 문이 열렸다. 암굴의 크기는 일 장에 불과했고, 오랜 세월 폐쇄돼 있었기에 역겨운 악취가 물씬 풍겨 나왔다.

횃불을 받쳐 든 귀면사령 둘을 대동해 암굴로 들어선 반사귀장은 심한 악취에 비위가 뒤틀렸다. 그는 바닥에 쓰러져 있는 장발노인을 내려다보며 쓴 입맛을 다셨다.

"이 늙은이가 아직도 무공을 전개할 수 있을지 모르겠군."

그가 턱짓을 보내자 귀면사령들이 장발노인을 질질 끌고 밖으로 나섰다.

장발노인은 차가운 물을 열 동이나 뒤집어쓴 후에야 겨우 정신을 차렸다. 지하 동부의 불빛이라 그다지 밝지 않았지만 오랜 세월 암굴에 갇혀 있던 노인에게는 횃불조차도 눈알을 태울 만큼 강렬한 빛이었다.

장발노인은 손으로 눈을 가리며 부르튼 입술을 달싹거렸다.

"지옥마존(地獄魔尊)··· 너냐?"

반사귀장은 퉁명스럽지만 예우를 갖춰서 대답했다.

"아니오. 난 오대귀장의 수좌인 반사귀장이오."

"귀장 따위가 노부에게 무슨 볼일이 있는 것이냐?"

"태노(太老), 더 이상 암굴에 처박혀 살지 않도록 해주겠소."

장발노인은 눈 부위를 매만지며 말을 받았다.

"지옥마존이 직접 말해도 믿기 어렵거늘 귀장 따위의 말을 어찌 믿을 수 있단 말이냐?"

비록 죄수의 몸이라 해도 장발노인은 범상치 않은 신분으로 보였다. 반사귀장의 지위가 결코 낮지 않지만 장발노인은 그를 졸개처럼 무시했다.

반사귀장은 잠시 고민하다가 솔직하게 털어놓았다.

"태노, 내가 지금 아주 곤란한 처지에 놓여 있소. 이 어려움을 해소시켜 준다면 책임지고 태노를 암굴에서 빼내주겠소. 지존과 삼마공이 직접 암굴로 내려오는 일은 없으니 발각될 일은 절대 없소."

그는 한 사발의 양젖을 장발노인에게 건넸다.

"이번 일만 해결시켜 주면 태노에게 잠시 외부에서 산책할 수 있는 시간까지 주겠소. 당신은 맑은 공기와 푸른 하늘이 그립지 않소?"

"……."

양젖을 받아 든 장발노인은 잠시 생각에 잠기다가 천천히 양젖 한 사발을 말끔히 비웠다. 심호흡을 통해 조금씩 기력을 되찾은 그는 얼굴을 가린 장발을 좌우로 쓸어 넘겼다.

허연 수염이 얼굴의 반을 뒤덮고 있었지만 실로 위용에 찬 풍모였다. 일국의 군왕과도 같은 신위와 더불어 신비로운 정기마저 풍겨졌다. 오랜 연금으로 인해 두 눈에 서린 정광은 사라졌지만 아직도 소년의 눈처럼 맑고 깨끗했다.

장발노인은 감회 어린 눈빛으로 고개를 쳐들었다.

"맑은 공기와 푸른 하늘……."

"그렇소. 뿐만 아니라 정갈한 식사와 읽을 서책도 제공하겠소.”

“지옥마부 내에 마존이나 삼마공이 없나 보군?”

“그… 그렇소.”

“자네 말은 신뢰할 수 없지만 노부에게 양젖을 한 대접 제공해 주었으니 일단 얘기는 들어보겠네.”

반사귀장은 죄수 주제에 한껏 권위를 부리는 그가 괘씸했지만 일단은 비위를 맞추는 게 우선이기에 솔직하게 처한 상황을 이야기했다.

“얼마 전 외부로 통하는 비밀 수로를 통해 한 명이 침투해 왔소. 침투라기보다는 급류에 떠내려가다가 기막힌 우연으로 흘러들어 왔다는 표현이 맞을 것이오. 한데 놈이 깨어나면서 전혀 예상치 못한 사건이 터지고 말았소. 분명 철침까지 박아 경혈을 제압했는데 놈이 전혀 제압되지 않은 것이오.”

“…….”

“놈을 제압하기 위해 귀면사령은 물론이고 귀장들까지 나섰는데 상황이 여전히 어렵소. 지금까지의 피해만도 엄청나기에 놈을 제압하지 못하면 본 부의 시설이 절반이나 파괴될지도 모르오. 이런 상황이니 태노가 나서서 놈을 제압해 주어야겠소.”

“콜록콜록!”

장발노인은 밭은기침을 내뱉고는 고개를 흔들었다.

“노부의 몸 하나 추스르기 힘든 상황인데 무슨 수로 그런 고수를 감당한단 말인가?”

“산공독을 일시적으로 해소시켜 주겠소. 또한 오른팔 점혈도 풀어주겠소. 태노의 초절한 무공이라면 오른팔 하나만으로도 충분히 놈을 제압할 수 있을 것이오.”

“터무니없는 소리 말게. 귀장들도 제압할 수 없는 상대라면 절대고수가 분명하네. 어떻게 한 팔만으로 싸우란 말인가? 노부는 패배를 당할 수 없으니 응하지 않겠네.”

반사귀장은 난감한 표정을 지으면서도 지켜야 할 선 이상은 넘지 않으려 했다.

“태노, 한 팔 이상의 해혈은 불가하오. 차라리 내가 중벌을 받을지언정 본 부를 위험에 빠뜨릴 수는 없소. 태노는 딴생각을 품지 마시오.”

장발노인은 잠시 고민하다가 고개를 끄덕였다.

“알겠네. 서로에게 득이 되는 길이라니 자네의 제안을 수용하지.”

“고맙소, 태노.”

“대신 자네의 약속을 잊지 말게나.”

“여부가 있겠소? 난 신의 하나는 확실한 사람이오.”

반사귀장은 품속에서 작은 약상자를 꺼내 들었다.

“해독단이오. 일각 정도는 공력을 구사할 수 있을 것이오. 사실 태노의 일검이면 충분히 쓰러뜨릴 수 있으니 일각도 필요없을 것이오."

약상자를 받아 든 장발노인은 신중한 표정을 지었다.

"노부를 너무 믿지 말게. 오랜 연금으로 노쇠한 몸이니까."

3

퍼퍼펑—!

연이은 폭음과 함께 사대귀장이 답답한 신음을 토하며 사위로 튕겨져 나갔다. 가까스로 중심을 잡고 내려선 그들은 난감한 표정으로 서로를 바라보았다.

세상 밖으로 나가도 적수가 없다고 자부하는 그들이었지만 넷이 합공을 해도 한 사람을 당해내지 못하자 질리지 않을 수 없었다.

백무향은 그들을 향해 성큼성큼 달려왔다.

"이 귀신들아, 어서 출구를 열어! 나도 너희 모두를 죽이고 싶은 마음은 추호도 없다! 출구로 안내하면 조용히 떠나겠다!"

청면귀장이 냉소를 치며 거친 어조로 응수했다.

"흥, 네놈이 본 부를 이 지경으로 만들어놓고도 조용히 떠나겠단 말이냐? 우리 지옥마부가 네놈이 나가고 싶으면 마음대로 나갈 수 있는 곳이라고 생각하느냐?"

"그래서 어쩌겠다는 건데? 모두 뒈지겠다는 것이냐?"

"우리는 죽음 따위는 두려워하지 않는다! 네놈은 죽어서도 본 부를 빠져나갈 수 없을 것이다!"

백무향은 입맛이 썼다.

'젠장, 정말 더럽게 걸렸군. 이놈들 하는 꼴을 보면 절대 내보내 주려 하지 않겠어.'

그로서는 참으로 난감한 상황이었다.

옥졸들을 문초해도 출구를 알아낼 수가 없기에 탈출을 하려면 벌집처럼 형성된 동부와 동혈을 모두 뒤져야 한다. 그러기 위해서는 시간도 엄청 소모되는 데다 출구를 찾는다는 보장도 없다. 어쩌면 저들의 말대로 이곳에서 뼈를 묻을 수도 있는 상황이었다.

사대귀장은 아래로 이어진 나선형 계단 입구를 가로막으며 귀령사자를 향해 외쳤다.

"모두가 죽는 한이 있더라도 이곳을 지켜 놈의 탈출을 저지해야 한다! 지존과 삼마공께서 귀환하시면 저 괴물 같은 놈을 제압하실 것이다!"

백무향은 귀장들이 유독 집착하는 나선형 계단 입구로 다가섰다.

'어째 이놈들 하는 수작을 보면 저곳이 출구인 것도 같군.'

사대귀장은 어깨를 마주 붙인 채 계단 입구를 견고하게 막아섰다.

“어림없다! 네놈은 이곳에서 혼백조차 빠져나갈 수 없다.”

“글쎄, 그것은 너희들의 희망 사항이고 난 반드시 나가야
겠어.”

“사령은 어서 놈을 저지해라!”

청면귀장이 다급히 외치자 귀면사령이 악을 쓰듯 외치며
백무향의 등 뒤로 달려들었다.

백무향은 주변의 정황으로 미루어 출구가 틀림없음을 확
신했다.

‘찾았다!’

그는 내심 쾌재를 부르며 사대귀장을 향해 뇌천검을 내려
쳤다.

“꺼져!”

쐐애액—!

귀청을 찢는 파공성과 함께 번갯불과 같은 섬광이 연속적
으로 쏟아져 내렸다.

“허억?”

사대귀장은 감히 대적할 엄두를 못 내고 나선형 계단 아래
로 달아났다. 그런 와중에 기관을 작동시켰는지 육중한 철문
이 서서히 계단 입구를 차단하고 있었다.

“어림없다!”

백무향은 빠르게 내달리며 닫히는 철문 사이를 통과했다.

쿠웅!

철문이 차단되는 굉음도 묵직했다. 귀면사령이 철문을 두드리는 소리가 들려왔지만 워낙 견고한 철문이기에 깨질 우려는 하지 않아도 되었다.

"됐어. 이제 지겨운 조무래기들과 싸우지 않아도 되겠군."

뇌천검을 검집에 꽂은 백무향은 계단을 서너 개씩 밟고 아래로 뛰어내렸다.

눈앞으로 반구형 천장을 갖춘 원형 광장이 보였다. 한데 앞서 달아났던 사대귀장은 어디로 사라졌는지 전혀 찾아낼 수가 없었다.

백무향은 부쩍 의심이 솟았다.

'뭐야? 내가 함정에 빠진 것일까?'

이때였다. 허름한 장포를 걸친 장발노인이 위태로운 걸음걸이로 원형 광장 가운데로 나섰다.

"콜록콜록!"

장발노인은 걸음을 멈추며 마른기침을 터뜨렸다.

행색으로 미루어 지옥마부의 마인이 아니라 뇌옥에 감금돼 있는 죄수 같았다. 하지만 죄수라 하기에는 위용에 찬 용모와 서기 어린 풍채가 너무도 돋보였다.

백무향은 노인의 신위에 내심 감탄사를 발하며 물었다.

"노인장, 혹시 이곳을 나가는 출구를 알고 있소?"

일시적으로 공력이 회복된 장발노인의 눈빛은 맑고도 강렬했다. 그는 백무향을 직시하며 대답했다.

"자네는 놈들에게 속은 것일세. 이곳은 출구가 아니라 지옥마부의 가장 밑바닥에 해당되는 불회(不廻) 광장일세."

백무향은 비로소 속았음을 깨닫고는 발을 굴렀다.

"제기, 어쩐지 귀장 놈들이 연기처럼 사라졌다 했어!"

장발노인은 경이에 찬 눈빛으로 그를 훑어보았다.

"자네는 대체 누구인가? 지옥마부의 마인들은 하나같이 뛰어난 고수들일세. 특히 귀장들은 절정 급 고수들로 대문파의 원로들도 감당하기가 쉽지 않지. 그들이 자네를 막지 못하고 노부를 끌어낼 정도라면 자네의 무공은 가히 절세 급에 해당될 것이야."

백무향이 짙은 검미를 치켜 올리며 물었다.

"지금 무슨 말을 하는 거요? 그럼 노인장은 나와 상대하기 위해 이곳으로 끌려나온 것이란 말이오?"

"유감이지만 사실일세."

"보아하니 노인장은 감금돼 있는 죄수의 몸인데 왜 놈들에게 협력하는 거요?"

"노부는 오랜 시간 동안 빛 한 점 들어오지 않는 암굴 속에서 지내야 했네. 최소한의 물과 식사조차 거의 주어지지 않았지. 우리에 갇힌 짐승도 노부보다 나은 신세일 것이네."

"그렇다면 노인장을 이 지경으로 만든 짐승 대가리와 귀신 나부랭이들을 죽일 것이지 왜 나와 맞서려는 거요?"

장발노인은 침통한 모습으로 길게 탄식했다.

"노부는 산공독에 중독된 데다 전신 삼십육 대혈이 기이한 점혈법에 의해 제압돼 공력을 전혀 운기할 수가 없네. 한데 반사귀장이 자네를 제압하면 암굴에서 빼내주고 산책도 시켜주겠다고 제안을 해왔네."

"그런 새끼 말을 믿는단 말이오?"

"노부에게는 선택의 여지가 없네. 다시 암굴 속에서 지내기란 너무 고통스러우니까."

백무향은 장발노인을 쓸어보며 어처구니없는 실소를 지었다.

"이보시오, 노인장. 운신조차 제대로 하지 못하는 몸으로 어떻게 나와 싸우겠다는 거요?"

"공력이 일부 회복되었고, 오른팔의 점혈이 풀렸으니 가능할 것이네."

"뭐야? 당신이 얼마나 대단한 고수인지는 몰라도 단지 한 팔만으로 날 상대하겠다고? 그것도 병기조차 없이?"

"병기 따위는 필요없네. 누가 이기든 승부는 삼 초 안에 결판날 것이네."

백무향은 장발노인과 별반 싸우고 싶은 마음이 없었기에 몸을 돌리며 주변을 둘러보았다.

'귀장 놈들이 이곳에서 사라졌다면 어딘가 상층부로 통하는 비밀 통로가 숨겨져 있을 거야.'

한데 이때였다.

츄리릭!

피부를 에이는 듯한 예기한 기운을 감지한 그가 몸을 돌렸다.

"어엇?"

그의 입이 절로 딱 벌어졌다. 너무도 강렬한 빛에 시야가 어지러웠다. 장발노인의 모습은 사라지고 눈부신 광휘만 보였다.

장발노인은 가볍게 손아귀를 쥐고 있는데 진기에 의해 형성된 검의 형상이 손아귀를 통해 뿜어지고 있었다.

바로 초극의 절학 심기검(心氣劍)이었던 것이다.

제 12 장

지옥마부의 절세검객

1

백무향은 본능적으로 상대가 추측 불능의 절세고수임을 직감했다.

세상에 두려울 게 없는 그였지만 장발노인의 신비로운 신위 앞에서는 절로 압도되고 말았다. 무공의 높고 낮음을 떠나 장발노인의 범상치 않은 신분을 절감한 것이다. 그러나 속수무책으로 당하기에는 그 또한 자존심이 상하는 일이었다.

그는 뇌천검의 손잡이를 굳게 쥐었다.

"정말 한번 싸워보겠다는 거요?"

장발노인이 심기검을 가볍게 흔들었다.

무수한 검의 그림자가 형성되면서 수백 자루의 검형이 환영처럼 그의 몸 주변을 에워쌌다.

"자네와는 어떤 감정도 없네. 또한 반사귀장의 요구 때문에 자네와 겨루겠다는 마음도 없네. 다만 젊은 나이로 절세급에 이른 자네이기에 한번 비무를 하고 싶은 생각뿐일세."

백무향 역시 상대의 초절한 무공에 부쩍 호기가 일었다.

"좋아. 상대의 도전을 피할 내가 아니지. 하지만 검에는 눈이 없으니 다친 후에 날 원망 마시오."

"최선을 다하게나. 노부는 단 한 번도 패배한 적이 없는 사람이니까."

"훗, 그런 꼴을 하고서도 자부심이 대단하군."

"어둠 속 화살은 피할 수 없는 법일세. 노부는 암수에 당해 감금된 것이지 결코 저들의 무공에 패한 것이 아닐세."

백무향은 가소롭다는 듯 실소를 지었다.

"후훗, 어쨌거나 패한 것은 사실이 아니오? 변명 따위로 자신을 비호하려 하지 마시오."

일순 장발노인의 눈가에 수치스러운 기운이 스쳐 지나갔다. 그는 심기검을 비스듬히 내렸다.

"심성이 고약한 녀석이로군."

"이보시오, 어쩌면 내가 한참 위의 할아버지일 수도 있어. 내 앞에서 너무 위세 부리지 않는 게 좋아."

일순 뇌천검이 뽑히면서 우렛소리와 함께 번갯불이 번득였다. 벼락 형태의 기이한 검신을 대한 장발노인의 눈이 번쩍

떠졌다.

"이럴 수가!"

장발노인은 경이의 눈빛으로 뇌천검을 직시했다.

"뇌천검?"

"하하, 역시 한눈에 알아보는군. 분명 뇌천검이오. 이제라도 순순히 패배를 인정한다면 용서해 주겠소."

장발노인의 눈빛이 갈등과 혼란으로 일렁였다. 엉겨 붙은 머리카락이 철사처럼 빳빳하게 곤두섰고, 손아귀에서 분출된 심기검이 더욱 강렬한 빛을 발했다.

그의 입에서 나직한 신음 소리가 흘러나왔다.

"으음, 믿을 수가 없구나. 전설의 뇌천검이 다시 세상에 모습을 드러내다니! 게다가 오직 뇌천진기를 지닌 자만이 뽑을 수 있다는 뇌천검을 자네가 뽑을 줄이야!"

백무향은 그를 향해 뇌천검을 겨누었다.

"뭐, 그렇게 놀랄 일은 아니오. 내 자신이 뇌천검제일 수도 있으니까."

"……?"

"그렇다면 나와 겨루는 당신이 영광이겠지?"

장발노인은 잠시 격동을 가라앉히며 차분하게 응수했다.

"무림의 신검이라는 뇌천검과 겨룰 수 있다는 것은 확실히 영광일세. 하지만 자네는 결코 뇌천검제일 수 없네."

"이유가 뭐요?"

“노부는 세 분 사부님의 가르침을 받는 동안 뇌천검법의 기수식을 본 적 있었네. 자네가 비록 뇌천검을 지녔지만 뇌천검법에 대해서는 전혀 모르는 것 같군.”

백무향은 정곡을 찔리자 가슴이 뜨끔해졌다.

‘뭐야? 이 늙은이가 대체 누구인데 나도 모르는 뇌천검법의 기수식까지 알고 있단 말인가?’

은근히 오기가 치솟은 그는 파편처럼 흩어진 구결을 짜 맞춰 스스로 창안한 뇌천검식을 뇌리에 떠올렸다.

“그렇다면 확실히 보여주겠소.”

비록 일 초식에 불과했지만 그가 구사할 수 있는 유일한 뇌천검법이었다. 초식의 이름조차 모르기에 그는 스스로 뇌강폭(雷降暴)이란 초식 명을 붙였다. 벼락이 쏟아져 폭발한다는 의미였다.

그는 허공으로 솟구쳐 오르며 빠른 속도로 뇌천검을 휘둘렀다.

퍼퍼펑—!

무수한 벼락이 내리꽂히면서 원형 광장의 바닥이 쩍쩍 갈라졌다. 어찌 보면 벼락이 쏟아지는 게 아니라 지표에서 솟아오르는 것만 같았다.

장발노인은 지표를 가르며 날아드는 벼락의 공세를 신중하게 직시했다.

자유로운 한 팔을 제외하면 왼팔과 두 다리의 경맥이 차단

돼 있기에 신법조차 제대로 펼칠 수 없는 상황이었다. 그에게
는 오직 정면 승부만이 유일한 대응책이었다.

장발노인은 심기검을 바닥에서부터 허공으로 올려쳤다.

"일영유심조(日影唯心調)!"

소리도 없는 와중에 눈부신 광휘가 사위로 확산되었다.

일순 폭발적으로 내리꽂히던 벼락이 서릿발처럼 허연 광
휘와 교차되면서 급격하게 위축되었다. 급기야 우렛소리도
사라지고 섬광도 완전히 빛을 잃었다. 대신 수백, 수천의 검
형이 현란한 호선을 그리며 백무향을 향해 내리꽂혔다.

퍼퍼펑—!

무수한 검형에 적중된 백무향은 울컥 피를 쏟으며 꼿꼿하
게 엎어졌다.

"우욱!"

그가 엎어지자 장발노인의 손아귀에서 분출되고 있던 심
기검이 서서히 사라졌다. 그는 피투성이로 쓰러져 있는 백무
향을 굽어보며 자책의 눈빛을 발했다.

'어찌 된 일인가? 왜 뇌천검법이 절반도 펼쳐지기 전에 무
산돼 버린 것이지? 아, 공연히 천하의 기재를 죽이고 말았
군.'

사실 그는 일 초의 대결을 벌여 백무향의 무공 수위를 가늠
한 후 탈출까지 계획하고 있었다. 한데 폭발적인 공격을 펼쳐
온 백무향의 검식이 갑자기 무기력해지는 바람에 검기를 미

처 거두지 못하고 만 것이다.

이때 반구형 천장의 구멍 속에서 반사귀장의 흡족한 웃음소리가 들려왔다.

"카하핫, 과연 중원 최강의 신검이로군! 괴물 같은 놈을 단 일 초에 쓰러뜨렸으니 말이다!"

해독단이 소멸되면서 장발노인은 급속히 공력을 잃게 되었다. 그런 와중에도 그는 손끝에 공력을 운집해 천장으로 지강을 발출했다. 지강은 정확히 반구형 천장의 구멍 속으로 파고들었다.

"아악!"

처절한 비명 소리가 들려왔다. 구멍에 눈을 대고 원형 광장을 내려다보던 반사귀장의 눈알이 터진 것이다.

그의 절규 어린 외침이 들려왔다.

"죽여라! 태 늙은이는 난도질을 치고 백무향이란 괴물은 사지를 끊어 데리고 와라!"

그러자 원형 광장 둘레의 비밀 문이 열리며 귀장들과 귀면 사령이 우르르 몰려나왔다. 장발노인은 이미 모든 공력이 소멸된 상태라 몰려드는 마인들을 멀거니 바라볼 수밖에 없었다.

한데 이때였다.

피투성이가 된 백무향의 몸이 꿈틀거리며 조금씩 움직이기 시작했다. 수십 발의 검형에 적중돼 절명한 줄로만 알았던 그가 두 발을 디딘 채 다시 일어선 것이다.

"허억!"

"뭐… 뭐야? 놈이 아직 살아 있다니?"

"맙소사! 놈이 정녕 불사신이란 말인가?"

뇌천검을 걸머멘 백무향이 발을 질질 끌면서 장발노인을 향해 다가섰다.

"젠장! 감히 날… 이 꼴로 만들어? 이제 네 차례다! 널 태워 죽이겠다!"

장발노인은 경이에 찬 눈빛으로 백무향을 바라보았다.

"오, 금강지체(金剛之體)!"

그가 되살아나자 모습을 드러냈던 귀장들과 귀면사령은 다시 비밀 문 뒤로 뛰어들었다. 목이 칼이 들어와도 백무향과 는 대적하고 싶지 않은 것이다.

백무향은 장심 가득 열양진기를 운집했다. 장심을 통해 붉은 불꽃이 이글이글 피어올랐다.

한데 장발노인이 털썩 주저앉으며 검붉은 피를 토해냈다.

"우욱!"

백무향은 잔뜩 적개심에 찬 어조로 외쳤다.

"잔꾀 부리지 마, 늙은이! 내가 당한 만큼 갚아주겠다!"

장발노인의 안색이 잿빛으로 변했다.

"유감이군. 자네의 또 다른 절학을 받아줄 수 없으니 말일 세."

“당장 일어나지 못해! 어디서 수작이야?”

“노부는 산공독에 당했네. 해독단 덕분에 잠시 공력을 회복했지만 이제는 약효가 사라지고 말았어.”

성큼 다가선 백무향이 장발노인의 멱살을 쥐고 일으켜 세웠다.

“젠장, 그럼 주먹으로 때려죽여야겠군.”

장발노인은 차분한 눈빛으로 그를 응시했다.

“자네… 탈출하고 싶지 않은가?”

“뭐요?”

“자네는 전설의 뇌천검을 지닌 데다 심후한 공력을 지니고 있군. 게다가 금강지체에 이른 신체를 지녔으니 능히 지옥마부를 빠져나갈 수 있네.”

백무향은 치커들었던 주먹을 내렸다.

“그럼 노인장은 출구를 알고 있단 말이오?”

“출구는 몰라도 지옥마부의 구조에 대해서는 어느 정도 알고 있네. 노부의 지시에 따른다면 충분히 탈출할 수 있을 것이네.”

“그러니까 함께 탈출하자 이거요?”

“그러하네. 놈들이 자네를 막지 못한 것은 지옥마부의 종주인 지옥마존과 삼마공이 출타한 상태이기 때문일세. 하지만 십옥주(十獄主)가 가세한다면 상황이 어려워지니 속히 상층부로 올라가야 하네.”

백무향은 잠시 생각을 굴리다가 장발노인을 직시했다.

"설마 날 속일 생각은 아니겠지?"

"노부 역시 외부 세상이 그리운데 자네를 속일 이유가 무에 있겠는가?"

"날 죽이려고 했잖소?"

"그것은 자네의 초식이 갑자기 무산됐기 때문일세. 자네를 해칠 생각은 추호도 없었네."

빠르게 주변을 둘러본 백무향은 그를 신뢰하기로 마음먹었다. 공력이 소멸돼 초라한 늙은이로 변한 장발노인을 의심할 이유가 없었다. 이보다 더 상황이 더 악화될 일은 없을 것 같았다.

그를 등에 업은 백무향이 물었다.

"어디로 가야 하는 거요?"

장발노인이 원형 광장의 천장을 가리켰다.

"반사귀장이 구멍을 통해 자네와 노부의 대결을 지켜보았다면 두께가 얼마 되지 않을 것이네. 일단 천장을 파괴해 이곳 불회광장을 벗어나야 하네."

백무향은 칠 장 높이의 천장을 올려보며 떨떠름한 표정을 지었다.

"저 높은 곳을 어떻게 박살 낸단 말이오?"

"자네의 무공이라면 답공술도 어렵지 않을 텐데?"

"그게… 아직 생각이 나지 않아서 말이오."

장발노인은 잠시 의아한 표정을 짓다가 고개를 끄덕였다.

"알겠네. 노부가 한 가지 신법을 가르쳐 줄 테니 속히 터득하게. 자네의 공력이 심후하니 삼성의 성취만으로도 답공술을 전개할 수 있을 것이네. 연후 검강을 구사한다면 천장을 박살 낼 수 있을 것이네."

"검강이… 뭐요?"

장발노인은 어처구니가 없는 듯 탄식을 지었다.

"허어, 노부와 대적할 때 펼친 검법은 어떻게 알고 있었단 것인가?"

"그냥 구결이 머릿속에 떠올랐소."

"자네는 정말 이해할 수 없는 사람이군. 절세고수치고는 부족함이 너무 많아."

백무향은 생면부지의 노인에게 질책을 받자 몹시 자존심이 상했다.

"잔소리는 그만 하시오. 어떻게든 천장을 박살 낼 테니 신법이나 일러주시오."

"쯧쯧, 고약한 녀석이로다."

장발노인은 한마디 내뱉고는 신법 절기의 구결을 전수해 주었다.

도공답운비(到空踏雲飛)!

허공을 차고 오르는 도공술과 구름을 밟고 나는 경공술이 배합된 신묘한 신법 절기였다.

백무향은 장발노인에게 구결과 해석을 듣고는 이내 고개
를 끄덕였다.

"흐음, 알 것 같소."

"벌써 깨우쳤단 말인가?"

"깨우친 게 아니라 기억이 난 거요. 나도 예전에 그 정도
신법은 구사할 줄 알았던 것 같소."

"……?"

"뭐, 그렇게 이상하게 쳐다볼 것 없소. 사실 나도 내 자신
을 잘 모르니까."

백무향은 멋쩍은 웃음을 흘리고는 원형 광장의 천장을 향
해 훌쩍 솟구쳐 올랐다.

예전에는 전력을 다해도 삼사 장 이상을 도약하기가 힘겨
웠다. 한데 도공답운비를 구사하자 보이지 않는 계단을 밟고
오르듯 가볍게 허공으로 솟구칠 수 있었다.

허공을 밟고 선 그는 뇌천검을 뽑는 순간 천장을 겨누었다.

"뇌강폭!"

요란한 우렛소리와 함께 시퍼런 벼락이 검극에서 발출되
었다.

콰아아앙!

광장 전체가 진동하며 천장이 쩍쩍 갈라지더니 무너져 내
리기 시작했다. 일단 탈출을 위한 교두보를 확보한 것이다.

지옥마부의 연결 통로는 거미줄처럼 복잡했다. 만일 장발노인이 없었다면 백무향은 수많은 통로를 헤매다 탈진했을 것이다.

백무향은 코를 킁킁거리다가 안색을 활짝 폈다.

"흐음, 공기가 맑은 것으로 미루어 출구와 가까운 것 같군."

그는 등에 업힌 장발노인에게 물었다.

"노인장, 잘하면 탈출할 수 있을 것 같소. 이제 어디로⋯⋯?"

장발노인은 의식이 혼미한 상태였다.

백무향은 잠시 노인을 바닥으로 내려 살펴보았다. 노인의 몸 여러 곳이 피로 물들어 있었다. 지옥마부 귀졸들의 포위망을 뚫고 나오는 와중에 입은 상처로 보였다.

자신은 웬만한 도검에는 끄떡없는 몸이기에 귀졸들의 공세를 무시했지만, 오랜 연금으로 쇠약해진 장발노인에게는 가벼운 상처도 목숨을 위협할 부상이었다. 특히 과다한 출혈이 문제였다.

백무향은 노인의 혈도를 찍어 출혈을 막아주었다.

"이 노인네가 은근히 자존심이 세네? 부상을 당했으면 신음 소리라도 냈어야지. 다 죽어가면서도 점잔을 빼고 있었던 말이야?"

이때 함성과 함께 귀졸들이 나선형 계단을 따라 추격해 왔다.

“저기 있다!”

“죽여라!”

백무향은 추격해 오는 귀졸들을 향해 일검을 내려치고는 급히 좌측 계단을 따라 뛰어올랐다.

“젠장, 이제 귀신 나부랭이들을 죽이는 것도 지겹군.”

나선형 계단을 올라서자 이제까지와는 다른 정경이 보였다.

곧게 뻗은 수평 통로는 비교적 밝고 쾌적했다. 외부에서 스며드는 빛이 벽 곳곳의 구리 거울을 통해 반사되면서 주변을 환히 밝혔기에 횃불이 없어도 전혀 어둡지가 않았다.

“아, 태양 빛이다! 출구를 찾아냈어!”

백무향은 채광을 반사하는 구리 거울을 응시하며 환호성을 질렀다.

일순 통로 전면에서 귀졸들이 우르르 몰려나왔다. 네 명의 우두귀졸과 네 명의 마두귀졸이었다. 백무향을 대한 그들은 소란스런 비명을 토하며 뒤로 물러섰다.

“맙소사!”

“괴물 같은 놈이 침투했다 들었는데 이곳까지 올라왔을 줄이야!”

“귀장과 사령들조차 놈을 저지하지 못했다면 무슨 수로 놈을 막는단 말인가?”

백무향은 뇌천검을 허리춤 검집에 꽂았다.

"짐승 나부랭이들, 난 싸우기 싫고 너희들은 죽기 싫을 거다! 어서 출구를 열어, 조용히 떠나줄 테니까!"

귀졸들은 병기를 꼬나 쥔 채 사납게 외쳤다.

"닥쳐라!"

"한번 지옥마부에 들어왔으면 죽어서도 나갈 수 없다!"

백무향은 곧게 뻗은 통로를 따라 성큼성큼 다가섰다.

"다시 한 번 생각해 봐. 귀면사령은 물론이고 귀장들도 날 막지 못했어. 한데 너희 귀졸 따위가 날 저지할 수 있을 것 같으냐?"

당당한 호통에 귀졸들은 서로 눈치를 살피다가 갑자기 서로를 향해 병기를 휘둘렀다.

"악!"

"크윽!"

죽지 않을 정도의 부상을 입은 그들은 통로 좌우로 쓰러졌다. 우두귀졸 하나가 나직이 외쳤다.

"붉은 쇠사슬을 당기면 문이 열릴 것이다!"

백무향은 싱긋 미소를 짓고는 그들을 지나쳤다.

"자식들, 아주 현명한 판단이야."

그러다 태옥교에게 받은 은자를 모두 압수당했다는 생각에 슬며시 발길을 돌렸다.

"이왕이면 노자 좀 빌리자."

귀졸들에게서 노자까지 챙겨 돌 계단 위로 올라온 백무향은 육중한 돌문 앞에 섰다.

"이제 문만 열면 된다!"

환한 표정으로 외친 백무향이 통로 벽 좌우를 살폈다. 여러 가지 색깔의 쇠사슬이 벽을 타고 길게 늘어져 있었다. 우두귀졸이 일러준 붉은 색깔의 쇠사슬도 보였다.

"붉은 쇠사슬이라고 했지?"

붉은 쇠사슬이 당겨지자 육중한 돌문이 진동하며 옆으로 이동했다.

그그긍!

맑은 공기와 함께 외부의 밝은 빛이 쏟아지듯 스며들어 왔다. 백무향은 깊이 숨을 들이키고는 외부로 나섰다.

콰류류류!

스무 길 벼랑 아래로 사나운 급류가 굽이치고 있었다.

지형을 살펴본 백무향은 자신이 가파른 벼랑의 중턱에 위치해 있음을 알게 되었다. 아래쪽은 도끼로 내려친 듯 매끄러운 수직 벼랑이라 내려갈 엄두도 낼 수 없었다.

수직 벼랑을 할퀴며 흐르는 급류를 내려다본 백무향은 눈을 가늘게 떴다.

"아마도 지하 수로가 지옥마부라는 곳과 통해져 있었나 보군. 재수없게 내가 그곳으로 빨려 들어가 생고생을 하게 된 거였어."

좌우를 둘러본 백무향은 우측으로 형성된 자연스런 돌 계단을 보고는 훌쩍 뛰어올랐다.

가파른 비탈을 올라선 백무향은 능선을 따라 무작정 달려갔다. 강변에 이르면 민가를 찾을 수 있다는 생각에 낮은 쪽을 골라 내려갔다. 본래 배고픔을 참지 못하는 그였기에 긴장이 풀리자 더욱 허기가 지면서 현기증마저 일었다.

"에고, 배고파라. 산토끼라도 잡아먹을까?"

도공답운비를 펼쳐 두 시진을 내리 달리자 산세가 다소 완만해졌다.

멀리 강변에 형성된 포구를 내려다본 백무향은 겨우 안도할 수 있었다. 그는 장발노인을 내려 나무 기둥에 기대 앉혔다.

"노인장, 노인장! 정신 차리시오!"

하얀 눈썹 아래 묻힌 노인의 눈까풀이 파르르 떨린다.

백무향은 장발노인을 거칠게 흔들었다.

"이보시오. 이제 탈출했으니 각자 갑시다. 내가 포구까지만 데려다 주고 떠날 테니 알아서 집으로 가시오. 인편으로 소식을 보내면 노인장 가족이 데리러 오지 않겠소?"

장발노인은 태양 빛에 눈이 부신 듯 소매로 얼굴을 가렸다.

"노부를… 태백궁으로……."

언뜻 알아듣지 못한 백무향이 귀를 가까이 댔다.

"뭐라고 했소? 태백… 뭐요?"

"노… 노부는… 태무건… 일세."

겨우 한마디를 더 내뱉은 장발노인이 기력을 잃고 옆으로 쓰러졌다.

백무향은 짜증스런 표정으로 머리를 긁적거렸다.

"젠장, 나더러 집까지 데려다 달라는 거야? 그러면 지명이라도 정확히 말해주었어야지. 가만, 이름이 태무건이라고? 어째 귀에 익은 이름이네?"

그는 눈알을 데굴데굴 굴리며 태무건이라는 이름을 되뇌었다.

일순 그의 입이 딱 벌어졌다.

"광명신검 태무건?"

자신의 눈을 비빈 그는 장발노인의 멱살을 쥐고는 가까이 들여다보았다.

수염이 텁수룩하고 초췌한 모습이지만 범상치 않은 노인의 신위는 확실히 독보적이었다. 그리고 얼굴 윤곽이 누군가와 유사했다.

"그… 그래, 분명 태옥교의 아버지야. 세상에 태무건이라는 이름은 여럿 있겠지만 집이 태백궁인 사람은 오직 한 사람뿐이지."

그는 도저히 믿을 수 없다는 듯 고개를 절레절레 저었다.

"말도 안 돼! 이 노인이 바로 백도무림의 맹주인 태백궁주란 말인가?"

만현포구(萬顯浦口)는 장강삼협의 초입에 위치한 포구다. 야밤에는 드센 물줄기를 타고 협곡을 통과할 수 없기에 중경을 지나온 배들은 이곳에서 밤을 지내는 것이 관례다.

백무향은 민가에서 방을 하나 구한 덕분에 번잡한 객잔을 피할 수 있었다. 민가의 노부부는 은자 두 냥만으로 감격해하며 몸을 씻을 따뜻한 물과 정성이 깃든 식사까지 내왔다.

백무향은 장발노인의 상세가 우려돼 주인 할멈에게 의원을 불러줄 것을 요청했다. 장발노인의 부상에 대해서는 친척 어르신을 모시고 산을 넘어오다 낙상을 당한 것으로 둘러댔다.

느지막이 당도한 의원은 장발노인을 한참 동안 진맥하다가 미심쩍은 눈빛으로 백무향을 힐끔거렸다.

"낙상이 아니로군?"

"솔직히 나도 생명부지의 노인이오. 그냥 버려두고 갈 수가 없어 민가로 데려온 것이오."

"내 의술로는 회생이 불가능하오. 기사회생의 영약이나 찾아보시오."

의원은 외상에 바를 고약만 한 봉지 내려놓고는 훌쩍 방을 나갔다.

"에이, 돌팔이 같으니라고!"

백무향은 한바탕 욕설을 퍼붓고는 방문을 닫았다.

침상 위에 눕혀져 있는 장발노인의 안색은 잿빛에 가까워 일견에도 목숨이 위태로워 보였다. 호흡이 불규칙했고, 목에서 가래 끓는 소리가 새어 나왔다.

"젠장, 정말 태백궁의 궁주가 맞는 건가?"

백무향은 독하기만 했지 별 맛이 없는 술을 벌컥벌컥 들이켰다.

장발노인을 지켜보는 그의 심정은 난감하기만 했다.

만일 그가 태옥교를 만나지 않았다면 장발노인이 누구이든 개의치 않았을 것이다. 지옥마부를 함께 탈출한 것으로 서로 간의 빚은 주고받았기에 장발노인의 상세가 어떻든 그는 소견을 찾아 나섰을 것이다. 하지만 장발노인이 진정 태옥교의 부친인 태무건이라면 깊이 생각해 볼 문제였다.

그는 태옥교에게 큰 빚을 지었다.

잔결삼흉이라는 도적들에게 걸려 만두소가 될 뻔한 위기에서 태옥교 덕분에 목숨을 구할 수 있었다. 자존심이 상해 굳이 내색은 하지 않았지만 그로서는 몹시 부담스런 빚이었다. 더군다나 태옥교는 놀라운 지혜와 식견으로 소견을 강제로 끌고 간 여인의 신분마저 추측해 냈다. 그리고 그녀에게 여비까지 받았다.

돌이켜 생각해 보면 그녀에게 받기만 했을 뿐 아무런 보답도 하지 못했던 것이다.

그가 아무리 과거를 기억하지 못하고 아직 정서적으로 불안정하다 해도 기본적인 도리는 알고 있었다.

"이 노인이 진짜로 태옥교의 아버지일 수도 있으니 배편을 통해 여산으로 보내줘야겠군. 태백궁의 궁주임을 밝혀놓으면 군왕처럼 받들어 모시겠지. 아마 태백궁에서도 떼거지로 마중을 나올 거다."

백무향은 안주 삼아 마른 어육을 씹으며 고개를 끄덕였다.

"아마 옥교가 몹시 감격할 거야."

그는 그 정도만으로 태옥교에게 어느 정도 신세를 갚았다고 자부할 수 있었다. 한데 다시 생각해 보니 그렇게 간단한 문제가 아니었다.

'가만, 귀신 나부랭이들이 추격해 올 수도 있잖아? 더군다나 백도의 맹주라면 흑도 놈들에게는 철천지원수와도 다름없을 거다. 지금 이 노인네는 닭 모가지 비틀 힘만 있어도 죽일 수 있을 만큼 허약한 상태야.'

장발노인을 물끄러미 바라보는 그의 눈빛이 갈등으로 흔들렸다.

하루속히 소견을 구해야 하는 그로서는 수천 리나 떨어진 태백궁까지 장발노인을 데려다 줄 여유가 없었다. 여산까지 가려면 매일같이 준마를 바꿔 타고 달려간다 해도 족히 보름은 걸릴 거리였다.

그의 입에서 절로 욕설을 터져 나왔다.

“염병, 여산 태백궁까지 갔다가 다시 사천성 파중에 이르려면 아무리 빨라도 한 달은 걸리겠군. 그동안 소견이 얼마나 날 기다릴까? 소수마후라는 할망구에게 고통이나 당하지 않는지 모르겠어.”

한참을 고민하던 그는 이내 결정을 내렸다.

“그래, 다소 시간이 걸리더라도 태백궁까지 데려다 주고 오자. 그냥 배편으로 보냈다가는 워낙 상세가 위중해 태백궁에 당도하기도 전에 송장을 치르고 말겠어.”

장발노인을 들쳐 업은 그는 천으로 단단히 동여맸다. 달빛이 부서져 내리는 마당으로 나선 그는 쓴 입맛을 다셨다.

“노인장, 당신이 정말 광명신검 태무건이기를 바라오. 만일 거짓말이라면 난 정말 환장할 거요. 노인장을 때려줄 수도 없으니 말이오.”

민가를 나선 그는 강변을 따라 달려갔다. 아득한 수천 리 길을 떠올리자 미리부터 신음 섞인 한숨이 흘러나왔다.

“백무향 너, 정말 고생문이 훤하게 열렸구나!”

3

사람의 인골을 약물로 처리해 만든 해골 술잔에 핏물보다 짙은 술이 담겨 있었다.

해골 술잔을 집어 입으로 가져가는 자는 실로 흉측한 용모의 소유자였다. 좌우 눈은 대칭에서 크게 어긋난 짝눈이고, 코는 납작해 콧구멍이 그대로 들여다보였다. 게다가 볼 한쪽에 주먹만 한 혹까지 달려 있어 인간이라 하기에는 너무도 추악했다.

추악한 면모와 달리 그는 군왕이나 입을 수 있는 호화로운 용포를 둘렀고, 옥좌에 앉아 단하를 굽어보고 있었다.

"그래, 보고는 잘 들었다."

단하에 부복해 있는 자는 반사귀장이었다. 장발노인에 의해 이미 애꾸가 된 데다가 혹독한 형벌을 겪어 벌거벗은 상반신은 피투성이였다. 해골처럼 반질반질한 몸의 좌반신도 여기저기 깨져 있었다.

"크으, 자… 자비를 베풀어주옵소서, 지존."

반사귀장은 연신 고개를 조아리며 바닥에 머리를 찧었다.

핏빛의 용포를 두른 노인이 바로 지옥마부의 종주인 지옥마존(地獄魔尊)이었다.

수일간 출타를 했다가 귀환한 그는 아수라장이 된 지옥마부를 보고는 혹시 자신이 잘못 들어온 것은 아닌지 착각에 빠졌었다.

아무리 자신과 삼마공이 없었다 하여도 지옥마부의 전력은 막강했다. 더군다나 통로가 미로처럼 복잡하기에 외부의 침입이 있었다 해도 쉽게 무너질 지옥마부가 아니었던 것이다.

한데 지옥마부의 시설이 형편없이 박살 났고 귀면사령들과 수십 명의 귀졸이 싸늘한 시체로 변해 있었다. 부상을 당한 자들은 그보다 훨씬 많았다.

그것은 지옥마부의 명성과 권위가 짓밟힌 참담한 패배가 아닐 수 없었던 것이다.

지옥마존이 해골 술잔을 내밀자 시립해 있던 중년인이 공손히 잔을 채워주었다.

그 역시 지옥마존 못지않게 섬뜩한 인상을 지닌 자였다. 얼굴은 누렇고 송곳니가 길어 입술을 비집고 나왔다. 인간이라기보다는 짐승의 모습에 가까운 자였다.

지옥삼마공의 일인인 혈심마흉(血心魔兇).

삼마공 중 다른 두 명은 단하 좌우를 지키고 있었다. 그들 역시 혈수마흉과 비교해도 그다지 손색이 없는 흉악한 몰골의 소유자로 잔혼참마(殘魂斬魔)와 귀황철마(鬼荒鐵魔)가 그들의 별호였다.

지옥마존이 해골 술잔을 입으로 가져가며 입을 열었다.

"그러니까 뇌천검을 지닌 놈도 놓쳤고, 광명신검 태무건까지 자상하게 보내주었단 말이지?"

"소, 속하는 오로지 본 부를 지켜야 했기에……."

"안다. 본좌가 어찌 네 충정을 모르겠느냐? 워낙 무서운 놈이기에 광명신검을 이용할 수밖에 없었겠지. 네놈의 대가리로 어떻게 그런 기발한 묘책을 짜냈는지 정말 감탄스럽구나.”

지옥마존의 부드러운 말투에 반사귀장은 한 가닥 희망을 품었다. 참혹한 죽음을 예상했는데 잘하면 살 수 있을 것도 같았다.

한데 술잔을 비운 지옥마존이 느닷없이 해골 술잔을 내던 졌다.

“이런 찢어 죽일 놈!”

퍼억!

해골 술잔에 얻어맞아 머리가 터진 반사귀장이 비명과 함께 뒤로 나자빠졌다.

단상을 내려선 지옥마존의 입에서 누런 연기가 피어 나왔 다. 극도의 분노에 의한 황천마공(荒天魔功)의 분출이었다.

“네놈이 대체 무엇을 바라고 여태 목숨을 부지하고 있었단 말이냐?”

그는 반사귀장을 마구 짓밟으며 사납게 외쳤다.

“이 새끼를 당장 화염옥으로 보내 태워 죽여라!”

그러자 혈심마흉이 단하로 다가서며 공손히 손을 모았다.

“지존, 맷돌로 갈아 죽여도 시원치 않을 놈에게 어찌 그런 자비를 베푸시는 것이오니까?”

“으음, 그래. 내가 잠시 흥분했군.”

“이런 놈은 십대마옥을 순례시켜야 하오이다.”

“옳은 말이다.”

지옥마존은 두 마공에게 지시를 내렸다.

"참마, 철마, 놈을 개처럼 끌고 나가라. 십대마옥을 두루 거치게 하되 중도에 죽는다면 너희를 문책할 것이다."

"명심하겠소이다, 지존."

잔혼참마와 귀황철마는 각각 반사귀장의 발을 끌고 대전을 나갔다.

다시 단상으로 올라와 옥좌에 앉은 지옥마존이 병째로 술을 벌컥벌컥 들이켰다.

혈심마흉이 단하에서 공손하게 아뢰었다.

"지존, 뇌천검이 출현했다는 세상의 풍문이 헛되지는 않았소이다. 백무향이란 놈이 지닌 검은 분명 뇌천검이외다."

"그래, 전설의 신검이 이백 년 만에 출현한 것이 확실하다. 한데 문제는 뇌천검이 아니다. 태무건! 놈이 본 부를 탈출하는 바람에 우리의 원대한 계획이 차질을 빚게 되었다. 태무건은 본좌가 오행천을 통합하는 데 반드시 필요한 인질이었는데 말이다. 더군다나 본 부의 행적이 노출되었으니 반사귀장한 놈 때문에 애써 이룩한 기반마저 잃게 되었다."

"진노를 푸시옵소서. 이미 돌이킬 수 없는 상황이외다. 최근 오행천의 다른 마단들이 본격적으로 활동을 개시했다는 정보가 입수되었소이다. 이제 지존께서도 본격적으로 오행천 통합에 나설 때가 되었소이다."

지옥마존은 긴 손톱으로 어깨까지 늘어진 혹을 긁었다.

"그게 어디 쉬운 일이더냐? 오행천 다섯 마단은 대등한 전력을 지녔다. 특히 황금성(黃金城)과 벽라마원(碧羅魔園)은 마황경을 보유하고 있어 서로가 정통성을 내세울 명분이 있는 놈들이라 쉽지가 않아."

"지존, 어느 한 마단만 손에 넣을 수 있다면 전력이 두 배로 강해지외다. 황금성과 벽라마원도 감히 넘볼 수 없을 만큼 말입니다."

"말은 쉽다만 어느 마단을 병합한단 말이냐?"

"환희마궁이외다."

"환희마궁?"

혈심마흉이 음침한 음성으로 대답했다.

"그렇습니다. 소수마후가 얼마 전 후계자를 들였다 하오이다. 정보가 정확하다면 천색요골이 틀림없소이다."

"뭐야? 천색요골? 정녕 그런 요물을 구했단 말이냐?"

지옥마존은 몹시 아쉬운 표정으로 입맛을 다셨다.

"쩝, 천색요골을 타고난 계집과 교합을 벌이면 최고의 쾌락을 느낄 수 있다고 하던데……."

"하오나 죽음에 이르는 쾌락이니 지존께서 접할 계집이 못 됩니다."

"허엄, 그냥 해본 소리다. 어디 계책을 말해봐라."

"그럼 아뢰겠습니다, 지존. 소수마후는 천색요골을 후계자로 삼았기에 향후 오행천을 통합할 야망을 품고 있을 것이외다. 일단 지존께서는 소수마후에게 본 부의 피해를 과장되게 전한 후 잠시 피신할 곳을 요구하십시오. 본 부의 행적이 발각돼 태백궁의 정예들이 대거 침공하였고, 그 와중에 태무건까지 빼앗긴 것으로 둘러대는 겁니다. 소수마후는 자부심이 대단한 계집이라 어려움을 호소하는 지존의 요청을 거절하지 않을 것이외다.”

지옥마존의 흉측한 얼굴이 더욱 흉물스럽게 일그러졌다.

“닥쳐라! 본좌의 체면이 있지 어떻게 그런 치졸한 계책을 꾸민단 말이냐?”

“지존, 당장 이곳을 떠나야 할 상황이외다. 태무건이 태백궁으로 귀환하면 전 백도를 규합해 대대적인 공격을 펼쳐 올 것이외다. 달리 갈 곳도 없는데 어찌하시렵니까?”

“그래서 본좌에게 소후마후 그년의 치마폭 아래 무릎이라도 꿇으란 말이더냐?”

“아니외다, 지존. 우리가 한 가지 물건을 양도하면 임시 거처를 당당히 요구할 수 있소이다.”

“한 가지 물건이라니?”

“마황지검(魔皇之劍)이외다.”

“안 된다!”

지옥마존이 옥좌를 박차고 일어섰다.

“마황지검은 본 부가 오행천을 통합할 정통적인 계승자임을 내세울 수 있는 유일한 보물이다. 어찌 마황지검을 양도할 수 있겠느냐?"

혈심마흉이 얼른 무릎을 꿇었다.

"지존, 동강 난 마황지검은 그저 상징일 뿐 과거의 가공할 위력을 상실했소이다. 지금은 마황지검보다 본 부를 보존하는 것이 우선이외다. 굴욕이라 생각지 마시고 존체를 잠시 환희마궁에 의탁하십시오. 오래지 않아 환희마궁은 지옥마부로 변할 것이고, 지존께서는 양대 마단을 통합한 마왕으로 추대되실 것이외다."

"으음……!"

지옥마존이 선뜻 결정을 내리지 못하자 혈심마흉이 다시 덧붙였다.

"지존, 환희마궁의 계집들은 하나같이 절색인 데다 방사에 능하다 들었소이다. 환희마궁을 병합한다면 지존께서는 매일같이 극진한 쾌락을 누리실 수 있소이다. 대계를 위해 조금만 멀리 보시옵소서."

뒷짐을 진 지옥마존은 단상 위를 왔다 갔다 했다.

혈심마흉은 수십 년간 자신을 보좌해 온 충성스런 모사다. 지옥마부가 오행천의 하나로 굳건하게 자리를 지킬 수 있었던 것도 혈심마흉의 계책과 지략 덕분이라 할 수 있었다.

'그래, 태백궁의 공격은 피할 수 없다. 당장은 놈들과 맞서 싸울 입장이 아니다. 다른 마단에 지원을 요청해 봤자 도움을

줄 놈은 없다. 지금은 본 부의 존립이 우선이다.'

어렵사리 결정을 내린 지옥마존이 옥좌에 좌정했다.

"오냐, 마흉. 깊이 생각해 보겠다."

제 13 장

뇌천검보(雷天劍譜)를 얻다

1

여산 태백궁의 외궁은 견고한 성곽 대신 빽빽한 수림으로 둘러져 있었다. 수림 위로 설치된 수십 개의 망루는 칠 장 높이에 달해 주변의 움직임을 소상하게 파악하기에 충분했다.

외궁의 경비무사들은 태백궁 이각사전 중 현무전(玄武殿) 소속의 무사들이었다. 현무전 무사들은 하루 여섯 시진씩 이교대로 경비 임무를 수행한다.

태백궁에 이르는 진입로에는 십 리 밖까지 평평한 석판이 깔려 있어 궂은 날에도 말과 마차가 다니기에 수월했다.

그러나 태백궁 정문 앞까지 버젓이 마차나 말을 타고 이를 사람은 없다. 웬만한 신분의 강호인들은 진입로에 이르기도

전에 말에서 내렸고, 각파의 종주들도 정문을 오 리 정도를
앞두고는 마차나 교자에서 내려 태백궁에 대한 예의를 표했
다. 누구도 감히 광명신검 앞에서 불경함을 보일 수 없기 때
문이다.

한데 한 필의 준마가 강호의 오랜 전례를 깨고 곧바로 진입
로 위를 질주해 오고 있었다.

두두두ー!

마상의 청년은 등에 누군가를 업고 천으로 칭칭 동여맨 상
태였다. 먼 길을 단숨에 달려온 듯 청년의 머리카락이며 얼굴
이 땀과 먼지로 범벅이 돼 있었다.

수림 위로 우뚝 솟은 수십 채의 전각과 누대를 올려다본 청
년의 입에서 거친 음성이 튀어나왔다.

"젠장, 이제야 겨우 당도했군!"

청년은 채찍질을 멈추고는 말고삐를 다소 느슨하게 풀어
주었다.

그는 다름 아닌 백무향이었다.

장발노인과 함께 지옥마부를 탈출한 그는 고심 끝에 발길
을 돌려 여산 태백궁까지 이르게 되었다. 태옥교에게 진 신세
를 조금은 갚아야 한다는 보상 심리 때문이었다.

그렇다 해도 혼절한 노인을 업고 호북성을 가로지르는 여
정은 정말 괴로웠다.

평지는 말을 타고 이동할 수 있었지만 험한 길에 이르면 갈

길을 재촉하기 위해 경신술을 펼쳐야 했다. 또한 조금이라도 시간을 단축하기 위해 식사와 취침은 배에서 해결해야만 했다.

생각 같아서는 들쳐 업은 장발노인을 팽개치고 싶었지만 그래도 그는 최소한의 양심과 의식을 지닌 사람이었다. 상대가 백도무림의 맹주가 아니라 태옥교의 아버지이기에 마지막까지 최선을 다하려 노력하였다.

다각다각……!

백무향을 태운 말이 진입로 오 리 지점을 통과하자 현무전 경비무사들이 진입로를 막아섰다.

"멈춰라!"

"어떤 무례한 자이기에 아직도 말에서 내리지 않는 것이냐?"

"당장 말에서 내려 예의를 갖춰라!"

말고삐를 잡아챈 백무향이 그들을 쓸어보았다.

"난 너희 같은 조무래기들을 상대할 신분이 아니다! 당장 태옥교에게 영접을 나오라고 전해라!"

워낙 거침없는 일갈에 경비무사들은 자신의 귀를 의심했다. 이어 그들의 감정이 폭발했다.

"웬 미친놈이야?"

"감히 대공녀의 존명을 함부로 입에 담다니!"

"당장 마상에서 끌어 내려라!"

그들이 겹겹이 포위망을 형성하자 백무향은 답답한 심정에 다시 외쳤다.

"당장 태옥교 나오라고 전해, 이 조무래기들아! 너희들 때문에 송장 치르면 책임질 거냐?"

태백궁 창건 이래 정문 앞에서 이렇듯 안하무인 고함을 지른 자는 일찍이 없었다.

태백궁 관할 지역은 사마악도들의 침입을 허락한 적이 없는 광명의 땅이기에 무뢰배들은 감히 발을 들여놓을 수 없었던 것이다. 한데 태백궁 정문 앞에서 이렇듯 소란이 전개됐으니 이는 대사건이 아닐 수 없었다.

태백궁 내에서 경종이 울려 퍼지면서 일천 정예무사들 모두가 비상 경계에 임했다. 영주 급들은 휘하 무사들을 대동해 순찰을 강화하였고, 사대전주가 모두 정문으로 향했다.

백무향은 구름처럼 몰려드는 무사들을 둘러보다가 멀리 정문을 향해 외쳤다.

"태옥교, 나 백무향이다! 셋 셀 동안 안 나오면 정말 후회하게 만들어주겠다!"

그가 숫자를 헤아리자 막 당도한 사대전주들은 영문을 몰라 주변의 무사들을 향해 물었다.

"대체 무슨 일이냐?"

"저놈이 누구이기에 이렇듯 방자하단 말이냐?"

"당장 저 무뢰배를 말에서 끌어 내리지 못할까!"

백무향은 손가락을 하나씩 펼쳤다.

“둘—! 이제 세엣……!”

이 순간 광풍과 함께 하늘과 땅을 진동시키는 폭갈이 터져 나왔다.

“물러서라! 대공녀께서 납시셨다!”

경비무사들의 포위망이 좌우로 쩍 갈라지며 두 사람이 장 내로 내려섰다.

무려 일 장 길이에 달하는 장도를 등에 멘 백수풍신의 노인 과 청초한 용모의 여인, 바로 무상 벽력도왕 사도풍과 태옥교 였다.

백무향을 바라본 태옥교가 눈을 동그랗게 떴다.

“아니, 백 공자?”

마상에서 훌쩍 뛰어내린 백무향이 그녀를 향해 성큼성큼 다가섰다.

“대공녀, 왜 이제야 나오는 거요?”

그러자 사도풍이 한 걸음 나서며 백무향을 가로막았다.

“네 이놈! 당장 걸음을 멈추지 못할까?”

우레와 같은 호통에 백무향은 고막이 웅웅거렸다. 세상에 두려울 게 없는 그였지만 사도풍의 산악과 같은 신위에 다소 주눅이 들었다.

“노, 노인장은… 누구요?”

“그러는 네놈부터 신분을 밝혀라!”

태옥교가 사도풍의 옆으로 서며 대신 소개했다.

"무상, 이분이 바로 뇌천검을 지니신 백무향 공자이십니다."

"뭐라? 그럼 이자가 바로 뇌천공자(雷天公子)란 말인가?"

"그렇습니다. 소녀를 찾아온 손님이시니 경계하지 마십시오."

그녀는 사대전주에게 지시를 내렸다.

"비상 경계를 해제하세요. 그리고 낙빈원에다 귀빈을 맞을 채비를 하라 전하세요."

"알겠소, 대공녀."

사대전주들이 각 영주들에게 다시 지시를 내리자 경비무사들은 일사불란하게 흩어졌다.

태옥교는 백무향을 살피다가 그의 등에 업힌 노인을 힐끗 보았다.

"백 공자께서 본 궁에는 어쩐 일이십니까? 지금쯤 사천성 파중에 계셔야 할 분이 아니십니까?"

"일단 이 노인네부터 확인해 보시오."

백무향은 칭칭 동여맨 천을 풀고 노인을 태옥교에게 안겨 주었다.

"자신을 태무건이라 하던데 당신 아버지가 분명하오?"

엉겁결에 노인을 안아 든 태옥교는 석상처럼 굳어지고 말았다. 그녀는 입술을 달달 떨면서 장발노인의 얼굴로 시선을 고정시켰다.

일순 그녀의 눈망울이 믿을 수 없을 만큼 확대되었다.

"아… 아버님!"

한눈에 장발노인의 신분을 알아본 사도풍 역시 격동과 감격에 젖었다.

"오오, 궁주! 궁주가 아니시오?"

태옥교는 감동과 안도의 눈물을 뿌리며 털썩 주저앉았다.

"흑흑, 아버님! 마침내 돌아오셨군요!"

2

최고 수위의 비상 경계령이 발동되었다.

태백궁의 전 무사들은 외궁과 내궁 전역에 배치되었다. 교대가 없는 철야 근무를 지시받았기에 한가로이 휴식을 취하는 무사들은 한 명도 없었다. 무공을 모르는 문관들 역시 각기 근무 부서에서 배치돼 언제 떨어질지 모르는 지시에 대비해야 했다.

태무건의 처소인 광명원(光明園) 주변의 경계는 더욱 삼엄했다.

이각사전 중 궁주의 경호를 담당하는 금천각(禁天閣) 검수들이 광명궁 주변을 칠 보 간격으로 에워쌌다. 그들은 태무건이 직접 훈련시킨 제자들이기에 태백궁의 최정예들이라 할 수 있었다.

태무건의 침소는 반년 동안 비어 있었지만 매일같이 청소를 해두었기에 여전히 정갈했다.

그는 당대 최고의 검객이며 묵객(墨客)이기에 처소의 대부분은 시문에 관한 서적으로 가득했다. 평소 무공 비급보다 글씨와 그림을 즐겨했기에 언뜻 문사의 거처처럼 보였다.

태무건은 휘장이 둘러진 침상에 죽은 듯 누워 있었다.

살아 있는 무림정기로 추앙받는 그였지만 지금은 광명보다 죽음의 빛이 더욱 짙었다. 잿빛 안색은 심각했고 머리카락과 수염마저 회색 빛으로 변색돼 있었다.

이각사전의 수장들은 휘장 밖에 대기해 있었고, 안에는 사도풍과 태옥교만 들어선 상태였다.

태옥교는 지그시 눈을 감은 채 부친의 양 손목을 쥐고 진맥하고 있었다. 감동과 흥분으로 발갛게 달아오른 양 볼이 꽃처럼 붉다.

사도풍은 초조한 눈빛으로 태무건과 태옥교를 번갈아 지켜보았다.

십전이라는 별호답게 태옥교의 의술은 지극히 뛰어났기에 그는 태무건의 회복을 그다지 의심하지 않았다. 한데 태옥교의 진맥이 오랜 시간 계속되자 그는 불안감을 금치 못했다.

잠시 후 진맥을 마친 태옥교가 부친의 손등에 얼굴을 묻으며 소리없는 오열을 터뜨렸다.

"아버님… 아버님……."

사도풍이 답답한 듯 가슴을 쓸며 물었다.

"대공녀, 궁주의 상세는 어떠한가? 회복되실 수는 있겠지?"

태옥교는 눈물로 얼룩진 볼을 소매로 닦았다.

"유감스럽게도 소녀의 의술로는 손도 써볼 수가 없습니다."

"대공녀? 서… 설마?"

"소녀는 단지 생명지기를 연장시킬 뿐입니다. 아버님의 존체는 사악한 대법에 침해당한 데다 외상과 과다한 출혈로 극히 위험한 상태입니다. 만일 백 공자가 하루만 더 늦게 당도했다면… 이미 운명하셨을 것입니다."

사도풍은 급히 숨을 들이켰다.

"바, 방도는 있겠지? 대공녀는 세상에서 가장 지혜로운 여인이 아닌가?"

태옥교는 극에 달한 슬픔을 애써 가라앉혔다. 지금은 눈물보다 부친을 치료할 처방이 절실한 상황이었다.

"천하에서 오직 반사귀선(返死鬼仙)만이 아버님을 구할 수 있습니다. 하오나 워낙 괴팍하신 분이라 과연 아버님을 치료해 주실지 장담할 수가 없군요."

"무슨 소리! 궁주가 어떤 분이신가? 내 귀선 선배의 멱살을 잡아서라도 끌고 오겠네!"

사도풍이 분연히 외치자 태옥교가 손을 모으며 그를 자중시켰다.

"소녀가 해결하겠습니다. 무상께서는 아버님을 지켜주십시오."

"알겠네. 궁내의 일은 걱정 말고 어서 다녀오게나."

휘장을 나선 사도풍은 이각사전의 수장들에게 엄하게 지시를 내렸다.

"경계에 만전을 기해라! 터럭만큼의 실수도 용납지 않을 것이다!"

"예, 무상!"

여섯 명의 수장은 정중히 예를 올리고는 침소를 나갔다.

광명원 입구를 지켜선 사도풍이 태옥교에게 다시 한 번 당부했다.

"대공녀, 정 설득이 안 되면 노부에게 비합전서를 보내게. 노부가 반사곡을 통째로 들어서라도 귀선을 모셔올 것이야."

"알겠습니다, 무상."

광명원을 나선 태옥교는 자신의 처소인 옥봉각으로 들어섰다.

연못가 정자로 올라선 그녀는 깊은 생각에 잠겼다.

'이게 대체 어찌 된 일이지? 백 공자가 어떻게 아버님을 모셔올 수 있었단 말인가……'

하늘과 땅을 꿰뚫는 지혜를 지닌 그녀였지만 이 뜻밖의 사건에 대해서는 전혀 짐작할 수가 없었다.

뜻하지 않게 백무향이 부친을 모셔온 것이 감격할 만큼 고마웠지만 부친의 위중한 상세를 감안하면 마냥 고맙게 생각할 수만은 없었다. 상세한 내막을 알아내는 것이 무엇보다 중요했다.

이때 정자 아래로 다가선 시녀가 공손하게 보고를 올렸다.

"대공녀님, 뇌천공자께서 수욕을 마쳤다 하옵니다."

"의복과 접대에 소홀함은 없었느냐?"

"예, 정성을 다했습니다."

"곧 찾아뵙겠다고 전해라."

시녀를 보낸 태옥교는 잠시 생각에 잠겼다가 정자를 내려섰다.

옥봉각을 나선 그녀는 후원과 연결된 산책로를 걸었다. 좌우로 늘어선 나무들이 머리 위로 무성한 잎사귀를 교차하고 있어 자연적인 통로를 형성하고 있었다.

나무로 형성된 통로 끝에 이르자 그녀는 좌우로 걸음을 옮겼다. 내딛는 한 걸음 한 걸음이 신중했다.

이곳이 바로 태백무고(太白武庫)에 이르는 금역이었다.

태백무고는 다양한 병기와 천하 각파의 무공 비급, 그리고 비밀스런 기록들이 보존돼 있는 태백궁 최고의 금역이기에 오직 광명신검과 태옥교만이 출입할 수 있다.

태백무고에 이르는 길은 진법에 의해 형성돼 있고, 주변으로 수많은 기관 장치가 설치돼 있기에 외부의 침투는 불가능했다.

그그궁……!

석벽을 가로막은 철문이 좌우로 열리자 잘 다듬어진 긴 복도가 모습을 드러냈다. 똑같은 크기의 철문이 복도를 따라 세 개가 이어져 있었기에 태옥교는 매번 복잡한 기관을 작동시켜 문을 열어야 했다.

네 번째 철문 안으로 들어서자 외부의 반사광에 의해 어슴푸레 밝혀진 대형 무고가 비로소 그 전모를 드러냈다.

수백 개의 서가에는 수천 권의 장서가 빼곡하게 꽂혀 있었고, 다양한 병기가 벽 한쪽을 장식하고 있었다. 장서의 절반은 마공을 상대하기 위한 절학이며, 진열대의 병기는 오행천의 마병(魔兵)들을 상대하기 위한 신병들이었다.

태옥교는 높은 서가 사이를 지나 황금색으로 칠해진 금색의 서가 앞에서 걸음을 멈추었다.

금색 서가에는 다양한 색깔의 옥함이 올려져 있었다. 각 옥함에는 하나같이 귀한 보물과 세상을 놀라게 할 비밀들이 간직돼 있었다.

태옥교는 가볍게 숨을 들이키고는 푸른색 옥함을 꺼내 들었다. 옥함 뚜껑을 열자 비단으로 둘러진 장서가 보였다. 장서의 겉 표지에는 이런 제목이 쓰여져 있었다.

뇌천검보(雷天劍譜)!

　낙빈원은 방문객 중에서도 귀빈에게만 개방되는 정원이었
다.
　깨끗하게 수욕을 마친 백무향은 정갈한 백삼을 걸쳐 입었
다. 간단히 식사를 마치고 술을 한잔 마시자 먼 길의 고단함
이 어느 정도 가셨다.
　그는 향긋한 차로 입을 헹구며 느긋하게 기대앉았다.
　'그것참, 지옥마부에서 만난 죄수 노인이 태백궁의 궁주였
을 줄이야. 아무리 생각해도 절묘한 기연이야.'
　태옥교의 청초한 모습을 떠올린 그는 묘한 미소를 머금었다.
　'후훗, 죽을 뻔한 부친을 구해주었으니 이 정도면 예전의
빚을 갚고도 남겠어. 말만 잘하면 혹시… 하룻밤 품는 것도
가능하지 않을까?
　생각해 보니 소견과 헤어진 이후 계집을 안아본 기억이 없
었다. 본래 여색을 밝히는 그였기에 태옥교를 떠올리자 자연
스럽게 몸이 뜨거워졌다.
　이때 인기척과 함께 옥함을 안은 태옥교가 안으로 들어섰
다.
　"하하, 왔소?"
　백무향은 앉은 채로 가볍게 손만 들었다.
　"은공을 뵈옵니다."

태옥교는 그를 향해 공손히 절을 올렸다.

백무향은 머쓱한 표정이 되어 그녀를 부축해 일으켰다.

"부담스럽게 왜 이러는 거요? 대공녀는 예전에 날 구해주지 않았소? 이제 신세를 갚았을 뿐이오."

"아닙니다. 공자는 단지 소녀의 아버님을 구하신 것이 아니라 무림천하를 구하신 것입니다. 얼마나 감사를 드려야 할지 모르겠어요."

"솔직히 우연히 만나 함께 탈출한 것이니 내가 구했다고 할 수도 없소. 물론 사천성에서 여기까지 줄곧 달려오느라 고생을 조금 한 것은 사실이지만."

"듣고 싶습니다. 어찌 된 연유인지 상세히 알고 싶습니다."

"그럽시다. 일단 앉으시오."

두 남녀는 탁자를 사이에 두고 마주 앉았다.

백무향은 기억을 더듬어 귀명소악 무리들에게 쫓기다 급류로 떨어진 상황부터 차근차근 얘기해 주었다. 예전 같았으면 두서없는 장황한 이야기가 전개되었겠지만 이제는 정서적으로도 충분히 안정이 되어 이야기를 정리할 능력을 지녔다.

태옥교는 그의 입에서 흘러나오는 말 한마디라도 놓치지 않으려는 듯 그를 직시한 채 눈 한 번 깜빡이지 않았다.

현실의 지옥이라는 지옥마부의 존재는 그녀에게 있어 실로 엄청난 정보였다. 만일 그 정보의 가치를 황금으로 환산한다면 수십 만금을 주어도 부족할 것이다.

그녀는 불회광장에서 백무향과 대면하게 된 부친이 거론되자 보석 같은 눈물을 뿌렸다. 백무향은 지옥마부를 탈출한 후 열흘에 걸쳐 태백궁까지 달려온 것으로 이야기를 마쳤다.

긴 이야기를 끝낸 그가 어깨를 으쓱해 보였다.

"만일 내가 대공녀와 면식이 없었다면 광명신검을 그냥 배편으로 보냈을 것이오. 내게는 소견을 구하는 일이 무엇보다 우선이었으니까."

자리에서 일어선 태옥교가 다시 공손하게 허리를 굽혔다.

"감격하고 또 감격할 따름입니다, 백 공자. 이 은혜, 백골난망입니다."

"됐소. 어서 앉으시오."

백무향은 그녀의 손을 잡아끌어 앉혔다.

"이제 내가 들어야 할 차례인 것 같소. 대체 짐승 탈바가지와 귀신 나부랭이들은 어떤 놈들이오?"

태옥교는 잠시 그를 바라보다가 의혹을 한순간에 풀어주었다.

"일전에 호남에서 뵈었을 때 오행천에 대해 말씀드린 적이 있을 겁니다. 지옥마부 역시 환희마궁과 마찬가지로 오행천에 속한 마단입니다. 환희마궁은 오행 중 흑수(黑水)에 해당되며, 지옥마부는 황토(黃土)에 해당됩니다. 그동안 소재조차 분명치 않았는데 이제 공자 덕분에 저들의 소재와 구조에 대해 확실히 파악할 수 있게 되었습니다. 참으로 무림천하를 위해 다행이 아닐 수 없군요."

백무향은 지옥마부 역시 오행천에 속한 마단이라는 말에 주먹을 불끈 쥐었다.

"젠장, 그런 마귀들인 줄 알았으면 모조리 죽일 것을 그랬어."

그러다 문득 태무건의 심각한 몸 상태를 떠올리며 조심스럽게 물었다.

"참, 만현포구의 돌팔이 의원의 말에 의하면 당신 아버지의 상세가 아주 위중하다 하였소. 정말 그런 거요?"

태옥교의 얼굴빛이 흐려졌다.

"사실입니다."

"그래도 대공녀는 십전의 능력을 지닌 재녀가 아니오? 게다가 태백궁 내에 귀한 영약도 많을 테니 당신 아버지를 살리는 데는 문제가 없을 거요."

태옥교의 두 눈에 눈물이 그렁그렁 맺혔다.

"솔직히… 절망에 가깝습니다."

"뭐요?"

"세상에서 아버님을 구할 신의는 반사귀선 한 분뿐입니다. 하지만 귀선께서는 세속의 명리를 초월한 분이라 과연 아버님을 치료하러 와주실지 모르겠어요."

"의원이라면 사람을 치료하는 것이 본분이 아니오. 더군다나 태 궁주는 백도의 맹주인데 설마 거절하겠소?"

"반사곡 앞에는 수많은 불치병 환자들이 귀선의 치료를 기다리며 신음하고 있습니다. 하지만 그분의 처방을 받아 병을 고친 사람은 많지 않습니다."

태옥교의 서글픈 눈물에 백무향이 공연히 분개했다.

"그런 육시랄 의원이 어디 있소? 내가 당장 코를 꿰어서라도 끌고 오겠소!"

벌떡 일어서 나가려던 그가 멋쩍은 표정을 지으며 다시 좌정했다.

"한데 귀선이라는 자는 어디에 있는 거요?"

"백 공자, 완력으로 해결될 문제였다면 반사곡을 통째로 옮길 벽력도왕에게 부탁했을 것입니다. 하지만 힘으로 해결될 문제가 아니기에 소녀가 찾아가 간절하게 부탁해 볼 생각입니다."

태옥교는 탁자에 올려놓은 옥함을 백무향의 앞으로 밀었다.

"약소하나마 아버님을 구해주신 답례입니다."

"그런 소리 마시오. 내 목숨도 태 궁주의 목숨만큼 귀하오. 이제 신세를 갚은 것 같아 다소 홀가분하오."

"그렇다면 소녀의 성의라고 생각해 주십시오. 사실 그 물건은 오직 백 공자에게만 쓸모가 있습니다."

"그런 물건이 있단 말이오?"

백무향은 부쩍 호기심이 치밀어 옥함을 뚜껑을 열었다. 책을 끄집어낸 그는 책 제목을 보고는 눈을 동그랗게 떴다.

"뇌천검보?"

"그렇습니다. 뇌천검제가 구사하신 십이초의 뇌천검법이 수록돼 있지요."

"대체 어떻게 구한 거요?"

"아버님의 세 분 사부님이 천외삼성이십니다. 그중 천세검성(天世劍聖)께서 남기신 겁니다."

기억이 뒤섞이면서 다시 두통을 느낀 백무향이 정수리 부위를 문질렀다.

"천세검성이 혹시 뇌천검제의 제자요?"

"아닙니다. 천세검성은 독자적으로 검법을 연마해 초극의 경지에 이른 분이십니다. 검성께서는 세상의 검법을 두루 접하시다가 뇌천검법이 절전된 것을 안타깝게 여겨 뇌천검법을 재현하는 데 많은 세월을 보내셨습니다. 그러다 뇌천검제가 천병산(天兵山) 뇌천동에서 수련했다는 얘기를 듣고는 몸소 뇌천동을 찾아가셨습니다."

"그곳에서 뇌천검제의 비급을 발견한 거요?"

"아닙니다. 뇌천검제는 갑작스럽게 실종되신 바람에 절기를 전하지 못했습니다. 검성께서는 뇌천동에 새겨진 검흔만 찾아내셨지요. 이 뇌천검보는 그 검흔을 기초로 검성께서 십수 년에 걸쳐 재현하신 겁니다."

뇌천검보를 훑어본 백무향은 진심으로 감탄했다.

"오, 정말 대단하군. 단지 석벽에 새겨진 검의 흔적만으로 검법을 재현하는 것이 가능하단 말이오?"

"검성이기에 가능했을 겁니다. 그렇다 해도 완벽하지는 않을 것입니다. 하지만 백 공자께는 뇌천검제의 후계자이시니 뇌천검보를 보는 것만으로도 잊었던 검법을 기억해 내실 수 있을 겁니다."

"한데 말이오……."

백무향이 진지한 눈빛으로 태옥교를 직시했다.

"내가 혹시 뇌천검제 당사자일 가능성도 있소?"

"……."

"내가 미쳤다고 생각해도 좋소. 하지만 가끔씩 극심한 두통과 함께 뇌리를 스치는 기억의 조각 어디에도 내가 누군가에게 수련을 받았다는 느낌은 들지 않소. 대공녀, 당신의 솔직한 생각을 말해보시오."

태옥교는 그의 눈빛을 직시하지 못하고 시선을 내렸다.

"세상에는 상식적으로 이해할 수 없는 일들이 많습니다. 타당성을 입증하기도 힘든 그런 사건들을 괴사라고 하지요. 소녀는 백 공자의 판단과 확신을 믿습니다. 설사 공자께서 뇌천검제의 현신(現身)이라 해도 소녀는 믿겠습니다."

"그래, 날 믿어줄 사람이 한 사람이라도 있다니 마음이 놓이는군. 나 혼자 미친놈 되는 것은 아니니까."

백무향은 뇌천검보를 힘있게 쥐고는 목례를 해 보였다.

"고맙소. 내 기억을 되찾는 데에도 큰 도움이 될 것 같소."
"공자께서 하루속히 기억을 되찾기를 기원하겠어요."
몸을 일으킨 태옥교가 공손히 예를 올렸다.
"소녀가 급히 황산으로 가야 하기에 더 이상 접대하지 못함을 용서해 주십시오. 가능하면 공자께서 이곳에 머물러 주시기를 바랍니다. 이곳 낙빈원을 공자의 임시 처소로 일러두었으니 남의 방해를 받지 않고 뇌천검보를 수련하실 수 있습니다."
"유감이군. 소견을 구해야 하기에 나도 곧바로 떠날 생각이오."
"아, 그렇군요."
태옥교는 아쉬운 한숨을 내쉬었다. 그를 붙잡고 싶었지만 소견과의 깊은 관계에 대해 상세하게 들었기에 감히 만류할 엄두도 낼 수 없었다.
"다시 뵐 수 있을지 모르겠군요."
"이미 두 번이나 만났는데 세 번을 못 만나겠소?"
백무향이 평소답지 않게 의연한 태도를 보였다.
천천히 몸을 돌리던 태옥교가 갑자기 자신의 이마를 쳤다.
"아, 깜빡했군요. 진작 말씀드렸어야 하는데 경황이 없어 하마터면 그냥 갈 뻔했어요."
"무엇을 말이오?"
"새로운 정보를 한 가지 입수했는데 소견 낭자를 찾는 데 도움이 될지 모르겠군요. 환희마궁 소속의 마녀인지는 몰라

도 파중 서쪽 벽계산(碧鷄山) 무흔곡에 여인지문이 있다는 정
보가 입수되었어요."

"벽계산 무흔곡?"

백무향은 막연한 상태에서 행선지를 정하게 되자 부썩 기
운이 솟았다.

"신경 써줘서 고맙소. 소견을 찾게 되면 모두 대공녀 덕분
이오."

"아버님을 모셔온 은공인데 먼저 떠나게 되어 정말 송구합
니다. 아무리 급하셔도 하룻밤만 유하고 가십시오."

백무향은 생판 모르는 곳에 혼자 머물기가 거북해 그녀를
따라나섰다.

"괜찮소. 나도 어서 소견을 찾아가야겠소."

수백 명이 좌우로 도열해 차례로 예를 올리는 광경은 장관
이었다.

백무향은 태옥교와 나란히 진입로를 걸어나가면서 절로
닭살이 돋았다.

"지금 저들이 내게 이런 예의를 갖추는 것이오?"

"그렇습니다."

"난 이런 것, 생리에 안 맞아. 상대가 정중할수록 소름이
돋으니 말이야."

"백 공자는 머지않아 천하인들의 경배를 받으실 분입니다.

점차 익숙해지실 겁니다."

백무향은 정색을 지으며 손을 내저었다.

"그럴 일도 없고 설사 내가 공을 세웠다 해도 거추장스런 예우는 금할 것이오. 그래도 절을 올리는 놈들은 콧잔등을 걸어차 주겠소."

십 리에 걸친 진입로 끝자락에 이르자 그들 둘만 남게 되었다.

태옥교가 하늘 한쪽을 향해 나직이 외쳤다.

"잠혼!"

그녀의 호명이 끝나기가 무섭게 땅속에서 솟아 나온 검은 그림자가 태옥교의 옆으로 내려섰다. 눈 부위를 제외하고는 온통 흑색 일색이라 그림자 인간에 가까운 모습이었다.

"행선지는 황산 반사곡이에요."

그가 연기처럼 사라지자 태옥교가 포권을 취했다.

"소견 낭자를 구하게 되면 꼭 본 궁을 찾아주세요. 아니, 어디에 계시든 소식만 전해주세요. 소녀가 찾아뵙고 두 분의 재회를 축하드리겠어요."

"나도 대공녀가 반사귀선인지 반사귀신인지 하는 돌팔이를 꼭 데려오기를 기대하겠소."

태옥교는 잔잔히 미소를 짓고는 허공으로 솟아올랐다.

"가까운 시일 내에 뵙기를 기원하겠어요!"

허공을 몇 번 걷어차는 사이 그녀의 늘씬한 교구가 하늘 저편으로 사라졌다.

백무향은 왠지 가슴 한 자락이 베어진 허전한 심정이었다.

'소견을 구할 일만 없다면 함께 가고 싶군.'

잠시 동쪽 하늘을 주시하던 그가 퍼뜩 정신을 차리며 몸을 돌렸다.

"제기, 내가 지금 무슨 생각을 하는 거야?"

그는 힘차게 걸음을 옮기며 자신을 향해 외쳤다.

"무향, 네 색시는 소견이다. 네가 정신을 차리고 첫 번째 만난 여인이 소견이고 처음으로 관계를 나눈 여인이야. 그리고 날 구하기 위해 스스로를 희생한 여인 또한 소견이다. 만일 네가 소견을 구하지 못하면 넌 사내새끼도 아니다!"

3

촤아악……!

장강을 거슬러 오르던 범선이 망망대해와 같은 거대한 호수로 진입했다. 강남의 명소 동정호.

여름날의 뜨거운 태양이 지기 무섭게 동정호 일대는 놀잇배들로 성황을 이루었다. 벌써부터 악사들의 금현이 들려오고 기녀들의 노랫소리와 웃음소리가 꺼져 가는 낙조 속에 울려 퍼진다.

범선은 놀잇배 사이를 지나 유유히 흘러가고 있었다.

선실에서 뱃전으로 나선 백무향은 호수 특유의 물 냄새를 한껏 들이키고는 드넓은 동정호를 감상했다. 동정호 수면을 수놓은 수백, 수천의 등불은 그야말로 자연의 절경을 능가할 대 장관이었다.

백무향은 문득 소견과 함께 계림의 이강을 유람했던 지난 날을 떠올렸다. 당시 그들은 갓 혼례를 올린 부부처럼 다정했고 행복했었다.

만일 소견이 소수마후의 강압에 의해 끌려가는 불상사만 없었다면 지금쯤 나란히 동정호를 유람하고 있을지도 모른다. 그랬다면 낙조의 기운이 남아 있는 검붉은 하늘과 놀잇 배마다 걸려 있는 휘황한 등불이 더 아름답게 보였을 것이다.

이때 뱃사람이 여아홍이 담긴 호리병을 공손하게 건넸다.

"공자, 술이라도 드시면서 천천히 감상하십시오."

"고맙소."

백무향은 호의적인 미소를 지으며 목례를 보냈다.

여아홍을 한 모금 들이키자 동정호의 정경이 더욱 화려하게 느껴졌다. 어둠이 짙어지면서 놀잇배마다 있는 대로 등불을 밝혀서일까, 출렁이는 호수의 수면이 채색된 비단처럼 보였다.

백무향은 현란한 폭죽까지 터지는 광경을 지켜보면서 묘한 고적함에 젖었다.

전에는 미처 느끼지 못했던 감성적인 변화였다.

예상치 못하게 지옥마부에 억류돼 죽을 고생을 하였고, 태무건을 태백궁까지 데려다 주는 과정을 거치면서 그의 의식이 한결 성숙되었다.

예전에는 자기 중심적이었고, 영외무림에서 잇달아 강적들을 꺾으면서 지나친 자부심에 젖어 있었다. 자신이 엄청난 고수라는 자만에 빠져 예의도 없었고 거칠 것도 없었다.

한데 중원무림은 그렇게 녹록한 곳이 아니었다.

중원으로 들어서면서 잔결삼흉과 같은 저급한 악도들의 잔꾀에 넘어가 만두소가 될 뻔했고, 천사오종의 차륜전을 해소하는 데에도 진땀을 흘려야 했다. 또한 백괴문의 악당인 귀명소악의 하찮은 술수에 당해 급류에 처박히면서 지옥마부로 흘러들게 되었다.

물론 지옥마부에서 대면한 태무건의 무공은 상상을 초월할 정도였다.

그는 단지 한 팔만 자유로운 상태에서도 자신의 뇌천검을 무력화시킨 절대고수였다.

그런 절대고수를 제압했으니 지옥마부 또한 가공할 마력을 지닌 집단이며, 당시 저들의 최고 수뇌 급이 지옥마부 내에 없었다는 것은 정말 기적 같은 행운이 아닐 없었다.

그리고 태백궁의 무상 또한 그를 압도할 고수라는 사실을 인정하지 않을 수 없었다.

　백무향은 술병을 절반쯤 비우고는 뱃전을 따라 천천히 걸음을 옮겼다.

　'내가 뇌천진기와 열양지기를 지닌 것은 사실이지만 그 정도만으로 무적은 아니야. 뇌천진기는 뇌천검을 통해서만 그 위력을 발휘할 수 있는데 단지 검을 휘두르는 정도로는 고작 하류 잡배들이나 죽이는 정도야.'

　문득 그는 태옥교가 건네준 뇌천검보의 구결을 뇌리에 떠올렸다.

　그가 말보다 느린 배편을 이용한 이유도 뇌천검보를 깊이 연구하기 위해서였다. 배편을 이용하면 굳이 말을 채찍질할 필요도 없고, 경공술을 펼치느라 기력을 소모하지 않아도 되었다.

　그는 그동안 선실에 편안히 누워서 뇌천검보의 구결을 외웠기에 이제는 그 의미를 깨우치기만 하면 되었다.

　'내가 유일하게 펼치는 뇌강폭은 사실 제대로 된 초식이 아니었어. 그 바람에 지옥마부에서 광명신검과 겨룰 때 초식이 절반쯤 펼쳐지다 흩어지게 된 것이지.'

　그가 단편적인 기억을 조합해 억지로 창안한 초식의 본래 수법은 이러했다.

　제삼초 천뢰광류섬(天雷光流閃).

　그는 구결에 기재된 초식과 자신의 기억 속에 남은 초식을 비교하였다.

'다른 초식은 아직 깨우치지 못했지만 천뢰광류섬은 확실히 구사할 수 있을 것 같군. 하지만 뇌천검보에 기재된 구결도 조금은 잘못된 것 같아. 내 기억이 정확하다면 말이야.'

그는 자신의 기억력을 더 존중했다.

천세검성이 남긴 뇌천검보는 검흔을 보고 유추한 것이기에 뇌천검법을 완벽하게 재현했다고 보기에는 다소 무리가 있었다. 어찌 된 영문인지 몰라도 자신의 기억 속에 담겨진 구결에 더 신뢰감이 들었다.

이때 갑자기 뱃사람들의 행동이 바빠졌다.

"곧 폭우가 쏟아질 것 같소! 풍랑이 예상되니 모두들 선실로 피하시오! 젖으면 안 될 물건들도 미리 챙기시오!"

뱃사람들은 돛을 내려 단단히 묶고 갑판의 기물들을 점검하기에 바빴다.

백무향은 후텁지근한 바람에 손으로 부채질을 하며 밤하늘을 올려다보았다.

과연 하늘 저편으로 시커먼 먹장구름이 몰려오고 있었다.

벌써부터 은은한 우렛소리가 울려 퍼지고 수평선 저편으로 번갯불이 번쩍거렸다. 한참 흥에 겨워 있던 놀잇배들은 갑작스럽게 출렁이는 파도에 놀라 급히 호반으로 배를 몰았다.

늙은 뱃사람이 백무향을 보고는 서둘러 선실로 안내했다.

"어서 드시오, 공자. 비바람이 드셀 것 같소이다."

"잠시 전까지만 해도 맑았는데 어쩐 일이오?"

“본래 호수의 날씨는 변덕이 심하외다. 비가 들칠지 모르니 창문을 꼭 닫으시구려.”

늙은 뱃사람은 백무향의 입실을 확인하고는 문을 닫았다.

백무향은 범선의 선실 중 유일하게 혼자 지낼 수 있는 특급 선실을 차지한 귀빈이었다.

그의 주머니에는 상상도 못할 거금이 들어 있었다. 태백궁에서 수욕을 하고 새 옷으로 갈아입었는데 허리춤에 달린 비단 주머니 안에 두둑한 은표와 보석이 들어 있었던 것이다. 물론 태옥교의 배려였다.

덕분에 그는 특급 선실을 빌려 호화롭게 지낼 수 있었다. 거금을 받은 뱃사람들은 그를 대부호의 자제로 생각해 좋은 식사와 무제한의 술을 제공했다. 그로서는 예상치도 못한 호사가 아닐 수 없었다.

휘이이잉!

바람 소리가 날카롭다. 풍랑이 거세지면서 범선이 요동치기 시작한다. 곧이어 빗방울이 굵어지더니 폭우로 변한다.

쏴아아아……!

백무향은 침상에 앉아 선창을 통해 빗줄기를 감상하고 있었다. 빗방울이 약간 들치기는 했지만 창문을 닫아야 할 정도는 아니었다. 오히려 더위를 씻어내는 시원스런 바람이 반갑기만 했다.

폭우와 더불어 뇌성벽력이 하늘을 진동시켰다.

번─쩍!

한줄기 섬광이 갈 지 자를 그리며 밤하늘을 가로질렀다.

일순 백무향은 머리가 깨질 것 같은 두통에 머리를 감싸 쥐었다.

"젠장, 이번 통증은 정말 심하군."

그는 관자놀이의 혈도를 짚으며 고개를 흔들었다.

한데 그가 전혀 의식하지 않았는데도 기억의 늪 속에 잠긴 뇌천검법의 구결이 조각조각 솟아올랐다. 구결이 새겨진 조각들은 제멋대로 흩어졌다 합쳐지면서 하나의 형상을 만들어냈다.

"가만, 이 구결은 뇌천검보에서 본 제칠초식 야뢰비류섬(野雷飛流閃)과 유사해!"

문득 무언가를 깨달은 그는 뇌천검을 집어 들고 선실 밖으로 나섰다.

세찬 비바람에 갑판이며 뱃전은 텅 비어 있었다. 선객들은 물론이고 뱃사람들조차 보이지 않았다.

백무향은 선실 지붕을 박차고 높이 솟아 있는 돛대로 솟구쳐 올랐다. 도공답운비를 터득했기에 오 장 높이의 돛대는 한 달음에 오를 수 있었다. 돛대 상단을 딛고 선 그는 현란한 섬광을 뿌려내는 밤하늘을 직시했다.

우렛소리와 함께 번득이는 섬광은 기억 속에 묻힌 구결을 밝혀주는 등불이었다. 단편적인 구결들은 뇌천검보의 구결과 합치되면서 하나의 완벽한 구결로 재구성되었다.

번—쩍—!

거대한 번갯불이 갈 지 자[之]를 그리며 호수를 향해 내리꽂힌다.

순간 백무향은 짤막한 기합을 토하며 뇌천검을 뽑아 들었다. 허공으로 치솟은 그는 수면을 향해 급속도로 내리꽂혔다.

"야뢰비류섬!"

검극에서 뿜어지는 뇌천진기가 번갯불과 같은 섬광을 그려냈다. 공교롭게도 먹장구름이 토해낸 번갯불과 그 형상이 일치했다.

자연과 인간의 동화(同化)!

뇌천검법 제칠초식이 재현되는 순간이었다.

4

안휘성에 위치한 황산(黃山).

황산은 기이한 괴석과 신비로운 운해로 이름이 높은 명산 중 하나다. 본래는 검은 석벽이 많아 이산(黟山)으로 불리웠는데, 당나라 때 도교를 숭상하는 현종이 황제(黃帝) 헌원을 기려 황산으로 명명하면서 이름이 바뀌게 되었다.

주사온천(朱砂溫泉)은 황산의 명소 중 하나로 수년에 한 번씩 물이 붉게 변하는 특이한 온천이다. 병자들이 이 주사온천에 몸을 담그면 만병이 낫고 한 사발을 마시면 속병이 사라진 다 하여 약천(藥泉)으로도 불리운다.

반사곡은 주사온천과 그리 멀지 않은 곳에 위치해 있었다.

본래 골짜기의 이름은 주사곡이었지만 반사귀선이 거처로 정한 이후 반사곡으로 불리게 되었다.

"아이고, 귀선님! 제발 제 자식 좀 살려주십시오!"

"흑흑, 노모께서 위급하십니다! 부디 처방전을 내려주십시 오!"

"귀선님, 왕진비는 원하는 대로 드리겠습니다! 저희 장주 님을 치료해 주십시오!"

반사곡 앞은 천하 각처에서 몰려든 병자들로 인산인해를 이루고 있었다.

대다수 약 한 재 살 돈도 없는 가난한 사람들이거나 돈은 있으나 약이 없는 불치병 환자들이었다. 그들에게 있어 죽은 자도 되살린다는 반사귀선의 존재는 최후의 희망이 아닐 수 없었다.

그러나 반사귀선이 병자들에게 처방전을 내리고 약재를 던져 주는 경우는 극히 드물었다.

그는 갓난아기가 눈앞에서 고통스럽게 죽어가도 눈 하나 깜빡하지 않을 만큼 냉혹하고 괴팍스런 의원이었다. 그에게 는 병자들을 치료하는 정해진 기준이 없기에 숱한 병자들은 기약없이 기다리는 수밖에 없었다.

반사곡 입구에 이른 태옥교는 수백의 병자들이 신음 속에
누워 있는 광경을 보고는 무거운 한숨을 내쉬었다.

'아, 어떻게 해야 귀선을 모셔갈 수 있을까?

그녀가 어수선하게 세워진 움막 사이를 지나자 병자들과
가족들이 우르르 몰려들었다.

"아이고, 반사곡으로 들어가는 분이십니까요?"

"제발 귀선님께 소인들의 사정을 고해주십시오."

"흑흑, 처방전을 부탁드립니다."

잠혼이 병자들을 거칠게 밀어내자 태옥교가 조용히 타일
렀다.

"잠혼, 나도 저들처럼 눈물로써 호소하고 싶은 심정이에
요. 길만 열어주세요."

잠혼이 칼을 앞으로 내밀자 병자들이 좌우로 갈라졌다.

반사곡 입구 좌우로는 붉은 석벽이 기둥처럼 세워져 있었
다. 안쪽으로는 희뿌연 운무가 깔려 있어 내부를 전혀 볼 수
없었다.

입구 주변을 둘러본 태옥교가 잠혼에게 말했다.

"반회몽환진(返廻夢幻陣)이 설치돼 있군요. 치명적인 위험
은 없지만 진법에 휘말리면 한참을 헤매다 다시 나오게 됩니
다. 다행히 파훼법을 알고 있으니 내 뒤를 따라와요."

입구로 들어선 그녀는 조심스럽게 전후좌우로 걸음을 옮
겼다. 한 걸음만 잘못 내디뎌도 진세에 휘말리게 되기에 그녀

는 바싹 긴장한 채 몸을 움직였다.

이윽고 진세를 벗어나자 시야가 확 틔었다.

넓은 분지에는 수백 마리의 짐승이 자유롭게 뛰놀고 있었
다. 짐승들 대부분은 사냥꾼들의 올무와 덫에 상처를 입어 치
료를 받았거나 받는 중이었다.

다리가 분질러져 부목을 댄 사슴은 절뚝거리면서도 활기
를 되찾았고, 날카로운 덫에 다리 하나가 잘린 토끼는 세 다
리만으로도 잘도 뛰어다녔다.

신음하는 짐승들에게 둘러싸여 있는 마의노인은 생김새가
아주 괴상했다.

머리통이 유난히 커서인지 그의 고개가 한쪽으로 삐딱하
게 기울어져 있었다. 두 눈은 금세라도 감길 듯 졸음에 겨워
있었고, 쭈글쭈글한 피부는 천 년 거목처럼 주름이 잡혀 있었
다.

"이놈아, 제명에 죽고 싶으면 조심했어야지?"

노인은 노루의 목에 감긴 올무를 끊어주고는 약을 발라주
었다. 하지만 이미 숨이 끊어졌는지 노루는 꿈쩍도 하지 않았
다.

"이런, 엄살이 아주 심한 놈이로군?"

침통을 꺼낸 노인이 노루의 몸뚱이 세 곳에 금침대법을 펼
쳤다. 금침을 튕겨 충분히 자극을 준 노인이 침을 뽑고는 냅
다 노루의 엉덩이를 갈겼다.

"이놈, 냉큼 일어나지 못해!"

화들짝 깨어난 노루가 정신없이 풀숲을 향해 달아났다.

"허허헛!"

기분 좋은 웃음을 터뜨린 노인이 이번에는 덫에 걸려 상처를 입은 멧돼지를 치료하기 시작했다.

태옥교는 노인의 치료를 방해하고 싶지 않았지만 언제 끝날지 몰라 더는 기다릴 수가 없었다.

"귀선님을 뵈옵니다."

그녀는 정중히 삼배를 올리고는 꿇어앉았다.

"소녀는 태옥교라고 하옵니다. 실종되신 아버님이 귀환하셨지만 상세가 너무 위중해 소녀로서는 감히 치료를 할 수가 없었습니다. 부디 귀선님의 신술을 청하옵니다."

기괴한 모습의 마의노인이 바로 천하제일의 신의 반사귀선이었다.

하지만 그는 당대의 신의임에도 불구하고 그다지 존경받는 인물은 못 되었다. 그에게 있어 사람의 목숨은 짐승의 목숨과 다를 바 없었다. 사람이 다쳤다 하여 우선적으로 치료를 해주는 일은 없었던 것이다.

이런 괴팍함과 매정함 때문에 그는 존경과 지탄을 동시에 받는 괴인으로 취급받았다.

멧돼지를 치료하던 반사귀선이 심드렁하게 물었다.

"네 아버지가 누구냐?"

"태백궁의 종주인 광명신검이십니다."

"그래? 정 살리고 싶다면 반사곡 입구에 데려다 놓아라. 노부의 기분이 내키면 한번 봐주겠다."

마의노인의 냉담한 반응에 태옥교는 눈앞이 캄캄해졌다.

세수 백 세에 이르는 반사귀선이 광명신검을 모를 리 없었다. 한데도 그는 무림정기의 화신이라는 광명신검를 하류 잡배처럼 여겼다. 광명신검의 죽음이 가져다줄 엄청난 파장조차 무시한 것이다.

무릎걸음으로 다가선 태옥교가 다시 고개를 조아렸다.

"귀선님, 천하는 또다시 오행천의 위협을 받고 있습니다. 불행하게도 어둠은 짙고 광명의 힘은 미약합니다. 제 아버님께서 타계하신다면 강호 정기는 말살되고 세상은 혈난 속에 빠지고 말 것입니다. 천하 창생을 위해서라도 제발 아버님을 구해주십시오."

"옥교라고 했더냐? 네 아비가 죽으면 세상이 결단나기라도 한단 말이냐?"

"예에?"

"네 아비가 여태 실종된 상황에서도 세상은 잘만 돌아가지 않았더냐? 네 아비가 얼마나 특별한지 몰라도 노부는 지금 몹시 바쁘다. 보다시피 치료해야 할 녀석들이 많아."

반사귀선은 상처 입은 짐승들을 둘러보고는 다시 멧돼지의 상처를 꿰매고 약을 발라주었다.

순간 잠혼의 혈도가 번득였다.

쾌애액!

치료를 받던 멧돼지가 숨통이 베어지면서 그대로 절명했다.

잠혼은 붉은빛을 발하는 칼을 반사귀선의 면전으로 들이댔다. 한마디 말도 하지 않은 묵언(默言)의 위협이지만 그 의미는 분명했다. 태옥교의 뜻에 따르지 않으면 목을 베겠다는 뜻이었다.

반사귀선은 게슴츠레한 눈으로 그를 돌아보며 혀를 찼다.

"이런 미친놈을 보았나? 감히 반사곡 내에서 칼을 휘둘러?"

하얗게 질린 태옥교가 잠혼을 잡아끌었다.

"잠혼, 이게 무슨 짓이에요? 당장 귀선님께 사죄를 올려요! 어떻게… 어떻게 귀선님을 위협한단 말이에요?"

"……."

"어서 사죄를 올려요!"

태옥교의 냉엄한 지시에 잠혼은 칼을 거두었다. 그가 무릎을 꿇고 사죄의 절을 올렸지만 반사귀선은 일별도 주지 않았다.

"태백궁에서도 저런 살인귀를 키운단 말이냐? 그러면서 무슨 강호 정의를 운운하는 것이냐?"

신랄한 질책에 태옥교는 한마디 반론도 할 수 없었다.

사실 그녀의 비밀 호위인 잠혼의 존재는 극비였다. 만일 그의 출신이 밝혀질 경우 반사귀선의 지적대로 커다란 파장이 일어날 것이다.

반사귀선은 서둘러 바늘에 실을 꿰었다.

"제기, 살인귀 때문에 공연히 일거리만 늘었군. 꼴 보기 싫으니 썩 꺼져라!"

그는 숨통이 끊어진 멧돼지의 식도와 기도, 혈관을 차례로 바늘로 꿰고는 근육과 살덩이까지 이어주었다. 쭈글쭈글한 얼굴과 달리 손은 여인의 것처럼 고왔고, 손놀림은 유연했다.

순식간에 멧돼지의 목을 이은 그는 상처 부위에 약을 바르고 천으로 동여매 주었다.

'설마……?'

태옥교는 눈을 동그랗게 뜬 채 반사귀선과 멧돼지를 번갈아 보았다.

반사귀선은 멧돼지의 몸 십여 곳에 금침을 꽂고는 심장 부위를 강하게 압박했다.

"어서 일어나, 이놈아!"

그가 힘껏 심장을 강타하자 멧돼지가 가래 끓은 신음을 발하며 깨어났다.

꽤— 꽤애액!

멧돼지는 세차게 진저리를 치고는 뒤뚱뒤뚱 풀숲으로 달려갔다.

태옥교는 소름이 끼칠 만큼 충격과 감동에 젖었다.

'아아, 세상의 풍문이 사실이었어! 죽은 사람도 되살린다는 반사귀선의 신술은 결코 과장이 아니었다! 진정 천하제일의 신의이시다!'

자신의 눈으로 죽은 멧돼지를 되살리는 과정을 똑똑히 보았기에 그녀는 믿지 않을 수가 없었다. 더불어 그의 신술이라면 부친을 구할 수 있다는 확신이 더욱 굳어졌다.

그녀는 반사귀선의 소매를 쥐며 간곡히 애원했다.

"귀선님, 제발 아버님을 구해주십시오. 소녀의 목숨을 바치겠습니다."

"네 목숨이 무슨 쓸모가 있겠느냐? 귀찮게 굴지 말고 어서 나가!"

"흑흑, 귀선님! 아버님은 천외삼성의 유일한 계승자이십니다! 삼성 사존님들과의 오랜 교분을 감안해 주십시오!"

"허어, 앙큼한 계집이 이제는 죽은 해골까지 들춰내는 것이냐?"

반사귀선은 신경질적으로 그녀의 손을 뿌리쳤다.

한데 이때였다. 칼을 뽑아 든 잠혼이 자신의 가슴에 그대로 칼을 꽂았다.

퍼억!

예리한 칼날은 그의 몸통을 뚫고 등판까지 비집고 나왔다.

"잠혼!"

태옥교가 비명을 지르듯 외치며 잠혼에게 다가섰다.

이 순간 자리를 박차고 일어선 반사귀선이 태옥교를 옆으로 밀어냈다.

"건드리면 안 돼!"

잠혼의 손목을 쥐고 진맥을 한 그가 짜증스럽게 혀를 찼다.

"허어, 이런 미친놈을 봤나? 이제 네 목숨으로 노부를 위협하겠다는 것이냐?"

그가 칼을 뽑아내기 위해 손잡이를 쥐자 잠혼이 칼을 움켜쥐었다.

몸에 칼을 꽂고서도 그의 눈빛에는 고통 한 점 깃들어 있지 않았다. 반사귀선을 직시하는 그의 눈빛은 치료를 거부하겠다는 뜻을 담고 있었다.

반사귀선은 그의 집요함에 고개를 흔들었다.

"허어, 아주 독종이로구나. 광명신검을 치료해 주지 않으면 너도 치료를 받지 않겠다는 것이냐?"

태옥교는 비로소 그가 왜 스스로의 몸에 칼을 꽂았는지 이해가 되었다. 지극한 감동에 목이 메었다.

'아, 잠혼!'

반사귀선은 뒷짐을 지고는 뒤뚱뒤뚱 걸음을 옮겼다.

"이럴 수는 없어. 반사곡 내에서 짐승이든 사람이든 죽는다는 것은 있을 수 없는 일이야. 노부의 자존심상 절대 용납할 수 없지."

입맛을 쩝 하고 다신 그가 잠혼을 향해 엄하게 지시를 내렸다.

"꼼짝 말고 있어라. 노부가 돌아올 때까지 살아 있어야 한다. 만일 네 녀석이 죽는다면 네 주인인 옥교를 세상에서 가장 추악한 계집으로 만들어 버릴 테니까. 알겠느냐?"

잠혼은 조용히 고개를 끄덕였다.

태옥교가 그의 앞에 무릎을 꿇으며 감격의 눈물을 뿌렸다.

"잠혼, 고마워요. 그리고 미안해요. 제발 살아 있어야 합니다. 당신이 죽으면… 난 평생 죄책감을 안고 살아야 할 겁니다."

잠혼의 회색 빛 눈망울에서 따스함이 배어 나왔다. 아무리 살인 병기로 키워졌지만 그 역시 인간이다. 자신이 섬기는 주인에게 인정을 받았다는 것은 그로서도 감격스러운 일이 아닐 수 없었다.

끄아아―악!

청명한 새 울음소리와 함께 거대한 붕새가 마당으로 내려 앉았다. 한쪽 날개의 크기가 일 장에 달할 만큼 거대한 붕새였다.

붕새의 등에 올라앉은 반사귀선이 짜증스럽게 말했다.

"어서 타라. 녀석이 죽기 전에 돌아오려면 서둘러야겠다. 반사곡 내에서 송장을 치를 수는 없으니까."

태옥교는 감탄에 젖어 붕새를 가까이 살폈다.

"아, 전설의 북해천붕(北海天鵬)이 아닙니까? 서책으로만 보았는데 현실로 존재할 줄이야."

"계집애, 아는 것도 많아 배도 고프겠군. 네 아비를 구하고 싶으면 어서 타."

"예, 귀선님."

태옥교가 등에 올라앉자 북해천붕은 양 날개를 활짝 펴고는 힘차게 솟아올랐다. 갑작스런 상승에 정신이 아찔해진 그녀가 반사귀선을 끌어안았다.

반사귀선이 기괴한 웃음을 흘렸다.

"히힛, 마르기는 했어도 네 젖가슴이 팽팽하구나."

"소… 송구합니다."

"아니다. 혹시 떨어질지 모르니 꼭 안고 있어라. 히힛, 젊은 계집이 안아주니 기분이 나쁘지는 않구나. 아무리 늙어도 사내는 역시 사내야."

태옥교는 아득히 멀어지는 황산을 돌아보았다. 가슴에 칼을 꽂은 채 고통스런 삶을 유지해야 하는 잠혼을 생각하자 다시 눈물이 피어올랐다.

'잠혼… 꼭 살아 있어야 합니다.'

제 14 장

승려도 아닌 것이, 도사도 아닌 것이

1

동정호를 지나온 범선은 장강 중류를 타고 거슬러 오르기 시작했다.

백무향은 주로 선실에 틀어박혀 뇌천검보를 깨우치는 데 많은 시간을 보냈다. 전에는 미처 몰랐는데 며칠 전 폭풍우 속에서 제칠초인 야뢰비류섬을 터득하면서 배움의 희열을 새삼 느끼게 되었다.

배우고 익히면 또한 기쁘지 아니한가.

굳이 공자의 첫 구절을 음미하지 않더라도 무공 수련은 그에게 있어 새로운 즐거움이었다.

뇌천검보는 벼락의 형상과 변화에 의거해 창안되었지만

천지의 흐름을 바탕에 담고 있었다. 바람을 따라 흐르는 구름이며, 물결 위에 출렁이는 나뭇잎까지 세상 모든 것이 그의 스승이었다.

백무향은 선실 창문을 통해 유유히 흘러가는 뭉게구름을 바라보면서 뇌천검보를 되새기고 있었다.

제일초 풍운만파섬(風雲萬波閃).

바람과 구름을 대동하는 수백, 수천의 번갯불은 뇌천검보의 기수식으로 손색이 없었다.

'거참, 뇌천검제라는 사람은 정말 천재로군. 세상에서 가장 강력한 벼락의 힘을 자연과의 동화 속에서 창안해 냈으니 말이야. 가만, 내가 스스로 자화자찬하는 것이 되잖아?'

백무향은 멋쩍은 웃음을 지었다.

그는 뇌천검보를 수련하면서 자신이 뇌천검제일 가능성에 보다 높은 비중을 두었다. 아직 기억이 혼란스럽고 자신이 어떻게 강력한 화염폭풍까지 구사할 수 있는지 몰라도 풍운마제와는 다소 거리가 멀게 느껴졌다.

'쩝, 내가 뇌천검제인 것은 상관없지만 정파의 맹주였다는 신분은 어울리지 않는군. 내가 아무리 과거를 기억하지 못하지만 그렇게 정의로운 사람은 아니었던 것 같으니 말이야.'

한데 이때였다.

땡땡땡―!

요란한 종소리가 울려 퍼지며 뱃사람들이 갑판으로 튀어

나왔다.

“어서 선실로 피하시오!”

“강호인이 계시면 도와주시오!”

“속도를 최대로 높여!”

뱃사람들은 사방으로 흩어져 범선의 모든 돛을 올리고 화살과 창으로 무장했다.

백무향은 시리도록 푸른 하늘을 올려다보며 중얼거렸다.

“뭐야? 또 폭풍인가? 하지만 하늘이 너무 맑잖아?”

선실을 나선 그는 가파른 계단을 타고 갑판으로 내려섰다. 한쪽 눈에 검은 안대를 댄 선장이 그를 보자 대뜸 호통을 쳤다.

“공자, 어쩌자고 내려온 거요! 어서 선실로 피하시오!”

“무슨 일인데 소란이오?”

“수적(水賊)들이오. 놈들이 곧장 우리 배를 향해 접근해 오고 있소. 최대한 속도를 높여 따돌려 보겠지만 장담할 수가 없소. 싸움이 벌어질 수 있으니 안전한 선실로 피하시오.”

“수적?”

뱃전으로 다가선 백무향이 수면을 쓸어보았다.

검은 돛을 높이 올린 두 척의 쾌속선이 빠른 속도로 접근해 오고 있었다. 수적들은 벌써부터 화살을 쏘아댔고, 일부 수적들은 칼춤을 추면서 공포 분위기를 조성했다.

“저것들이 수적이오?”

선장은 잔뜩 긴장한 모습으로 자루가 긴 낫을 꼬나 쥐었다.

"그렇소. 돛을 보니 동정호이십사수채에 속한 자들 같소. 아주 흉악한 자들만 아니라면 어떻게 협상으로 목숨은 건질 수도 있소."

선객들 중에서 강호인으로 보이는 몇 사람이 갑판으로 나서 뱃사람들과 합류했다.

"수적들 따위한테 당할 수는 없소."

"우리도 함께 싸우겠소."

이때 도사 복장에 황색 가사를 걸친 청년 승이 뱃전으로 가볍게 내려섰다. 그는 겁먹은 표정으로 선실 창가에 모여 있는 선객들을 향해 외쳤다.

"아미타불! 무량수불! 빈도는 무을(武乙)이라 하오! 만일 처사들께서 적당한 시주를 해주신다면 수적들을 빈도가 물리쳐 주겠소!"

모든 사람들은 기이한 눈빛으로 무을을 주시했다.

아직 약관에도 이르지 못한 나이 때문인지 장난기 어린 치기가 느껴지는 모습이었다. 승려처럼 머리를 빡빡 밀었고, 황색 가사를 걸쳤지만 입은 옷은 승복 대신 도사들이 입는 학창의였다. 또한 손목에 묵주를 둘렀지만 등에는 도사처럼 검을 메고 있었다.

절반은 승려이며 절반은 도사.

백무향은 반승반도(半僧半道)의 괴이한 사내를 바라보며

호기심을 금치 못했다.

'재미있는 녀석일세. 중도 아니고 도사도 아닌 놈이군. 게다가 수적들을 물리쳐 주는 조건으로 돈까지 요구해?

그는 잠시 관망한 채 무을의 활약을 지켜보기로 했다.

선객들은 웬 사기꾼인가 싶어 경계하다가 그들 중 상인 세 명이 선실을 나섰다.

"스님… 아니, 도사께서……."

"하하, 호칭이 번거로우면 그냥 무을 도승이라 칭하시오."

"알겠소, 무을 도승. 정말 수적들을 물리쳐 주실 수 있단 말이오?"

"물론입니다. 약간의 수고료만 시주하시면 됩니다. 빈도가 먼 길을 다녀야 하기에 노자가 조금 필요합니다."

상인들은 일제히 포권을 취했다.

"아이고, 수적들만 물리쳐 주시면 당연히 사례하겠소."

"아미타불, 무량수불. 그럼 약속을 하신 겁니다?"

무을은 훌쩍 뛰어오르더니 허공을 밟고 수적들의 쾌속선을 향해 날아갔다. 쾌속선까지의 거리는 삼십 장이나 되었지만 무을은 한차례 수면을 밟고 도약했을 뿐이다.

"오오, 절세고수다!"

"세상에, 저런 신인이 존재할 줄이야!"

"나무관세음보살! 아마도 우리를 구해주실 보살님의 현신일 것이오!"

백무향 역시 무을의 경이적인 신법에 놀라움을 금치 못했다.

그가 영외에서 중원에 이르는 동안 숱한 무림고수들을 상대해 보았지만 이렇듯 초절한 경공의 소유자는 처음이었다. 영외제일인이라는 혈번취왕조차 이르지 못한 경지였다.

문득 그는 소견을 강탈해 간 소수마후를 떠올렸다.

'그래, 낯짝만 젊은 그 할망구가 펼친 비행술과 버금갈 몸놀림이다!'

무을이 바람처럼 날아들자 쾌속선에서 난리가 났다.

"허억! 저건 웬 놈이야?"

"대가리는 중놈인데 옷은 도사로군."

"쏴라! 화살을 쏴서 죽여!"

수적들은 일제히 화살과 궁노를 발사했다. 수십 발의 화살이 무을을 향해 날아들었다. 그러나 화살과 궁노는 무을의 몸 삼 척 밖에서 모두 튕겨져 나갔다.

백무향은 눈을 휘둥그레 떴다.

'무형 호신강기?'

무을은 허공을 딛고 선 채 한 척의 쾌속선을 향해 주먹을 내질렀다.

"하하, 도적들은 부처님의 법력을 받을지어다!"

주먹에서 흰색의 권강이 발출되었다. 섬광처럼 뻗어나간 권강은 그대로 쾌속선 한 척을 강타했다.

콰아아앙!

폭음과 함께 쾌속선이 통째로 박살 났다. 파편과 함께 튕겨 나간 수적들은 아우성을 치며 동료들의 쾌속선을 향해 자맥질을 쳤다.

뱃전에 선 강호인들 중 누군가가 외쳤다.

"오오, 소림의 백보신권(百步神拳)!"

주변의 강호인들이 의문을 제기했다.

"그럼 저 괴상한 도승이 소림의 제자란 말인가?"

"그럴 리가? 소림에 저렇듯 기이한 제자가 있단 얘기는 못 들었소."

일권으로 한 척의 쾌속선을 박살 낸 무을이 또 다른 쾌속선 쪽으로 몸을 틀었다.

"무량수불, 태상노군의 위엄이시다!"

그는 왼손을 세워 천천히 내려쳤다.

촤아악!

마치 무형의 검에 베어진 듯 수면이 갈라졌다. 수면을 가르는 무형의 수강(手罡)은 엄청난 속도로 쾌속선을 향해 날아들었다.

"피해라!"

가공할 무공을 접한 수적들은 배를 버리고 모두 강물로 뛰어들었다.

콰아앙!

폭음과 함께 쾌속선은 대번에 두 쪽으로 갈라져 가라앉았
다.

백 명에 달하는 수적들은 마치 귀신을 대한 듯 사색이 되어
강변으로 자맥질을 쳤다. 워낙 가공할 적수이기에 밥줄인 쾌
속선을 잃은 것도 전혀 아깝지 않았다. 그마나 목숨을 건진
것을 다행으로 생각해야 했다.

"하하하!"

호쾌한 웃음을 터뜨린 무을은 허공을 밟고 뛰며 범선으로
돌아왔다.

선객들과 상인들은 잔뜩 겁에 질려 부복했다.

"요, 용서하십시오, 부처님, 신선님."

"하늘에서 내려오신 분인 줄 몰랐소이다."

무을은 멋쩍은 표정을 지으며 손을 내밀었다.

"헤헤, 저도 평범한 도사이며 승려입니다. 약속대로 노자
나 조금 주시지요."

선객들과 상인들은 물론이고 선장도 상당한 액수의 은자
를 건넸다. 그들은 수적들에게 목숨을 잃을 수도 있는 상황이
었기에 은자를 아끼지 않았다.

엄청난 액수의 금은을 바랑에 챙긴 무을은 웃음을 감추지
못했다.

"아미타불, 무량수불. 모두들 소원 성취하시고 불로장생하
십시오."

범선은 가까운 포구에서 닻을 내렸다. 수적들을 만나 놀란 선객들을 진정시키고 물자를 보급받기 위함이었다. 포구에 이르자 일부 선객이 내려고 새로운 선객이 배에 올랐다.

바랑 가득 금은을 짊어진 무을은 희희낙락한 표정으로 배에서 내렸다. 그는 범선의 선객들을 위해 형식적으로 경전을 읊어주었다. 불경이 아닌 도가의 황정경이었다.

그는 포구 연변에 늘어져 있는 반점으로 들어섰다. 점소이가 차를 한 잔 내오자 그는 개고기와 술을 주문했다.

점소이는 무을의 머리와 복장을 살피고는 고개를 갸웃거렸다.

"거, 스님인지 도사인지 알 수 없지만 주육(酒肉)은 금기 아니오?"

"아미타물, 무량수불. 빈도는 겉모습만 도승일 뿐이니 개의치 마십시오. 세상에 고기와 술을 즐기는 도승이 빈도 혼자이겠습니까?"

"하기는, 득도한 스님이나 도사라면 금기 따위는 무시하니까."

"푸짐하게 주십시오."

무을이 은 조각을 하나 건네자 점소이의 허리가 바로 꺾어졌다.

"아이고, 성불하십시오. 우화등선도 하시고요. 즉시 대령하겠습니다."

무을은 주변의 손님들을 둘러보며 히죽 웃었다.

"빈도한테 관심 갖지 마시고 많이들 드십시오."

이때 누군가가 맞은편 자리에 합석했다.

"술은 대작을 해야 제 맛이지."

백무향이었다.

그는 승려인지 도사인지 모르는 기이한 도승의 내력이 궁금해 범선에서 내렸다. 뇌천검보에 대한 구결을 모두 암기했기에 더딘 물길에 답답한 마음도 있었다. 이제부터는 말을 타고 사천성으로 향할 생각이었다.

무을은 힐끗 그를 보고는 찻잔을 집어 들었다.

"범선의 선객이로군. 혹시 내 재물을 탐내는 거라면 꿈도 꾸지 마시오."

"돈은 나도 충분히 있어. 한데 왜 그런 복장을 하고 다니는 거냐? 너, 도사야 중이야?"

"날 가르친 두 명의 사부 중 한 사람이 늙은 땡초였고, 다른 한 사람은 말코도사였소. 땡초 사부가 내 머리를 밀었고, 말코사부가 학창의를 입혀주는 바람에 이런 괴상한 모습을 하게 된 거요. 자, 의문이 해소됐으면 그만 가보시오."

백무향은 전혀 일어설 기미를 보이지 않았다.

"난 백무향이다. 나도 평범하지 않다고 자부했는데 널 보니 같은 부류인 것 같구나."

"시주가 뭐가 평범하지 않다는 거요?"

“내가 보기보다 나이가 좀 많거든. 아니, 많을 수도 있다는 얘기이지.”

“처사, 빈도 앞에서 어른 행세는 하지 않는 게 좋을 거요. 빈도의 두 사부는 강호의 대원로요. 배분으로 따지면 빈도보다 높은 사람은 거의 없지만 난 그따위 시답지 않은 배분은 생각지 않기로 했소.”

점소이가 개고기 찜과 술을 내오자 백무향이 먼저 술잔을 채웠다.

“네 사부가 누구냐?”

“밝히고 싶지 않소. 한데 왜 남의 술 단지에 손을 대는 거요?”

“사해가 친구인데 그깟 술 한잔을 아까워하냐? 쓰레기 같은 수적들을 쫓아내 준 보답치고는 후하게 받았잖아.”

무을은 개 갈비를 뜯으며 눈을 가늘게 떴다.

“그러고 보니 처사는 보답으로 빈도에게 구리 돈 한 문 내놓지 않은 것 같군.”

“그따위 수적 놈들은 나 혼자서도 해치울 수 있었어.”

“호오, 보기보다 고수이셨군? 하지만 아무리 대단한 무공을 지녔어도 내 일초지적조차 될 수 없지.”

백무향은 그의 오만함에 은근히 부아가 치밀었다.

“이 녀석 보게? 대체 네가 얼마나 잘났기에 건방을 떠는 거냐?”

무을은 순식간에 개 갈비 한 짝을 해치우고는 고약한 트림을 했다.

"끄윽, 잘 먹었군. 내 성질을 돋웠으니 수리비는 당신이내."

"뭐야?"

"나 간다."

무을은 일어서며 탁자를 탕 내려쳤다. 순간 반점의 기둥과 벽이 삽시간에 무너져 내렸다.

와지끈! 콰쾅!

무을은 자색의 강기에 휩싸인 채 그대로 솟구쳐 올랐다.

"아미타불, 무량수불! 도불(道佛)의 후예가 출도했으니 모든 사악함이 소멸될 것이다!"

반점의 천장을 박살 내고 치솟은 그는 한줄기 연기로 화해 날아갔다. 초상승 비기인 육지비행술이었다.

붕괴된 반점을 나선 백무향은 무을을 쫓아가려 했지만 이미 하늘 저편으로 사라지고 없었다. 그의 미흡한 경신술로는 도저히 따라잡을 수 없는 경지였다.

공연히 수모를 당한 백무향은 입맛이 썼다.

"젠장, 뭐 저런 고약한 새끼가 다 있어?"

이때 허연 횟가루를 뒤집어쓴 반점 주인이 씩씩거리며 달려왔다. 그는 백무향의 허리춤을 움켜쥐며 결사적으로 외쳤다.

“당신 친구가 내 객잔을 박살 냈다! 당장 수리비 물어내!”

2

여산 태백궁.

궁주의 거처인 광명궁 주변은 금천각 검수들에 의해 철통같이 경호되고 있었다.

궁 주변에서 이들을 지휘하는 백수풍신의 노인은 벽력도왕 사도풍이었다. 궁주 태무건이 귀환한 이래 그는 광명궁을 떠난 적이 없었고, 촌각도 눈을 붙인 적이 없었다.

궁주가 회생한 후에야 잠자리에 들 것이다.

무상으로서의 책무를 다하려는 그의 의지에 감복한 태백궁 제자들 역시 한시도 한눈을 팔 수 없었다.

태무건의 얼굴에 조금씩 생기가 감돌기 시작했다. 미간에 드리워진 짙은 그늘이 사라지고 피부에도 광택이 돌았다.

그를 치료하고 있는 의원은 물론 반사귀선이었다.

체구에 비해 유난히 큰 머리는 여전히 옆으로 기울어져 있었고, 졸음에 겨운 두 눈은 금세라도 감길 것 같았다.

“대충 된 것 같군.”

태무건의 혈도에 꽂힌 금침을 뽑은 그는 침통을 챙겨 침소를 나왔다.

가슴을 졸이며 기다리고 있던 태옥교가 조심스럽게 물었다.

"귀선님, 회복의 기미가 있으십니까?"

"사람의 수명은 하늘이 정해준 것이 아니더냐?"

반사귀선은 창가에 놓인 탁자 앞에 앉으며 찻잔을 집어 들었다.

"노부 평생 한 명의 환자를 사흘 동안 치료한 적은 이번이 처음이다. 노부도 최선을 다했으니 원망은 마라."

태옥교는 불길한 예감에 가슴이 덜컥 내려앉았다.

"귀선님, 무슨 말씀이십니까?"

그녀는 한쪽 무릎을 꿇으며 반사귀선의 옷자락을 쥐었다.

"차라리 소녀의 목숨을 가져가십시오. 아버님은 안 됩니다."

"인석아, 네 목숨이라고 많이 남아 있는 줄 알아? 움켜쥐려 할수록 네 수명은 줄어들 것이다."

"귀선님, 태백약고에 있는 모든 약을 사용하셔도 좋습니다. 제발 아버님을 구해주십시오."

태옥교는 눈물을 글썽이며 간곡하게 애원했다.

반사귀선이 그녀의 볼을 다독이며 따끔하게 일침을 가했다.

"옥교야, 넌 네 아버지 목숨만 소중하고 반사곡에서 칼을 가슴에 꽂고 있는 네 호위무사의 목숨은 소중하지 않단 말이냐?"

"귀선님……."

잠혼을 떠올린 태옥교는 반사귀선의 옷자락을 놓았다.

반사귀선이 태백궁에 당도한 지 벌써 사흘째.

태옥교는 반사곡에서 숨통이 끊어진 멧돼지를 되살린 반사귀선의 신묘한 의술을 목격했기에 부친의 회복을 믿어 의심치 않았다. 한데 태무건을 진맥한 반사귀선은 시침도 하지 않고 황토를 갠 물을 끓여 먹이도록 지시를 내렸다.

그것이 사흘 동안의 모든 처방이었다.

그사이 반사귀선은 마땅한 약재를 찾아야 한다며 태백약고를 두루 살폈다. 그는 천년하수오, 설산자연실, 구절백한망 등, 희귀한 약재를 모아 사흘에 걸쳐 단약을 제련했다.

태옥교는 그 단약이 부친을 위한 처방인 줄 알았지만 반사귀선은 자신이 지니고 다니는 약병만 가득 채웠다. 그녀는 비소로 그가 제련한 단약이 부친의 치료와 전혀 무관했음을 알게 되었다.

물론 부친이 회복될 수 있다면 태백약고의 모든 약재를 그가 사적으로 유용했다 해도 문제 삼지 않았을 것이다.

한데 반사귀선은 단 한 번 시침을 하고 인명재천(人命在天)을 운운하니 태옥교로서는 정말이지 통탄할 일이 아닐 수 없었다. 거기에 잠혼의 목숨까지 거론하는 바람에 그만 맥이 탁 풀리고 말았다.

반사귀선은 절망감에 빠져 있는 그녀를 힐끗 보고는 고개를 흔들었다.

"허어, 세상에서 가장 똑똑하다는 아이가 왜 이렇게 눈치가 없느냐? 노부가 치료를 하지 않았으면 모를까 노부의 치료를 받고 죽은 사람은 아직 없었어."

그가 뒤뚱뒤뚱 방을 나가자 태옥교는 정신이 번쩍 들었다.

"아……!"

그녀는 휘장을 밀치고 침소로 들어섰다.

태무건은 잠을 자듯 평온한 모습이었다. 짙은 회색 빛 기운은 씻은 듯 사라졌고 생생한 혈색이 감돌고 있었다. 고통스런 표정도 전혀 찾아볼 수 없었다.

부친의 손목을 쥐고 진맥을 하는 그녀의 볼이 홍분과 감격으로 발갛게 달아올랐다.

"오, 하늘이시여! 감사하옵니다!"

그녀는 부친의 회복을 확신했다.

그토록 우려하던 사악한 기운이 말끔히 해소된 것이다. 막혔던 기경팔맥이 타통되고 광명진기가 십이 경락을 따라 흐르고 있으니 이제 회복은 시간문제였다.

태옥교는 부친의 손을 감싸며 볼에 비볐다.

"흑, 아버님. 이제 살아나셨습니다. 광명이 다시 천하를 비추게 될 것입니다."

문득 반사귀선을 떠올린 그녀는 부친의 손을 조심스럽게

내렸다.

"한 번의 시침만으로 아버님을 치료하시다니… 과연 천하 제일의 신의이시다."

그녀는 급히 광명궁을 나섰다.

한편 광명궁 입구에서는 반사귀선과 사도풍이 한참 실랑이를 벌이고 있었다.

사도풍은 문을 막아선 채 격분한 어조로 외쳤다.

"이런 법이 어디 있소? 궁주께서 어떤 분이신데 살지 말지 모르겠다는 애매한 말씀을 하시는 거요? 선배께서는 세상 최고의 신의가 아니시오?"

"쯧쯧, 무슨 얼어죽을 놈의 신의인가? 노부가 신의라면 내 기울어진 고개부터 바로잡았을 것이야. 어쨌거나 난 최선을 다했으니 이만 가봐야겠네."

"궁주께서 쾌차하시지 않는 한 선배는 절대 태백궁을 떠날 수 없소!"

"호오, 노부를 막겠다고? 노부가 아무리 늙었어도 자네 정도는 침 한 방으로 쓰러뜨릴 수 있어."

사도풍은 팔짱을 긴 채 눈을 부릅떴다.

"어디 선배의 침통에 있는 금침을 모두 꺼내 찔러보시오. 후배를 쓰러뜨리지 않고서는 결코 떠날 수 없을 것이오."

"젠장, 이래서 행세깨나 하는 놈들은 치료해 주고 싶지 않다니까."

　반사귀선은 짜증스런 표정으로 기울어진 머리통을 반대쪽으로 넘겼다.

　이때 입구로 달려나온 태옥교가 무릎을 꿇으며 고개를 조아렸다.

　"감사하옵니다, 귀선님. 이 은혜 백골난망이옵니다."

　그녀는 사도풍에게 기쁨의 눈물을 보였다.

　"무례하지 마십시오, 무상. 아버님께서 회복되셨습니다."

　"뭐, 뭐라? 그게 사실인가?"

　"그렇습니다. 사악한 기운이 모두 해소되었고 진기가 원활하게 소통되고 있습니다."

　"오, 이렇게 망극할 수가!"

　사도풍은 반사귀선 앞에 부복하며 절을 올렸다.

　"용서하십시오, 귀선. 세상 어떤 병도 치료할 수 있다는 귀선을 잠시나마 의심한 이 우매한 후배를 꾸짖어주십시오."

　반사귀선은 툴툴 마른 웃음을 흘렸다.

　"크훗, 천하에서 가장 자존심이 강하다는 벽력도왕이 무릎을 꿇을 때가 다 있군 그래?"

　"궁주를 치료해 주시지 않았소이까? 후배는 감격하고 또 감격할 따름이외다."

　"그럼 이제 가도 되겠지? 급히 반사곡으로 돌아가 살려야 할 놈이 있어서 말일세."

　반사귀선이 문을 나서려 하자 태옥교가 길을 막으며 예를 올렸다.

"귀선님, 이 하해와 같은 은혜를 어찌 보답해야 할지 모르겠습니다."

"히힛, 세상에 공짜가 어디 있어? 치료비는 이미 톡톡히 받았지 않느냐?"

반사귀선은 약병을 내보이며 히죽 웃었다.

약병에는 그가 사흘 동안 제련한 귀한 단약이 들어 있었다. 태무건을 치료할 자신이 있었기에 앞서 치료비를 챙겨둔 것이다. 그에게 있어 최고의 보물은 값비싼 패물이 아니라 진귀한 약재였기에 흡족한 보수라 할 수 있었다.

반사귀선이 걸음을 옮기자 태옥교가 행보를 맞추었다.

"잠시 드릴 말씀이 있습니다."

"노부는 별로 듣고 싶지 않아."

"천하의 운명과 직결된 중대한 문제입니다."

"광명신검이 회복됐으니 곧 해결되겠지."

삐이익—!

반사귀선이 긴 휘파람으로 북해천붕을 호출하자 태옥교가 심각한 표정으로 말했다.

"귀선님, 이백 년 전의 정마쌍제 중 한 분이 되살아나셨습니다."

태옥교가 자신의 처소에 외부인을 들이기는 처음 있는 일이었다.

반사귀선은 커다란 월창을 통해 정원을 감상하며 차를 음미하고 있었다. 태옥교는 자리에 앉은 채 그동안 그녀가 입수한 모든 정보, 그리고 백무향을 만나 느꼈던 심정을 솔직하게 털어놓았다.

긴 이야기를 조리있게 마친 그녀는 끝으로 자신의 견해를 밝혔다.

"소녀의 판단으로 백무향은 분명 뇌천검제이거나 풍운마제의 현신입니다. 소녀는 확신할 수 있습니다."

세상이 뒤집힐 만큼 엄청난 얘기를 들었지만 반사귀선의 졸음에 겨운 모습은 변함이 없었다.

찻잔을 비운 그가 태옥교에게로 시선을 돌렸다.

"어찌할 생각이냐? 만일 그가 뇌천검제라면 천하의 홍복이겠지만 풍운마제라면 오행천보다 더 무서운 혈겁을 일으킬 것이다. 하지만 네 아버지이자 천하 정기의 화신인 광명신검을 구한 대은인을 죽이기라도 할 생각이냐?"

"귀선님, 소녀는 그가 영원히 기억을 되찾지 않기를 바랄 뿐입니다. 그저 뇌천공자 백무향으로 남아 있기를 원합니다."

"그거야 네 희망 사항이지. 그가 가끔씩 두통에 시달리고 기억의 조각들을 떠올리고 있다면 머지않아 과거를 기억해낼 것이다. 네가 얘기한 증상을 감안한다면 백 일 이내에 자신의 모든 과거를 알게 될 것 같구나."

태옥교는 고통 어린 눈빛으로 창밖을 보았다.

"태백궁 전력으로는 오행천의 두 개 마단조차 감당하기 어렵습니다. 만일 그가 풍운마제의 현신이라면… 이백 년 이래 숨죽이며 지내온 사해문(四海門)이 대폭풍으로 등장하게 될 것입니다."

차를 따르던 반사귀선이 나직이 한숨을 쉬었다.

"옥교야, 때로는 적게 아는 것이 약이다. 너는 너무 똑똑해 남들보다 한발 앞서 고민하고 공연한 불안감에 괴로워하고 있어. 그것도 병이다."

"소녀는 태백궁의 문상입니다. 세상의 평화와 정기를 수호하는 것이 태백궁의 의무이자 책임입니다. 소녀도 남들처럼 마음 편하게 살고 싶지만 그것은 소녀의 운명이 아닙니다."

"책임과 의무라……. 아마 가문의 명예와 영광 때문이겠지."

"귀선님, 소녀는 추호도……."

"물론 넌 부인하겠지만 남들은 그리 생각할 것이다. 그리고 너의 내면에도 그런 의식이 잠재돼 있어. 아무리 뛰어난 의협이라도 완벽한 자기 희생은 없는 법이니까."

"……"

태옥교가 침묵하자 반사귀선은 자신의 머리를 툭툭 쳤다.

"이런, 내가 지금 어린아이를 앞에 두고 무슨 소리를 하는 건가?"

그는 약병에서 두 알의 단약을 꺼내 탁자 위에 내려놓았다.

"넌 내 대신 반사곡으로 가서 잠혼이라는 놈을 살려내라. 칼을 뽑은 후 반사속명단(返死續命丹) 한 알을 복용시키고 다른 한 알은 상처에 발라주어라. 절대 눕혀서는 안 되며 상처가 아무는 사흘 동안은 앉은 자세를 유지해야 한다. 뭐, 워낙 독종이니 그 정도는 충분히 견딜 것이다."

"귀선님, 소녀는 잠혼을 치료할 만한 능력이 없습니다."

"네 별호가 달리 십전이겠냐? 그 정도는 충분히 가능해."

자리에서 일어선 반사귀선은 뒤뚱뒤뚱 문으로 향했다. 태옥교가 그를 따르며 물었다.

"뇌천공자를 만나시렵니까?"

"그래. 귀신을 만난다는 게 현실적으로 불가능한 일이라 정말 흥미롭구나. 과연 그가 어떤 귀신인지는 만나보면 알겠지."

"귀신이요?"

"당연하지 않느냐? 이미 이백 년 전에 죽은 사람인데 다시 살아났다면 귀신이 아니고 무엇이겠느냐?"

백무향을 떠올린 태옥교가 서글픈 미소를 지었다.

"귀신이라 해도 좋은 분이세요. 귀선님도 만나보시면 소녀와 같은 심정일 것입니다."

3

　"정말 벽계산 일대에서 한평생을 살아오신 할아버지 맞소?"

　"그려. 평생을 살아왔지."

　"한데 무흔곡을 모른단 말이오?"

　"무흔이라⋯⋯. 혹시 무운곡이나 무량곡이라면 모를까 무흔곡은 없네."

　호호백발의 노인은 듬성듬성 남은 이로 오리구이를 뜯으며 고개를 흔들었다.

　탁자를 사이에 두고 앉아 있는 청년은 백무향이었다. 그는 답답한 듯 거푸 술을 들이켰다.

　"염병, 태옥교가 잘못 가르쳐 줄 리 없는데 왜 아는 사람이 없는 거야?"

　객잔 주인이 눈짓을 보내자 호호백발의 노인은 먹다 남은 오리구이를 챙겨 넣고는 자리에서 일어섰다.

　노인이 객잔을 나가자 주인이 다가와 조심스럽게 물었다.

　"공자, 다른 사람을 좀 더 알아볼깝쇼?"

　주인은 큰소리를 친 데다 상당한 은자까지 미리 받은 상태라 아주 난처한 입장이었다. 벽계산이 비록 산세가 넓다 해도 토박이라면 무흔곡이라는 골짜기를 알 것이라 예상했는데 누구도 무흔곡이란 이름을 몰랐던 것이다.

백무향은 손을 내저으며 짜증스럽게 응수했다.

"술이나 더 내오시오."'

거칠게 술잔을 내려놓은 그가 긴 한숨을 내쉬었다.

그가 사천성 파중에 이른 지도 닷새가 지났다. 벽계산까지는 물어물어 찾아왔지만 거기까지가 한계였다.

벽계산 일대의 객잔을 두루 다니며 무흔곡을 수소문했지만 아는 사람이 없었다. 벽계산을 제집 드나들 듯 다닌다는 약초꾼이나 사냥꾼들도 고개를 저을 뿐이었다.

백무향은 태옥교를 떠올리며 지그시 이를 깨물었다.

'망할 계집! 제 아비까지 구해줬는데 터무니없는 정보로 사람을 생고생시켜?'

태백궁 총단이 근처에만 있었어도 당장 쳐들어가 태옥교의 볼따귀를 때려주었을 것이다.

주인은 술 단지를 내려놓고 부리나케 물러갔다.

"소견… 너 어디에 있는 거야?"

백무향은 울적한 심정에 단지째 술을 집어 들었다.

이때 누군가 탁자 맞은편으로 앉았다.

"호호, 무흔곡을 찾으신다고요?"

"……?"

술 단지를 내려놓은 백무향이 맞은편에 앉은 사람을 직시했다.

이십대 중반으로 일견해도 강호의 여인으로 보였다.

소매가 없는 가죽 상의는 풍만한 육봉을 가리기에 턱없이 작아 젖가슴 사이의 깊은 골이 선명하게 드러났다. 여인치고는 당당한 체격을 지녔지만 용모는 비교적 매력적이었다.

여인은 노골적으로 유혹적인 추파를 던지며 교태를 부렸다.

"소녀는 서문취(西門翠)이라 합니다. 왜 무흔곡을 찾으십니까?"

백무향은 취중에도 빠르게 생각을 굴렸다.

'뭐야? 혹시 환희마궁의 계집이 아닐까?'

그는 술잔 가득 술을 따르며 넌지시 떠보았다.

"그곳에 사는 할망구한테 볼일이 좀 있소. 머리카락은 호호백발인데 낯짝은 아직 싱싱하지."

서문취는 실소를 지으며 어깨를 으쓱해 보였다.

"얼굴이 젊다면 할머니가 아닐 수도 있겠군요?"

그녀는 소수마후에 대해 전혀 모르는 눈치였다. 만일 그녀가 환희마궁의 제자라면 상전을 모욕하는 말을 듣고 가만있지 않았을 것이다.

'환희마궁의 마녀는 확실히 아닌 것 같군.'

의심을 해소한 백무향은 그녀의 앞에 술잔을 내려놓았다.

"만일 무흔곡의 소재를 알려준다면 은자 백 냥으로 보답하겠소."

엄청난 금액이 제시되자 서문취가 생긋 미소를 지었다.

“호호, 부유하신 귀공자이셨군요?”

“귀공자는 아니지만 가진 돈은 조금 있소. 정말 무흔곡을 알고 있는 것이오?”

“물론 압니다.”

“이상하군. 벽계산 주변의 토박이들도 모른다는 무흔곡을 당신이 어떻게 알고 있단 말이오?”

술 취한 사람답지 않은 예리한 지적에 서문향은 힐끗 그를 쓸어보았다.

“공자는 혹시 강호 분이세요?”

“그렇다고 볼 수 있소.”

“그렇다면 설명하기가 쉽군요. 무흔곡은 강호인들이 갖다 붙인 이름이에요. 멀리서 보면 분명 골짜기가 보이는데 가까이 다가서면 운무가 자욱해 골짜기를 찾아낼 수가 없지요. 그래서 무흔이라는 이름으로 통하게 되었지요. 이곳 사람들은 상운곡(水雲谷)이라고도 하고 예하곡(霓霞谷)이라고도 합니다. 그래서 몰랐을 겁니다.”

계산대에서 주판 알을 튕기던 주인이 갑자기 소리쳤다.

“아하, 예하곡! 공자께서 찾으시는 곳이 예하곡이시오?”

“난 분명 무흔곡을 찾고 있소!”

백무향은 주인의 개입을 일축하고는 서문취에게 물었다.

“아주 상세하게 아는군. 위치를 설명해 줄 수 있겠소?”

“설명은 어렵지 않지만 아마 찾아가기가 쉽지 않을 겁니다.”

“그럼 안내해 주시오. 은자 백 냥을 더 드리겠소.”

백무향은 은표 한 장을 선금으로 건넸다.

“만일 그곳이 무혼곡이 확실하고 머리만 흰 할망구를 찾아낸다면 이 은표를 모두 줘도 아깝지 않아.”

그가 은표 뭉치를 흔들어 보이자 서문취의 입가에 탐욕의 빛이 강렬하게 피어올랐다.

“호호, 소녀는 그렇게 욕심 많은 계집이 아닙니다. 사실 길 안내만으로 이런 거금을 받는 게 부담스러워요.”

“아니오. 난 소견을 찾아야 돼. 은표 따위는 아무래도 좋아.”

자리에서 일어선 백무향이 술에 취해 비틀비틀 걸음을 옮기자 서문취가 그의 팔짱을 끼었다.

“어마, 많이 취하셨군요. 소녀가 부축해 드리겠어요.”

두 사람이 객잔을 나가자 주인은 고개를 갸웃거렸다.

“거 이상하네? 예하곡이 언제 무혼곡으로 불리웠지?”

백무향은 서문취에게 거의 끌려가다시피 산중으로 들어섰다. 개울가에 이르자 서문취가 느닷없이 그를 끌어안고 쓰러졌다. 그리고는 그의 볼에 입술을 비볐다.

“아, 공자.”

“뭐야? 왜 이러는 거야?”

백무향이 눈을 휘둥그레 뜨자 서문취가 그의 앞자락을 헤치며 상반신을 밀착해 왔다.

"공자, 솔직히 소녀는 길 안내나 하는 계집이 아닙니다."

백무향은 곧바로 그녀의 말뜻을 알아들었다.

"후훗, 어쩐지 색기를 풍긴다 했어. 뭐, 나도 계집 품어본 지 오래 됐으니 잘됐군. 화대는 두둑하게 주지."

그녀를 안고 한 바퀴 굴러 자세를 바꾼 그는 쪽 소리가 나게 입을 맞추었다.

"한데 말이야, 무흔곡에 대한 얘기는 사실이지? 날 유혹하기 위해 거짓말로 꾸민 것은 아니지?"

"물론입니다, 공자."

백무향의 상의를 벗긴 그녀는 그의 등줄기를 따라 현을 뜯듯이 애무를 벌였다. 직업적으로 사내를 맞이하는 여인답게 손놀림이 아주 능숙했다.

백무향은 그녀의 앞자락을 헤치며 풍만한 육봉 사이에 얼굴을 묻었다.

"흐음, 좋아. 얼마 만에 맡아보는 계집의 살 냄새인지 모르겠군."

그의 손이 자연스럽게 그녀의 사타구니 속으로 파고들었다. 순간 서문취의 손끝이 칼날처럼 빳빳해졌다.

파파팟!

삽시간에 백무향의 혈도 여덟 곳을 점한 그녀는 그를 거칠게 밀쳤다.

"새끼, 세상 물정을 전혀 모르는 멍청한 놈이었군?"

간단히 백무향을 제압한 서문취는 그의 상의를 뒤져 은표 뭉치를 꺼내 들었다. 엄청난 액수의 은표에 그녀는 입이 딱 벌어졌다.

"맙소사! 족히 수천 냥은 되는 거금이잖아?"

혈도가 제압된 백무향은 멀뚱멀뚱 그녀를 바라보다가 자신의 허리춤을 가리켰다.

"여기 보석도 있어."

"뭐, 보석?"

서문취는 한껏 탐욕에 젖어 그의 허리춤을 뒤졌다. 한데 백무향이 그녀를 와락 끌고는 바닥에 눕혔다.

"나쁜 년, 화대를 받았으면 책임을 져야 할 것 아냐?"

서문취의 눈망울이 급속도로 확대되었다. 그녀는 하얗게 질린 채 턱을 달달 떨었다.

"어, 어떻게? 분명 혈도가 제압되었는데?"

"훗, 네 실력으로는 어림도 없어."

백무향이 그녀의 옷을 벗기려 하자 서문취가 길게 한숨을 쉬었다.

"알았어요. 제가 벗겠어요."

"또 무슨 수작을 부리려고?"

"아닙니다. 소녀가 공자를 너무 얕봤어요. 혈도가 제압되지 않는 분이라면 절세고수일 겁니다. 소녀가 어떻게 공자에게 대항할 수 있겠어요?"

"좋아, 정당한 거래니까 서로 즐기자고."

백무향은 찍어눌렀던 그녀의 어깨를 놓아주었다.

서문취는 앉은 채로 몸을 돌리며 옷을 벗었다. 짧은 가죽옷이 미끄러져 내리며 매끄러운 등과 잘록한 허리 선이 드러났다. 그리고 허리띠가 풀리면서 달덩이 같은 엉덩이가 백무향의 시야를 어지럽혔다.

피가 확 달아오른 백무향은 자신의 허리춤을 풀었다.

"마저 벗어."

순간 서문취가 홱 허리를 틀며 손끝을 튕겼다.

"쓰러져라!"

펑……!

미약한 폭음과 함께 연분홍 가루가 백무향의 얼굴 앞에서 흩어졌다.

서문취는 옷자락으로 입을 막으며 급히 뒤로 물러섰다.

"흥, 네놈의 몸이 무쇳덩이라도 쇄혼미백분에는 쓰러지지 않을 수 없지."

그러나 백무향은 강력한 미혼분을 맡고도 멀쩡했다. 두 차례나 기습을 당하자 분노가 치밀어 올랐다.

"계집애, 이거 완전히 사기꾼이잖아?"

서문취의 손목을 잡아챈 그가 그녀의 옷을 마저 벗겼다.

"놔, 이 음탕한 놈아!"

서문취가 발버둥을 치자 백무향은 그녀를 찍어누르고는
하반신을 밀착시켰다.

"너, 그동안 이런 치졸한 수법으로 몇 놈이나 벗겨먹었는
지 몰라도 오늘 임자 만난 거야."

"이 더러운 짐승! 날 건드리면 넌 죽어!"

"그래, 능력있으면 날 죽여봐."

백무향은 그녀의 잘록한 허리를 바싹 끌어안았다.

"그전에 화대 값은 해야겠지?"

제 15 장

인간이 아니라 귀신

1

"흑흑……!"

서문취는 감싸 안은 무릎에 얼굴을 묻으며 서럽게 눈물을 뿌렸다.

백무향은 흐르는 개울물에 얼굴을 씻었다. 한바탕의 정사를 통해 흠뻑 땀을 흘려서인지 술기운이 다소 해소되었다.

서문취의 서러운 울음소리가 더욱 고조되었다.

"흑흑, 나쁜 새끼! 음탕한 색마! 추잡한 색한!"

물끄러미 지켜보던 백무향이 짜증스런 표정으로 외쳤다.

"이봐, 먼저 유혹한 것도 너고 화대를 요구한 것도 너야! 게다가 넌 내 돈을 훔치려 했고 미혼약까지 사용했어! 내가 성격이 좋아서 그렇지 다른 사람이었다면 널 죽여 버렸을 거야!"

"차라리 죽이지 그랬어, 이 색마야!"

"너, 처녀도 아니었잖아? 내가 조금 강압을 쓴 것은 사실이지만 너도 무척 좋아하던데, 뭘. 일 끝나니까 왜 갑자기 요조 숙녀처럼 내숭을 떠는 거야?"

백무향은 은표 뭉치를 그녀 앞에 내던졌다.

"나한테 당한 게 그처럼 서러우면 다시는 그따위 수작 부리지 마. 그냥 미친개한테 한 번 물렸다고 생각해."

그는 뇌천검을 어깨에 걸치며 돌아섰다.

"가만, 그럼 내가 미친개가 되는 건가? 제기, 아무렴 어때? 추잡한 색마라는 욕보다는 미친개가 나은 것 같군."

그는 혼잣말을 주절대며 개울을 따라 내려갔다. 한데 옷을 걸쳐 입은 서문취가 곧바로 그를 따라왔다.

"받아!"

서문취는 그를 쳐다보지도 않고 은표 뭉치를 내밀었다.

백무향은 그녀의 돌변한 태도에 의아한 표정을 지었다.

"돈이 적다는 거냐?"

"아니야. 네 말대로 미친개한테 한 번 물린 셈 치면 돼. 내가 네 돈을 훔치려 한 것도 사실이니 너만 나쁜 놈으로 몰아붙일 수는 없지."

"그럼… 서로 비긴 거지?"

"이번은 그래. 하지만 다음에 만나면 널 죽여 버릴지도 몰라."

백무향은 피식 실소를 지으며 은표 뭉치를 그녀의 손에 쥐어주었다.

"훗, 맹랑한 계집이군. 너도 아주 나쁜 계집으로 보이지는 않아. 난 돈이 필요없으니 너 가져."

서문취는 그의 호의에 눈을 상큼 치켜떴다.

"너, 이게 얼마나 엄청난 거금인지 알아? 이 돈이면 우리 사해문 중경 분타 식솔들 일 년을 먹여 살릴 수 있어."

"잘됐네. 돈은 필요한 사람이 써야 돼."

백무향이 성큼성큼 걸음을 옮기자 서문취가 다시 그 옆으로 바싹 따라붙었다.

"약속대로 무혼곡까지 안내해 줄게."

"방향만 말해줘. 나 혼자 찾아갈 수 있으니까."

"알았어. 저 능선을 따라 봉우리 두 개를 넘으면 안개가 자욱한 골짜기가 나올 거야. 골짜기 입구가 온통 검은 바위라 찾기는 쉬워."

"고마워. 덕분에 소견을 찾을 수 있겠다."

백무향이 고맙다는 의미로 가볍게 손을 쳐들자 서문취가 넌지시 물었다.

"참, 너 이름이 뭐야?"

"이런, 그러고 보니 내 이름도 밝히지 않고 널 품었잖아?"

“입 다물어!”

서문취가 볼을 붉히며 눈을 흘기자 백무향은 맑은 웃음을 터뜨렸다.

“하하, 보기보다 귀여운 면이 있구나. 난 무향이야. 백무향이라 하지.”

“백무향? 네가 백무향이라고?”

“그래. 들어봤어?”

서문취의 표정이 묘하게 일그러졌다.

“설마… 뇌천공자 백무향이란 말이야?”

“맞아.”

“맙소사!”

서문취는 복잡한 감정이 어린 눈빛으로 그를 주시하다가 그의 어깨에 걸쳐진 뇌천검으로 시선을 돌렸다.

“그럼 그 검이 전설의 뇌천검이야?”

“그래. 한번 만져 볼래?”

백무향은 뇌천검을 그녀에게 건네주었다.

서문취는 소중한 보물을 다루듯 뇌천검을 어루만지며 감탄에 젖었다.

“아, 정말 뇌천이라는 이름이 새겨져 있군! 전설의 신검을 이렇게 보게 될 줄이야!”

서문취는 손잡이를 쥐고는 검을 뽑으려 했다. 하지만 여느 사람과 마찬가지로 그녀의 손에 의해 뽑힐 뇌천검이 아니었다.

"바보, 뇌천검은 뇌천진기를 지닌 사람만 뽑을 수 있어. 정말 충성스런 검이지."

백무향은 서문취의 손에서 다시 뇌천검을 받아 들었다.

서문취가 몹시 아쉬운 눈빛으로 사정을 했다.

"무향, 검을 보여줄 수 있어? 전설에 의하면 뇌천검이 뽑히면 풍운조화가 일어난다고 하던데."

"훗, 본래 전설은 과장이 심하잖아. 진기를 주입시켜 벼락을 뿜어낼 수는 있지만 풍운조화가 일어난다는 말은 사실이 아니야."

"한 번 보여줘. 정말 보고 싶어."

"뭐, 어려운 일은 아니지."

백무향은 검집을 쥐고는 뇌천검을 뽑아 들었다.

번쩍……!

번갯불 형태의 검신은 검집을 벗어나자 눈부신 광휘와 더불어 번득이는 섬광을 뿜어냈다.

서문취는 눈이 부신 듯 손으로 얼굴을 가렸다.

"아, 정말 멋져!"

그녀는 가까이 다가서며 뇌천검의 손잡이를 쥐었다.

"잠깐 쥐어봐도 되지?"

"다루기가 쉽지 않아. 워낙 예리한 검이라 다칠 수도 있으니 그냥 보기만 해."

“부탁이야, 무향. 전설의 신검을 내 손으로 치켜들고 싶어.”

서문취의 간곡한 부탁에 백무향은 뇌천검을 내주었다.

“좋아. 그렇게 소원하는데 못 들어주겠어?”

“고마워, 무향!”

두 손으로 검을 쥔 서문취는 번갯불 형태의 검신을 올려다보며 감동에 젖었다.

“아아, 뇌천검!”

일순 그녀의 눈빛이 싸늘해졌다. 눈알을 굴려 백무향을 쏘아본 그녀는 냅다 뇌천검을 뽑았다.

“죽어라, 원수!”

워낙 가까운 거리인 데다 전혀 경계를 하지 않은 상태였다. 뇌천검이 백무향의 가슴으로 파고들었다.

웬만한 도검에는 상처를 입지 않는 백무향이었지만 뇌천검은 금석도 벨 수 있는 신검이다. 심장을 향해 날아든 뇌천검이 백무향의 가슴을 비껴 관통했다.

다행히 그의 전신에 잠재된 뇌천진기가 뇌천검의 기운과 충돌하며 검극을 돌렸다. 만일 그대로 찔렸다면 심장이 관통돼 즉사했을 것이다.

“이년이?”

백무향이 반사적으로 일권을 내질렀다.

“아악!”

그의 강력한 주먹에 적중된 서문취는 울컥 피를 토하며 나가동그라졌다.

"젠장, 정말 믿지 못할 계집이군."

백무향은 고통을 참으며 관통한 뇌천검을 뽑았다. 검을 회수한 그는 혈도를 찍어 피를 막고 소맷자락을 찢어 가슴을 동여맸다.

간단히 응급조치를 한 그는 서늘한 눈빛으로 서문취를 내려다보았다.

"미친년, 왜 날 못 죽여 안달이냐? 내가 왜 네 원수냐고! 네 못난 몸뚱이 한번 품은 게 그렇게 죽을죄냐?"

서문취는 피를 흘리면서도 원독에 찬 눈빛으로 그를 쏘아보았다.

"사문의 원수! 네놈을 죽이지 못한 것이 통한이다! 난 죽음이 두렵지 않으니 마음대로 해라! 죽어 귀신이 되어서라도 반드시 네놈을 죽여 이 원한을 갚을 것이다!"

백무향은 그녀가 왜 이토록 자신을 저주하는지 영문을 알 수 없었다.

"서문취, 대체 무슨 소릴 하는 거냐? 난 너와 처음 만난 사이인데 왜 사문의 원수라는 거야?"

"원수! 네놈은 뇌천검제의 후예가 아니더냐? 난 사해문의 제자로서 개파조사이신 풍운성제(風雲聖帝)를 위해 복수를 하는 것이 당연하다!"

"이 계집이 또 머리 아프게 만드는군. 풍운성제라는 게 혹시 풍운마제를 말하는 것이냐?"

"더러운 주둥이 함부로 놀리지 마! 조사님께서는 위대한 성웅이셨다! 백도 놈들은 당시 백도맹주였던 뇌천검제를 전설적 영웅으로 만들기 위해 풍운성제를 마도로 몰았다! 그래서 풍운마제로 알려졌지만 진정한 영웅은 풍운성제이시다!"

한바탕 전대 비사가 퍼부어지자 백무향은 머리가 깨질 듯한 두통에 시달렸다. 그녀가 별호를 내뱉을 때마다 혼란스런 기억들이 뒤엉키며 단편적으로 떠오른 것이다.

그는 서문취의 멱살을 쥐고 일으켜 세웠다.

"그러니까 이백 년 전의 풍운마제가 세운 방파가 사해문이고 넌 그 제자라 이거지?"

"그래! 뇌천검제가 조사님을 함정으로 이끌지 않았다면 우리 사해문이 이렇듯 몰락하지는 않았을 것이다! 당시 사해문은 조사님의 갑작스런 실종 때문에 백도의 대대적인 공격을 받아 해체되었고… 현재까지 겨우 명맥만 잇게 된 것이다!"

백무향은 그녀를 가까이 직시했다.

"너, 재수 좋은 줄 알아. 네가 이백 년이나 지난 케케묵은 복수 때문에 날 찔렀지만 네 의지가 기특해 이번은 용서하겠다. 그리고 난 뇌천검제의 후예가 아니라 뇌천검제 당사자야."

"미친 새끼!"

"한 가지 더. 내가 뇌천검제가 아니라 풍운마제일 수도 있거든. 까딱했으면 넌 네가 그토록 존경하는 개파조사를 죽일 뻔한 거야. 나도 내 자신을 잘 모르니까 신경 건드리지 마. 알겠냐?"

백무향은 그녀를 홱 집어 던졌다.

첨벙!

개울에 처박힌 서문취는 물을 흠뻑 뒤집어썼다.

백무향은 나뭇가지를 밟으며 수림 위를 날아갔다. 도공답운비 신법을 펼친 그는 이내 능선 쪽으로 사라졌다.

서문취는 참담한 모습으로 몸을 일으켰다.

"흑, 죽였어야 했는데! 놈은 분명 뇌천검제의 제자야! 놈을 죽여 조사님의 원수를 갚았어야 했어!"

개울 밖으로 나선 그녀는 털썩 무릎을 꿇으며 하늘을 향해 기원을 오렸다.

"풍운 조사님이시여, 제자에게 원수 뇌천의 후예를 죽일 힘을 주시옵소서!"

2

연공실.

높은 천장과 운공을 위한 좌대가 갖춰져 있었지만 여인은 한 번도 좌대에 앉은 적이 없었다. 무공 수련을 위한 비급은 바닥에 널브러져 있었고, 다양한 병기는 한쪽 구석에 처박혀 있었다.

연공실 구석에 쪼그려 앉아 있는 여인은 놀랍게도 소견이었다.

환희마궁의 궁주인 소수마후에 의해 유괴되듯 끌려온 그녀는 자신의 의도와 관계없이 소수마후의 제자로 결정되었다. 그녀는 백무향에게 돌려보내 줄 것을 간청했지만 소수마후는 그녀를 연공실로 들여보냈다.

그녀에 대한 소수마후의 기대는 아주 절실했다.

소수마후는 소견의 빠른 성취를 위해 갖은 영약을 복용시키며 무공에 매진할 것을 독려했다. 하지만 소견은 그녀의 가르침을 철저하게 무시했다.

그녀의 무기력한 모습은 다분히 의도적이라 할 수 있었다.

'환희마궁의 제자가 되면 무향과는 헤어져야 돼. 난 그럴 수 없어. 난 무향과 살 거야. 오직 무향만이 날 행복하게 해줄 수 있어.'

무공 수련을 기피한 그녀는 보다 적극적인 수단을 강구했다.

단식.

그녀는 일체의 음식도 먹지 않고 물도 마시지 않은 채 자신의 출궁을 강하게 요청했다. 간간이 그녀를 찾아온 소수마후가 그녀의 생명 유지를 위해 강제로 물과 영단을 먹여주었지만 그녀 스스로 음식을 먹은 적은 없었다.

한 달에 가까운 단식으로 그녀의 모습은 몹시 초췌했다.

피부는 광택을 잃었고, 양 볼이 홀쭉하니 들어가 뭇 사내를 매료시킬 관능적인 미모가 크게 훼손된 상태였다.

그녀는 탈진된 모습으로 멍하니 천장을 올려보았다.

"무향… 무향, 보고 싶어."

백무향에 대한 그녀의 신뢰는 절대적이었다. 여파에 의해 몽산파로 끌려간 자신을 구해준 백무향이기에 이번에도 자신을 구해주리라 믿어 의심치 않았다.

이때 연공실이 가볍게 진동했다. 기관이 작동되며 견고한 철문이 열렸다.

소견은 허옇게 마른 입술을 깨물었다.

'이번에는 약도 먹지 않을 거야. 설마 연공실에서 내가 굶어 죽게 내버려 두지는 않겠지.'

소수마후가 무릎도 굽히지도 않은 채 미끄러지듯 들어섰다.

소견은 일부러 고개를 돌려 외면했다.

"오셨습니까, 궁주님."

"사부로 호칭하라 하지 않았더냐?"

"저를 내보내 주세요. 저는 환희마궁의 제자가 되고 싶지 않습니다."

"노신을 만난 이상 운명을 거부할 순 없다."

소수마후는 손끝으로 소견을 가리켰다.

무형진기에 의해 둥실 떠오른 소견은 좌대 위에 앉혀졌다. 그녀는 몸을 바닥으로 내려서려 했지만 몸을 감싼 무형지기에 눌려 꼼짝도 할 수 없었다.

"소견, 만일 네가 천색요골을 타고나지 않았다면 감히 노신의 지시를 어긴 죄로 널 죽였을 것이다. 하지만 넌 하늘이 내린 재녀이기에 여태까지 노신이 참아온 것이다."

"궁주님, 제가 어떤 자질을 타고났는지 몰라도 제 의지가 따르지 않는다면 천색요골이 무슨 의미가 있겠습니까? 정말 송구하오나 소녀는 무향이 보고 싶습니다. 그저 무향과 함께 살도록 선처해 주십시오."

"놈이 죽었다면 어찌하겠느냐?"

소견은 소수마후를 직시하며 결연하게 대답했다.

"저도 무향의 뒤를 따를 겁니다."

"……!"

소수마후의 두 눈에 은은한 살기가 피어올랐다.

"소견, 네가 정녕 노신을 실망시킬 생각이냐?"

"궁주님, 제가 비록 숱한 사내를 접한 더러운 계집이지만 무향을 만난 후부터는 정절을 지켰습니다. 한데 환희마궁의 제자가 되면 원치도 않는 사내와 교접을 하고 채양보음술로 그들의 정혈을 흡수해야 하지 않습니까?"

"그렇다. 본 궁 제자들은 사내 따위를 사랑하거나 정을 주는 것이 금기다. 그저 무공 수련을 위한 도구이거나 세상을 지배한 후 부릴 노예일 뿐이다.”

“다른 사내는 몰라도 무향은 안 됩니다. 저는 무향 외의 어떤 사내와도 살을 섞지 않을 것이며 누구도 제게서 무향을 빼앗아갈 수 없어요.”

“괘씸한 것!”

소수마후는 손을 가슴께로 치켜들었다. 소수마공이 피어오르며 손이 투명할 만큼 하얗게 변색되었다.

“소견, 네게 최후의 기회를 주겠다. 노신의 직전제자가 되어 향후 본 궁을 네가 이끌어라.”

“죄송합니다, 궁주님. 제발 절 출궁시켜 주십시오.”

“이년!”

소수마후가 손을 내려치자 소견은 눈을 질끈 감았다.

‘아, 무향!’

한데 소견은 무서운 소수마공에 적중되지 않았다. 오히려 백회혈을 통해 주입되는 엄청난 공력에 그녀의 경락이 터질 정도였다.

“궁주님……?”

소수마후는 공력을 주입시키는 와중에도 심어전성술을 펼쳐 자신의 마음을 소견에게 전했다.

“소견, 넌 특별한 아이이니 본 궁의 규칙을 강요하지 않겠다. 넌 사내와의 교접을 통한 채양보음술로 공력을 증진시키기 않아도 된다. 이 사부의 진원지기를 받는다면 빠른 속도로 본 궁의 절기를 대성하게 된 것이다. 또한 네가 본 궁의 궁주가 되어 오행천의 통합을 이룬다면 백무향과의 결합도 허용하겠다.”

파격적인 특혜에 소견의 마음이 크게 흔들렸다.

“궁주님……?”

“이제 너의 기형팔맥을 타통시켜 줄 테니 정신을 집중해 진기를 운기하여라. 네가 부단히 수련해 이 사부를 능가할 정도가 되면 백무향과의 만남도 허락하겠다. 만일 네가 끝까지 거부하겠다면 당장 너의 심맥을 끊을 것이다.”

선택의 여지가 없는 단호한 결정이었다.

소견은 잠시 고민하다가 고개를 끄덕였다. 백무향과 만날 희망이 주어진다면 군이 개죽음을 당할 이유가 없었다.

“알겠습니다. 궁주님을 사부님으로 모시겠습니다.”

소견이 수락하자 소수마후의 경직된 표정이 다소 해소되었다. 그녀는 부공술을 펼쳐 소견과 마주 앉으며 소견의 경혈을 안마해 주었다.

“소견, 네가 노신의 직전제자가 되었으니 넌 최강의 고수가 되어야 한다. 세상으로 내려가 백무향을 만나고 싶다면 노신을 꺾어라. 알겠느냐?”

“명심하겠습니다.”

“오냐. 널 오행천주(五行天主)로 키워주겠다.”

소수마후는 흐뭇한 미소를 지으며 소견과 정신 합일을 이루었다.

한 시진 후,

연공실을 나선 소수마후는 기관을 작동시켜 연공실 입구를 막았다.

소견의 기경팔맥을 타통시켜 주기 위해 과도한 공력을 소진하는 바람에 몹시 피로한 모습이다. 하지만 소진된 반 갑자의 공력보다 마침내 소견을 직전제자로 삼게 되었다는 사실에 한껏 고무돼 있었다.

"이제 오행천은 본 궁을 중심으로 새롭게 결성될 것이다. 소견으로 인해 내가 오행대마후(五行大魔后)가 되어 천하무림을 지배하게 되겠군."

그녀가 돌 계단을 내려서자 네 명의 중년 미부가 앞으로 다가섰다.

환희사화령(歡喜四花靈).

그녀들은 소수마후를 보좌하는 환희마궁의 최고 수뇌들이다. 각기 매, 난, 국, 죽으로 불리며 매화령(梅花靈)이 수좌다.

"무슨 일이냐?"

소수마후의 하문에 매화령이 공손하게 허리를 굽혔다.

"지옥마부에서 특사가 와 있습니다."

"특사? 지옥마존이 보낸 놈이란 말이냐?"

"마황지검을 예물로 가지고 온 것으로 미루어 우호적인 사절인 듯싶습니다."

"뭐라? 마황지검?"

소수마후의 두 눈에서 광채가 번득였다.

"정녕 마황지검을 가지고 왔단 말이냐?"

"그러하옵니다, 궁주님."

"믿을 수가 없군. 추악한 지옥마존이 무슨 수작을 부리려고 목숨처럼 애지중지하던 마황지검을 내놓았단 말이냐?"

"일단 알현을 윤허하시지요."

소수마후의 입가에 싸늘한 미소가 감돌았다.

"오냐. 마황지검을 바치겠다면 안 만날 이유가 없지."

지옥마존이 보낸 특사는 지옥마부 오대귀장 중 새롭게 수좌로 승진된 독목귀장이었다. 귀장들은 하나같이 흉악한 모습을 지녔지만 그나마 그는 애꾸라는 결점 외에는 용모가 단정한 편이었다.

"마후의 천세를 기원합니다."

독목귀장이 단상의 옥좌에 앉은 소수마후에게 배례를 올렸다. 그를 수행해 온 두 명의 귀면사령도 오체복지했다.

소수마후는 느긋하게 차를 즐기며 그들을 굽어보았다.

"그래, 지옥마존도 별고없겠지?"

"먼저 지존께서 보내시는 예물을 올리겠습니다."

독목귀장이 눈짓을 보내자 한 명의 귀면사령이 예물 상자를 안고 단하로 다가섰다. 단하 좌우에 도열해 있던 환희사화령 중 난화령이 예물 상자를 받아 들고 단상으로 올랐다.

예물 상자의 뚜껑이 열리며 찬란한 광채가 뿜어져 나왔다. 비취, 진주, 산호, 월장석, 묘안석 등등 하나같이 진귀한 보석들이었다.

소수마후는 패물 따위는 관심이 없기에 예물 상자를 발치에 내려놓았다.

"노신이 듣기에 마황지검을 예물로 가지고 왔다던데?"

"물론입니다."

독목귀장은 다른 귀면사령에게서 기다란 상자를 받아 두 손으로 받쳐 들었다.

"바로 마황지검입니다."

"흐음, 그런 보물을 지옥마존이 단순한 우호로 내줄 리는 없을 테고… 내게 뭘 원하는 것이냐?"

"사실 본 부가 상당한 곤경에 처해 있습니다. 지난번 지존께서 출타하신 사이 웬 괴물 같은 놈이 본 부로 흘러들어 왔습니다."

독목귀장은 스스로 뇌천검제임을 자처하는 괴물에 의해 지옥마부의 시설이 박살 나고, 복잡한 사연 끝에 광명신검 태무건까지 함께 놓치게 된 경위를 소상하게 밝혔다. 물론 뇌천검제임을 자처하는 괴물이 뇌천공자 백무향이며, 그런 사실을 그들도 나중에 알게 되었음을 고했다.

'백무향? 분명 백무향의 짓이란 말인가?'

소수마후는 계림에서 소견을 데리고 올 때 만났던 백무향을 떠올렸다. 그녀 역시 그가 중원무림에서 뇌천공자라는 쟁쟁한 명성을 떨치고 있다는 소식은 들은 바 있었다.

'믿을 수가 없군. 당시 놈은 삼성의 소수마공도 감당하지 못하고 쓰러졌는데… 불과 수개월 만에 그런 절정고수가 되었단 말인가?'

그녀는 일단 의혹을 뒤로 젖혀두고 다시 물었다.

"그래서 본 궁의 힘을 빌어 놈에게 복수를 하자는 것이냐?"

"아닙니다, 마후. 놈이 광명신검을 대동해 탈출하면서 본부의 소재가 노출된 것이 큰 문제입니다."

"그렇군. 태백궁에서 조만간 대대적인 토벌을 펼쳐 오겠지. 그래서 지원을 요청하러 온 것이냐?"

"마후, 지존께서는 아직 태백궁과 정면 승부를 벌일 상황이 아니다 싶어 마후의 넓으신 아량을 기대하십니다."

독목귀장이 본심을 빙빙 돌려 말하자 소수마후가 역정을 냈다.

"대체 뭘 말하려는지 분명히 아뢰거라!"

"예, 마후."

독목귀장은 깊이 머리를 조아리고는 간곡하게 청했다.

"지존께서는 당장 피신할 은신처가 없어 고심하고 계십니다. 일단 태백궁의 공격을 피할 때까지 환희마궁의 한 귀퉁이

를 빌려주십시오. 새로운 거점이 마련되면 곧바로 떠나겠습
니다.”

“저런, 딱하게 되었구나. 당당한 지옥마부가 그래, 갈 곳이
없어 방황하는 신세라니.”

“마후, 지존께서는 오행마단이 오행천이라는 한 뿌리에서
비롯되었음을 강조하셨습니다. 마후의 관대함을 간곡하게
소원합니다.”

소수마후는 힘있게 고개를 끄덕였다.

“오냐. 입술이 사라지면 이가 시린 법이다. 지옥마부가 참
화를 당하면 다음에는 본 궁의 차례겠지. 오행마단이 서로 견
제와 반목으로 통합되지 못하고 있지만 우리가 동문임을 잊
지 않고 있다.”

“지당한 말씀이십니다.”

“지옥마존의 요청을 수락하겠다.”

“오! 감읍할 따름입니다, 마후!”

독목귀장과 귀면사령은 거듭 고개를 조아리며 감격을 표
했다.

환희사화령은 소수마후의 탐탁지 않은 결정에 반론을 제
기하려 했지만 그녀의 눈짓을 받고 입을 다물었다. 사화령은
은 궁주의 깊은 심기와 통찰력을 믿고 있기에 잠자코 지켜보
기로 했다.

“마후, 감사의 예물로써 마황지검을 바치겠습니다.”

독목귀장이 기다란 상자를 안고 일어서자 난화령이 예물을 받아 단상으로 올랐다.

상자가 열리며 눈부신 광채가 찬란하게 피어올랐다.

다섯 가지 빛깔의 구슬이 박힌 황금 검집.

일단 화려함만으로는 그 어떤 보물도 압도할 정도였다. 금세라도 살아 움직일 듯 정교하게 새겨진 기린이 검집과 손잡이를 뒤덮고 있었다.

"오오, 마황지검!"

검을 꺼내 든 소수마후는 흥분과 감격으로 양 볼을 붉게 물들였다.

파천마검(破天魔劍)!

이 검은 과거 파천마황이 지녔던 검으로 마황삼보 중 하나다. 제작 당시 담금질을 할 때 물 대신 사람의 피를 사용했기에 사람의 몸을 베어도 검신에 피가 묻지 않는다고 한다. 쇠를 자르고 옥을 다듬는 예리함을 지닌 파천마검은 뇌천검과 함께 신마쌍검으로 불리는 전설의 신검이다.

소수마후는 천천히 검을 뽑아 들었다.

스르릉……!

검신이 드러나면서 실내가 핏빛으로 물들었다.

붉디붉은 검신은 마치 옥처럼 투명한 느낌을 주었다. 검에서 절로 분출된 한 자 길이의 붉은 검기는 마의 정화였다. 그러나 아쉽게도 검이 중간에서 동강 난 반검(半劍)이었다. 과거 천외삼성과의 격돌에서 검이 꺾인 것이다.

소수마후는 파천마검을 손에 쥐고 단상을 내려섰다.

"과연 마황지검이구나. 풍문으로만 들었던 파천마검을 이렇게 보게 될 줄이야."

환희사령화가 손을 모으며 예를 올렸다.

"감축드립니다, 궁주님. 이제 마황진경만 취하시면 마황삼보를 한 몸에 지니시게 됩니다."

"오행천의 통합은 본 궁에 의해 이루어질 것입니다."

소수마후의 실눈이 더욱 가늘어졌다.

"반드시 그리될 것이다."

그녀는 홱 돌아서면서 파천마검을 내려쳤다. 핏빛의 검기가 길게 뻗어 나가며 처절한 비명이 터져 나왔다.

"캐애액!"

단 일 검에 독목귀장을 비롯해 수행 호위들인 두 귀면사령이 비스듬히 베어졌다. 그들의 몸에서 흐르는 피가 융단을 물들였지만 파천마검에는 피 한 방울 묻지 않았다.

"호호, 과연 마황지검이로군!"

소수마후는 싸늘한 미소를 머금고는 파천마검을 검집에 꽂았다.

매화령이 난처한 표정이 되어 물었다.

"궁주님, 명색이 지옥마존의 특사가 아닙니까? 지옥마부가 이를 문제 삼는다면 심각한 격돌이 야기될 것입니다."

"흥, 뇌천검을 지녔다는 괴물 한 놈 때문에 절반이나 박살 난 지옥마부가 아니더냐? 내 친히 지옥마존의 목을 베어 지옥마부를 흡수할 것이다."

소수마후는 파천마검을 품에 안고 단상으로 올라섰다.

"세 놈의 시체는 내다 버리고 진입로에 대한 경계를 철저히 해라. 진세를 강화하고 독 안개를 짙게 피워 어느 누구의 접근도 막아라. 소견이 본 궁의 절기를 성취하면 본격으로 오행마단의 병합에 나설 것이다."

"예, 궁주님."

환희사화령은 엄한 지시에 감히 반박을 못하고 고개를 숙였다. 한데 이때였다.

펑! 퍼펑!

요란한 폭음이 잇달아 들려왔다.

파천마검을 어루만지던 소수마후가 가볍게 미간을 찌푸렸다.

"웬 폭음이냐?"

매화령이 신중한 모습으로 대답했다.

"입구를 지키는 수궁당(守宮堂)의 신호입니다. 아무래도 누군가 침입한 것 같습니다."

"그래도 그렇지, 긴급 신호까지 올려야 할 상황이란 말이냐?"

"제가 알아보겠습니다."

매화령이 전각을 나서기도 전에 불꽃에 그슬린 여인이 뛰어들어 왔다.

"큰일 났습니다! 엄청난 침입자로 인해 곡구의 방어가 무너졌습니다!"

매화령이 다그치듯 물었다.

"몇 놈이냐?"

"한 놈입니다. 하지만 놈이 뿜어내는 엄청난 화염폭풍에 진세와 독무가 타버렸습니다. 수궁당 제자들이 모두 나섰지만 막아내기가 힘겹습니다."

"알겠다! 수옥당 제자들을 곡 내로 후퇴시켜라!"

매화령이 소수마후를 향해 돌아섰다.

"출전하겠습니다, 궁주님!"

"나도 가겠다!"

소수마후가 유령처럼 단상 아래로 내려섰다.

"단신으로 수옥당을 격파할 정도면 절세 급에 이른 고수다! 너희가 막아내기에는 희생이 너무 클 것이다!"

화류류류—!

작렬하는 화염폭풍에 골짜기 입구의 수림과 방책이 활활 타올랐다. 백 명에 달하는 수옥당 여제자들은 침입자의 가공할 무공에 질려 감히 접근할 엄두도 내지 못했다. 침입자를 공격했다가 이미 수십 명의 동료와 수옥당주마저 쓰러진 상태였다.

환희마궁의 공세가 수그러들자 침입자는 불꽃 강기를 해소했다.

침입자는 이십대 중반 정도로 보이는 청년이었다. 꽤나 수려한 용모였지만 지금은 격한 분노로 살기가 등등했다.

"냄새나는 계집들, 당장 낯짝만 젊은 할망구 데려오지 못해!"

환희마궁 제자들을 향해 호통을 치는 청년은 다름 아닌 백무향이었다.

그는 서문취가 일러준 대로 능선과 봉우리를 넘어 검은빛 골짜기 앞에 이를 수 있었다. 한데 골짜기의 운무는 단순한 안개가 아니라 독이 함유된 독 안개였다.

다행히 그는 독에 내성이 강해 쉽게 쓰러지지 않았다. 독은 불에 약하기에 그는 화염 강기를 발출해 독무를 태우면서 골짜기 안으로 진입하였다. 그러다 환희마궁 소속의 수궁당 제자들이 모습을 드러내며 공격을 펼쳐 오자 한바탕 격돌을 벌이게 된 것이다.

백무향은 허리춤의 뇌천검을 불끈 쥐며 성큼성큼 다가섰다.

"나, 무척 화났거든? 니들 모두를 죽일 수도 있어! 죽고 싶지 않으면 당장 소견을 내놓아라!"

환희마궁 제자들은 그가 다가서는 만큼 주춤주춤 뒤로 물러섰다. 이때였다.

"궁주님께서 납시셨다!"

환희사화령이 내려서며 주변으로 공간을 확보했다. 이어 소수마후가 내려서자 사전오당(四殿五堂)의 제자들이 부복하며 예를 올렸다.

"환희천세! 궁주님을 뵈옵니다!"

팔짱을 낀 소수마후가 미끄러지듯 나서자 백무향은 분노와 반가움을 동시에 느꼈다.

"이 할망구, 잘 만났다!"

일순 소수마후의 신형이 연기처럼 스러졌다.

짜악!

갑작스럽게 따귀를 얻어맞은 백무향은 어이가 없는 듯 멍한 눈빛이 되었다.

"뭐, 뭐야?"

어느새 제자리로 내려선 소수마후는 엄한 표정으로 그를 꾸짖었다.

"무엄한 놈, 감히 뉘 앞에서 망동을 부리는 것이냐?"

"소수 할망구, 당장 소견을 내놔!"

소수마후는 가는 실눈을 더욱 가늘게 떴다.

"희한한 녀석이로군. 분명 소수마공에 적중됐거늘 어떻게 살아났단 말인가?"

"딴청 피우지 말고 소견을 돌려줘!"

“소견은 이미 죽었다.”

“뭐야?”

백무향은 피가 거꾸로 솟았다.

소견이 죽었다!

그러나 믿을 수도 없고 믿고 싶지도 않았다. 자신의 눈으로 소견의 시신을 확인하지 않은 이상 절대 믿을 수 없었다.

그의 눈빛으로 강렬한 살기가 피어올랐다.

“농담하지 마! 만일 소견이 죽었다면 내가 ‘알겠습니다’ 하고 돌아갈 것 같아? 소견은 내 색시야! 세상에 어떤 사내놈이 색시를 빼앗아간 악적을 용서하겠어? 게다가 소견이 죽었다고? 만일 한 번 더 그런 개 같은 소리를 했다가는 너희 년들 모두를 죽이겠다!”

소수마후가 환희사화령에게 고갯짓을 보냈다.

“국, 죽! 너희가 상대해 보아라!”

“예, 궁주님.”

국화령과 죽화령이 동시에 나서며 백무향을 향해 날아들었다.

소수마후만큼 경이적인 유령신법은 아니었지만 두 화령의 움직임 역시 현란했다. 아주 짧은 순간 두 화령은 허리춤에서 비수를 뽑아 들며 백무향의 목과 심장을 찔러왔다.

백무향은 본능적으로 위기를 느끼며 뒤로 물러섰다. 예리한 바람 소리가 귀청을 스치는 순간 목덜미가 뜨끔해졌다. 손으로 만져 보니 뜨거운 액체가 느껴졌다. 피였다.

목덜미뿐만 아니라 가슴 부위 옷자락도 피로 물들고 있었다. 반사적으로 물러섰기에 망정이지, 사혈이 찔려 절명했을 순간이었다.

소수마후가 가소롭다는 듯 냉소를 쳤다.

"흥, 네놈에 대한 소문은 익히 들었다. 내 일장에 죽을 뻔한 네가 혈번취왕에 이어 지옥마부까지 격파했다고 하더구나. 그따위 실력으로 어떻게 지옥마부를 박살 냈는지 모르겠다. 결국 지옥마부가 형편없다는 것이 입증되었어."

백무향은 몹시 자존심이 상했다. 뇌천검보까지 터득했기에 적수가 없다고 자부했지만 검을 뽑기도 전에 부상을 입는 수모를 당한 것이다.

그는 뇌천검법의 기수식을 뇌리에 떠올리며 뇌천검의 손잡이를 쥐었다.

"소수 할망구, 마지막으로 묻겠다. 소견을 어디에 숨겼느냐?"

"죽었다고 하지 않느냐?"

"그럼 너도 뒈져!"

백무향이 정면으로 달려들자 국화령과 죽화령이 현란한 환영을 만들어내며 그를 저지했다. 백무향은 두 화령의 무수한 그림자를 무시한 채 뇌천검을 발출했다.

"풍운만파섬!"

번—쩍!

폭발적인 섬광.

지상에서 한줄기 빛의 기둥이 숫구쳐 올랐다. 이어 빛의 기둥은 수백, 수천 개로 쪼개지면서 사위를 휩쓸었다. 마치 동심원을 그리며 퍼지는 파문처럼 빛의 물결이 형성되었다.

소수마후의 안색이 싹 변했다.

"뇌천검법?"

그녀의 신형이 유령처럼 스러졌다.

"모두 물러서라!"

매화령과 난화령에 이어 환희마궁의 제자들은 아우성을 치며 계곡 안쪽으로 몸을 날렸다.

"흐윽!"

"욱!"

두 가닥 답답한 신음 소리와 함께 국화령과 죽화령이 비틀비틀 뒤로 물러섰다.

그녀들이 쥐었던 비수는 박살이 났고, 온몸은 피투성이였다. 만일 절정의 호신강기로 몸을 보호하지 않았다면 형체도 알아볼 수 없는 육편으로 화했을 것이다.

백무향은 그녀들을 대번에 죽이지 못했다는 사실에 스스로 믿을 수가 없었다.

"이것들 봐라? 제법인걸?"

그러나 정작 경악에 젖은 쪽은 환희마궁이었다.

환희사화령은 소수마후를 제외하면 궁 내에서 최강의 고
수들이다. 한데 두 화령이 단 일 초의 격돌로 중상을 입자 백
무향에 대한 평가를 달리하게 되었다.

"매, 난은 어서 국, 죽을 데려가 치료해라."

"궁주님, 저와 난화령이 상대해 보겠습니다."

"놈은 전설의 뇌천검을 지녔다. 게다가 뇌천검법까지 구사
한다. 너희의 상대가 아니다."

소수마후가 미끄러지듯 나서자 매화령과 난화령이 각기
동료를 부축해 물러갔다.

백무향은 소수마후를 향해 검극을 겨누었다.

"소수 할망구, 내가 모두 죽인다고 했지?"

소수마후는 가는 실눈으로 백무향을 직시했다.

"믿을 수가 없구나. 네가 전설의 뇌천검을 지녔다는 소문
은 들었다만 뇌천검법까지 펼칠 줄이야. 대체 넌 어떤 놈이
냐?"

"내가 어떤 놈이냐고? 난 뇌천검제의 현신이다! 너같이 사
악한 악적들을 죽이기 위해 다시 살아난 것이다."

"미친놈, 네가 이백 년 만에 부활했다 해도 뇌천검제일 수
없다. 마왕지상을 지녔으니 오히려 풍운마제라면 가능하겠
지만 말이다."

"믿고 안 믿고는 상관없어. 소견이 죽었다면 네년들 한 명
도 살려두지 않겠다."

소수마후는 마황지검인 파천마검을 뽑아 들었다. 검극에서 뿜어지는 섬뜩한 핏빛 기운은 뇌천검의 푸른 번갯불과 극반의 대조를 이룬다.

"이 검이 어떤 검인지 아느냐?"

"모른다."

"바로 파천마황께서 남기신 마황삼보 중 하나인 파천마검이다. 뇌천검제의 뇌천검과 더불어 신마쌍검으로 불리는 보검이지."

"훗, 동강 난 반검 따위가 어떻게 내 뇌천검과 비교될 수 있겠느냐? 네년을 고철과 함께 베어주겠다."

백무향은 허공으로 훌쩍 솟구쳐 오르며 뇌천검을 내려쳤다.

"천뢰광류섬!"

콰르릉!

요란한 천둥소리가 울려 퍼지며 하늘이 순간적으로 빛을 잃었다. 이어 번갯불 형태의 검형이 빗줄기처럼 내리꽂혔다. 꼬리를 물고 이어지는 시퍼런 번갯불은 실로 화려하면서도 파괴적인 검법이었다.

소수마후는 바싹 긴장하며 파천마검을 휘둘렀다.

"차앗!"

검극에서 뿜어지는 핏빛 광휘가 치솟으며 번갯불 속으로 파고들었다.

신검과 마검의 교차.

콰— 콰쾅!

엄청난 폭음과 함께 붉고 푸른 검기의 파편이 대지를 휩쓸었다.

비명이 속출했다. 십수 장 밖까지 뻗어나간 검기의 파편이 환희마궁 여제자들을 관통한 것이다. 일류 급 고수들 십여 명이 허무하게 목숨을 잃자 여제자들은 너무도 가공할 격돌에 입을 다물지 못했다.

이윽고 흙먼지를 일으킨 돌풍이 스러지면서 장내의 광경이 드러났다.

궁장으로 틀어 올린 소수마후의 머리가 풀어져 어지럽게 휘날렸다. 옷자락은 심하게 찢겼고 드러난 피부의 상처가 깊었다. 백무향도 어깨에서부터 가슴까지 베어지는 부상을 입었지만 상대적으로 가벼워 보였다.

일 초의 대결로 판단한다면 백무향의 우위이지만 정확한 평가는 아니었다.

소수마후가 지닌 파천마검은 마황진경을 터득해야만 하늘과 땅을 뒤흔드는 위력을 발휘한다. 그녀가 비록 파천마검으로 맞섰지만 이는 과거에 백무향이 그저 뇌천검을 무의미하게 휘두른 경우와 같다고 할 수 있었다.

게다가 그녀는 소견의 기경팔맥을 타통시켜 주기 위해 과도한 공력을 소진한 상태다. 모든 정황으로 평가한다면 뇌천검법을 막아낸 그녀의 무공이 오히려 백무향을 능가할 정도였다.

물론 이를 알 리 없는 백무향은 자신의 득수에 한껏 고무되었다.

"봤지, 소수 할망구! 아니, 내가 네 할아버지의 할아버지와 같은 배분이니 넌 젖비린내 나는 계집애에 불과해! 어쨌거나 소견을 해친 이상 넌 절대 용서 못해!"

소수마후는 파천마검을 검집에 넣었다. 마황진경을 터득하지 못한 이상 검법 대결로는 백무향을 이길 자신이 없기 때문이었다.

그녀는 암암리에 소수마공을 장심에 운집했다.

"백무향, 만일 소견이 살아 있다면 어찌하겠느냐?"

"뭐, 뭐라고? 소견이 살아 있어?"

백무향의 얼굴에 화기가 감돌았다.

"저, 정말 살아 있느냐? 어디 있어? 순순히 소견만 내준다면 네가 계림에서 날 죽이려 했던 일을 문제 삼지 않겠다."

소수마후의 입가에 의미심장한 미소가 감돌았다.

"소견은 너와 가까이 있다."

"나와 가까이?"

백무향은 무슨 의미인가 싶어 빠르게 주변을 살폈다.

순간 그를 향해 유령처럼 날아든 소수마후가 공포의 소수마공을 뻗어냈다.

"어리석은 놈, 바로 저승이다!"

희디흰 소수. 보기에는 아름답기만 한 손이지만 적중되는 순간 피를 얼려 버리고 심장을 마비시키는 죽음의 손이다. 눈앞에 펼쳐지는 화려함에 취했다가는 어떻게 죽는지도 모른 채 목숨을 잃게 된다.

일순 백무향의 두 눈에서 붉은 광채가 폭사되었다. 또 한 번 농락당했다는 수치심에 극한의 분노가 폭발했다.

"이야아아!"

야수의 포효성이 울려 퍼지며 그의 전신이 불덩이로 화했다. 동시에 그의 몸에서 뿜어진 화염폭풍이 급속도로 확산되었다.

콰아아앙!

극음의 소수마공과 극양의 화염폭풍의 충돌.

가공할 격돌의 현장은 극반으로 대조되는 세상을 만들어냈다. 지표면의 절반은 하얀 빙기로 뒤덮였고, 다른 절반은 지독할 열기로 인해 새까맣게 타버렸다.

거대한 구덩이가 형성된 장내는 작은 분화구를 연상케 했다.

"흐윽……!"

소수마후가 답답한 신음을 토하며 주르륵 뒤로 밀렸다.

하얀 머리카락은 누렇게 그슬렸고, 얼굴과 손이 화상으로 벌겋게 부풀어 올랐다. 외상뿐 아니라 내상까지 입어 울컥울컥 피를 쏟았다.

환희마궁의 여제자들은 충격과 경악으로 입을 다물지 못했다. 그녀들에게 있어 궁주는 여신과도 같은 존재였다. 당연히 무림제일고수로 알고 있었기에 궁주의 패배는 받아들일 수가 없었다.

백무향은 열양진기를 끌어올려 허옇게 빙기로 덮인 몸을 녹였다. 턱에 매달린 고드름과 옷자락에 서린 얼음 조각이 우수수 떨어져 내렸다.

백무향은 얼음 조각을 밟으며 다가섰다.

"비열한 계집, 지난번 계림에서도 날 얼려 죽이려 하더니 이번에도 또 수작을 부려?"

소수마후는 자신의 최강 절기마저 무산되자 해쓱하게 변했다.

"네… 네놈이 어떻게 화염폭풍을? 설마… 풍운마제의 폭염마공까지 지녔단 말이냐?"

"나도 몰라. 하지만 네년을 태워 죽일 수 있는 것은 확실하다."

백무향이 손을 쳐들자 장심에서 붉은 구슬 발광체가 형성되었다.

발광체를 직시한 소수마후는 전신을 세차게 떨었다.

"으음, 폭염열화주(暴炎熱火珠)! 틀림없는 폭염마공이다!"

둥실 떠오른 그녀는 골짜기 안으로 도주했다. 그녀는 제자들 머리 위로 비월하며 차갑게 외쳤다.

"누구도 나서지 마라!"

백무향은 태무건을 통해 터득한 도공답운비를 펼쳐 그녀를 추격했다.

"감히 달아날 수 있을 것 같으냐? 네년의 살을 저며 소견의 넋을 위로해 주겠다!"

환희마궁의 제자들은 궁주의 지엄한 지시를 받았기에 그의 추적을 제지할 수가 없었다.

난화령이 안타깝게 외쳤다.

"매화 언니, 궁주님이 위험한데 보고만 있어야 합니까?"

매화령은 골짜기 경사면을 타고 오르는 두 사람을 직시하며 주먹을 불끈 쥐었다.

"궁주님의 지시를 거역할 수 없다. 궁주님께서 피신하신 데에는 분명 이유가 있을 것이다. 만일 다른 복안이 없었다면 총공격을 명하셨을 테니까."

휘이이잉……!

골짜기 너머는 아득한 천 길 벼랑이다. 자욱한 운무 때문에 그 깊이를 알 수가 없다.

소수마후가 벼랑 가장자리를 밟고 내려서자 백무향이 약

간의 거리를 두고 마주 섰다. 백무향은 벼랑 아래를 힐끗 보고는 냉소를 쳤다.

"흥, 유감스럽게도 더 이상 달아날 곳이 없구나."

소수마후는 왼손을 감싸 쥐며 무거운 어조로 물었다.

"네놈은 대체 누구냐? 어떻게 극성인 뇌천진기와 폭염진기를 한 몸에 지닐 수 있단 말이냐?"

"나도 모르니까 설명해 줄 수 없다. 염라대왕을 만나면 대신 물어봐 주어라."

"한 가지 더. 어떻게 본 궁의 소재를 알게 되었느냐?"

"똑똑한 태옥교가 일러주더군. 확실치는 않지만 나쁜 년들 소굴이 벽계산 무흔곡에 있을 것 같다고 말이야."

"태백궁의 어린 계집이 말이냐?"

소수마후의 표정이 심각하게 굳어졌다.

태백궁의 정보망에 노출되었다면 무흔곡도 더 이상 안전한 장소가 못 된다. 지옥마부가 은신처를 옮겨야 하듯 환희마궁 역시 이주를 해야 할 상황이다. 물론 그녀는 지옥마부와 달리 유사시에 옮겨갈 별궁을 마련해 놓은 상태였다.

백무향은 십 보 거리를 두고 걸음을 멈추었다.

"네년을 어떻게 죽여야 할지 조금은 고민이 되는군. 태워 죽여야 하나, 아니면 검으로 쪼개 버려야 하나?"

소수마후는 반지를 낀 검지를 쳐들었다.

"고민할 필요 없다, 백무향."

그녀가 검지로 백무향을 가리켰다.

번쩍―!

아찔한 오색 섬광과 함께 그녀의 손가락에서 반지가 발출되었다. 오색 구슬이 박힌 화려한 반지는 한줄기 빛으로 화해 백무향의 가슴으로 파고들었다.

백무향은 그녀가 중상을 입었기에 반격에 대해서는 별반 생각지 않았다. 그런 방심 속에 날아든 반지의 공세였기에 기습을 감지한 순간 이미 피할 수 없는 상황이 되었다.

퍼억!

둔탁한 폭음과 함께 백무향의 몸을 관통한 반지가 등을 뚫고 튀어나왔다.

"돌아와라!"

소수마후가 반지를 향해 손가락을 겨누자 반지는 급선회하며 날아왔다. 맹렬히 회전하던 반지는 서서히 회전을 멈추며 소수마후의 손가락에 끼워졌다.

"욱!"

백무향은 울컥 선혈을 토해내며 비틀비틀 물러섰다. 반지에 의해 관통된 가슴과 등을 통해서도 피가 뿜어졌다.

"오호홋!"

소수마후는 요사한 웃음을 터뜨리고는 허공을 밟고 다가섰다.

"네놈은 오행마환(五行魔環)에 적중됐다. 이 반지는 파천마황께서 남기신 세 가지 보물 중 하나다. 한 번 발출되면 빛살처럼 빨라 누구도 피할 수 없고, 그 위력은 금강불괴지신조차 파괴한다. 네놈이 아무리 뇌천검을 지녔고 풍운마제의 폭염마공을 펼친다 해도 오행마환은 막을 수 없다."

몸이 관통되는 치명상을 입은 백무향은 분출되는 피와 함께 영혼마저 빠져나가는 것만 같았다.

"크으… 네년을 죽여야 하는데……."

소수마후는 희디흰 손을 활짝 펼쳤다.

"죽어야 할 놈은 너다!"

싸늘한 냉기 속에 소수마후의 장인이 백무향의 가슴에 선명하게 새겨졌다.

"으아아!"

처절한 비명과 함께 백무향의 몸이 천 길 벼랑 아래로 곤두박질쳤다. 치명상을 당한 상태에서 소수마공까지 적중된 그의 몸이 축 늘어졌다.

소수마후는 겨우 안도의 한숨을 내쉬며 천 길 벼랑을 내려다보았다. 백무향은 이미 짙은 운무 속으로 사라진 상태였다.

그녀는 그와의 대결을 되새기며 가볍게 진저리를 쳤다.

"정말 무서운 강적이었다. 만일 놈이 냉철한 성격까지 지녔다면 오행마환에 의한 기습도 무산될 수 있었어."

시선을 돌린 그녀는 벼랑길을 따라 천천히 날아갔다. 그녀의 입에서 불안감을 씻으려는 단호한 음성이 흘러나왔다.

"백무향, 이번에도 살아난다면 네놈은 인간이 아니라 귀신
이다!"

제 16 장

전설의 마웅 풍운마제(風雲魔帝)

1

우우우—!

밤이 깊어지자 자신들의 세상임을 외치는 맹수들의 울음
소리가 드높다.

주린 배를 채우기 위해 사냥에 나선 늑대 무리가 가쁜 숨소
리를 발하며 수림과 바위 사이를 헤집었다. 주변의 어둠 속에
서도 늑대 무리의 눈은 인광을 발하는 아귀처럼 섬뜩한 빛을
발하고 있었다.

이때 가까이에서 피 냄새를 감지한 늑대의 울음소리가 들
려왔다.

컹! 컹컹!

늑대 무리가 사납게 울부짖으며 사냥감을 찾아낸 동료에게로 달려갔다. 한데 찾아낸 사냥감은 짐승이 아니라 사람의 시체였다.

시체의 머리카락은 어지럽게 흩어졌고, 옷은 심하게 찢겨 있었다. 시체는 바닥에 엎어져 있어 용모는 알 수 없었으며 손에는 한 자루 검을 쥐고 있었다.

크르르르!

늑대 무리가 허연 이빨을 드러내며 엎어져 있는 시체에게로 달려들었다.

강한 턱과 날카로운 이빨을 자랑하는 늑대 무리가 떼거지로 달라붙어 시체를 마구 물어뜯었다. 늑대의 왕성한 식성을 감안한다면 시체 하나가 해골로 변하기는 순식간일 것이다.

한데 늑대 무리가 일제히 아픈 울음소리를 토했다.

캐앵! 컥!

사람을 물어뜯으려던 늑대 무리가 주둥이로 피를 흘리며 뒤로 물러섰다. 늑대 무리의 송곳니가 모두 으스러졌고, 정작 늑대에 의해 물린 시체는 멀쩡했던 것이다.

이빨이 으스러진 늑대 무리가 물러서자 다른 몇 마리 늑대가 달라붙어 시체를 물어뜯었지만 결과는 마찬가지였다.

캐액! 캥!

너무 세게 물다가 턱까지 으스러진 늑대가 고통스런 울음을 터뜨리며 데굴데굴 굴렀다. 더 이상 자신의 강한 이빨을 자랑하려는 늑대는 없었다.

눈앞에 맛난 먹이를 두고 먹지 못하는 안타까움에 늑대 무리가 허연 침을 흘렸다.

한데 이때였다.

끄—아악!

밤하늘을 진동시키는 새 울음소리와 함께 세찬 바람이 몰아쳤다.

늑대 무리는 기겁을 하며 허공을 올려다보았다. 커다란 날개를 활짝 펼치며 천천히 하강하는 물체는 엄청난 크기의 새였다. 바로 전설의 영조인 북해천붕.

늑대 무리는 꼬랑지를 사타구니 사이로 말아 넣고는 부리나케 도주했다. 그들이 감히 상대할 수 없는 신령스런 짐승임을 본능으로 알아본 것이다.

북해천붕의 등에서 훌쩍 뛰어내린 사람은 유난히 머리통이 커다란 노인이었다. 팔자눈썹과 졸린 듯한 눈이며 천 년 거목의 등걸처럼 주름진 모습이 사뭇 우스꽝스러웠다.

노인은 다름 아닌 당대제일의 신의 반사귀선이었다. 그는 피투성이 시체를 힐끗 보고는 혀를 내둘렀다.

"허어, 이런 몰골로도 짐승의 밥이 되지 않았다니 정말 강골이로군."

그는 부상자가 쥐고 있는 검을 집어 들었다. 예서체로 새겨진 두 개의 글자를 음미한 그는 가벼운 흥분에 젖었다.

“뇌천! 분명 뇌천검이로군!”

그는 손잡이를 쥐고 뽑아보려 했지만 검은 꿈쩍도 하지 않았다.

“과연 풍문이 사실이로군. 오로지 뇌천진기를 지닌 자만이 뇌천검을 뽑을 수 있다고 했는데 틀리지 않았어.”

엎어진 사람을 바로 눕힌 그는 시체의 얼굴을 살펴보았다.

죽음에 이른 고통과 충격으로 일그러져 있는 청년은 바로 백무향이었다.

그는 소수마후의 오행마환에 의해 가슴이 관통되고 소수마공에 적중돼 천 길 벼랑으로 떨어졌건만 워낙 강골이라 몸이 으스러지지 않았다. 늑대 무리가 그의 몸을 뜯어먹을 수 없었던 것도 당연한 일이었다.

“죽었나?”

반사귀선은 백무향의 왼손 맥문을 쥐고 진맥을 했다.

그가 천 길 벼랑 아래로 백무향을 정확하게 찾아올 수 있었던 것은 소수마후를 만났기 때문이다.

그는 정마(正魔) 어디에도 치우치지 않는 중도파인 데다 무림 최고의 배분이기에 소수마후도 그를 예우해 백무향이 천 길 벼랑으로 떨어져 죽었음을 사실대로 밝혀주었다.

한참을 진맥하던 반사귀선은 이해할 수 없다는 표정을 짓다가 백무향의 오른쪽 맥문을 쥐었다.

양손의 맥문을 동시에 진맥하던 반사귀선은 탄식 어린 한숨을 내쉬었다.

"허어, 인간으로서 어찌 이럴 수 있단 말인가? 몸의 좌경락과 우경락에 각기 다른 기운이 흐르다니! 이는 양심신공과 다른 현상이다. 내가 알기로 악마교(惡魔敎)의 대법이 틀림없어. 이 대법을 터득했다면 몸이 절단되지 않은 한 절대 죽지 않는다."

그는 반사속명단을 꺼내 한 알은 으깨서 백무향의 가슴의 상처 부위에 발라주고 한 알은 복용시켰다.

반사속명단은 신묘한 영약이라 백무향의 가슴에 새겨져 있던 소수마후의 선명한 장인이 이내 해소되었다. 소수마공이 소멸되면서 정지되었던 심장이 뛰자 천천히 피가 돌기 시작했다.

죽은 사람도 살린다는 반사귀선답게 백무향은 급속도로 회복되었다.

"후우!"

마침내 긴 한숨과 함께 백무향이 눈을 번쩍 떴다. 핏발이 곤두선 혈안은 인간의 것이 아니라 사악함으로 무장된 마왕의 눈이었다.

"허억! 이럴 수가?"

반사귀선은 그의 붉은 눈을 접하는 순간 중대한 비밀을 알아챘다.

벌떡 일어나 앉은 백무향이 그의 멱살을 덥석 쥐었다.

"죽인다!"

반사귀선이 점잖게 그를 타일렀다.

"정신 차리게나, 백 노제. 나 같은 늙은이를 죽인다고 자네의 원한이 풀리겠는가?"

눈까풀을 몇 번 깜빡인 백무향이 본래의 눈빛을 회복했다. 그는 잠시 반사귀선을 들여다보다가 홱 밀쳤다.

"이 늙은이는 뭐야?"

반사귀선은 주저앉은 채로 히죽 웃음을 지었다.

"키힛, 정말 대단한 생명력이로군. 천 길 벼랑이라면 금강불괴지신이라도 박살 날 상황인데 용케 목숨을 건졌어. 노부가 천붕을 타고 하강하면서 살펴보니 벼랑 틈새에서 자란 소나무가 수십 그루나 뽑혀져 있더군. 덕분에 자네가 분신쇄골을 면할 수 있었던 것일세."

백무향은 가슴 부위의 상처를 매만지다가 물끄러미 그를 바라보았다.

"노인장이 날 구한 거요?"

"구했다기보다 치료했다고 해야 맞겠지."

"내가 고맙다고 해야 하는 거요?"

"좋을 대로 생각하게."

백무향은 손에 쥐고 있던 뇌천검을 내보였다.

"이 검이 어떤 검인지 아시오?"

"뇌천검이 아닌가?"

"그걸 알면서 왜 훔쳐 가지 않았소? 강호에서는 개나 소나 모두 내 뇌천검을 탐내는데."

"뇌천진기를 지니지 않은 자에게 뇌천검이 무슨 소용이 있겠는가? 그저 쇳덩이에 불과할 뿐인데."

"하핫, 노인장은 정말 좋은 사람이오."

백무향은 비로소 경계심을 풀고는 호의적인 웃음을 지었다.

"치료비는 다음에 두둑이 드리겠소. 묘한 계집을 만나 은표를 모두 줘버리는 바람에 지금은 빈털터리요."

자리에서 일어선 그는 벼랑을 올려다보며 이를 갈았다.

"교활한 할망구, 넌 반드시 죽는다!"

그러자 반사귀선이 그를 타일렀다.

"환희마궁을 찾아가 봤자 소용없네, 이미 거처를 옮겼으니까."

"그게 무슨 소리요?"

"그보다 자네 몸부터 추슬러야 하네. 출혈이 너무 심했어. 피가 생성될 때까지 충분히 휴식을 취해야 돼."

"괜찮소."

백무향은 한마디로 일축하고는 훌쩍 몸을 날렸다.

일순 심한 현기증과 함께 세상이 빙글 돌았다. 정신을 차리려 했지만 미혼약에 취한 듯 팔다리가 제멋대로 움직였다. 평형 감각을 상실한 그는 바닥으로 곤두박질쳤다.

퍼억!

머리서부터 떨어진 그는 네 활개를 쭉 폈다. 그는 어지러움 속에서도 반사귀선을 찾기 위해 눈알을 이리저리 굴렸다.

"다, 당신, 내 몸에 무슨 수작을 부린 거야?"

반사귀선이 뒤뚱뒤뚱 다가섰다.

"과다 출혈에 의한 현상일세. 충분히 피가 보충될 때까지 절대 무리해서는 안 되네."

"노인장은… 용한 의원이요?"

"그냥 돌팔이일세. 세상에서는 날 반사귀선이라 하지."

"반사귀선?"

백무향이 깜짝 놀라 일어나 앉았다.

"저, 정말 반사귀선이오?"

"그러하네."

"여기는 어쩐 일이오? 참, 태무건 궁주는 살아났소? 태옥교가 눈물을 질질 짜던데……."

"광명신검은 건재하네."

"다행이군. 태 궁주를 구했다면 귀선은 확실히 돌팔이는 아니야. 태 궁주를 진맥했던 의원들이 모두 고개를 저었을 만큼 위중한 상태였으니 말이오."

몸을 일으킨 백무향은 반사귀선처럼 옆으로 고개를 기울였다.

"지금은 소수 할망구를 잡아 죽여야 하니 다음에 술 한잔

사리다. 사실 내가 귀선보다 백수십 살은 더 나이가 많겠지만 굳이 나이를 내세우고 싶지는 않소. 그저 호형호제로 지내면 될 것 같소.”

그는 눈을 찡긋해 보이고는 벼랑을 따라 달려갔다.

반사귀선은 그가 어둠 속으로 사라질 때까지 지켜보다가 무거운 침음성을 발했다.

“허어, 하늘은 어찌하여 이런 괴변을 일으켰단 말인가? 만일 그가 기억을 되찾는다면 오행천보다 더한 혈겁이 천하를 휩쓸겠구나!”

한편 벼랑을 따라 달려가던 백무향은 벼랑 위로 향하는 가파른 석벽 앞에 이르자 도공답운비를 펼쳤다.

“피 조금 흘렸다고 큰 문제 되겠어? 내가 회복력 하나는 귀신인데.”

석벽을 차고 숫구는 그는 재차 공력을 운기했다.

순간 심한 현기증과 함께 정신이 아득해졌다. 마치 전신의 피가 모두 빠져나간 듯 사지가 마비되었다. 그는 모든 감각을 상실한 채 빙글빙글 돌며 바닥으로 추락했다.

바닥으로 떨어진 그는 충격을 이기지 못하고 울컥 피를 토했다.

어둠이 더욱 짙어지며 아무것도 보이지 않았다. 그의 몸이 암흑의 늪 속으로 급속히 가라앉았다. 손을 움켜쥐었지만 잡히는 것은 빈 허공뿐이었다.

그는 무기력하게 절대적인 어둠 속으로 빠져들었다.

"소견, 소견! 어디… 있어?"

2

일반 마을이라 하기에는 마을 전체를 둘러싼 대나무 방책이 의외로 견고했다. 그렇다고 강호의 문파라 하기에는 기와를 얹은 전각 한 채 갖추지 못한 상태였다.

오가는 사람들의 복장은 비렁뱅이만큼 허름했지만 바느질로 기워 입어 비교적 단정한 편이었다. 이들의 표정에서는 풍족하지는 않아도 편안함이 느껴졌다.

"에잇, 받아라!"

"어림없다!"

두 아이가 목검을 들고 무사 놀이를 하고 있었다.

다른 아이들도 죽봉을 들고 봉술을 수련하고 있었고, 계집아이들 또한 밧줄을 이용해 몸놀림을 익히는 중이었다.

아이들의 천진스런 기합 소리와 웃음소리가 초옥 안으로 흘러들어 왔다.

백무향은 침상에 누워 말똥말똥 눈을 뜨고 있었다.

"여기가… 어디지?"

반사귀선과 헤어진 후 벼랑을 타고 오르려다 추락했던 것이 마지막 기억이었다. 꽤나 오랫동안 아득한 암흑의 늪에 빠져 있었던 것 같았다. 그러다 의식이 돌아오면서 겨우 눈을 뜨게 되었다.

그는 몸을 일으키려 했지만 어찌 된 일인지 꼼짝도 할 수 없었다. 고개를 들어 살펴보니 몸이 쇠사슬로 꽁꽁 동여매져 있었다.

“……?”

그는 순간적으로 지옥마부나 환희마궁에 갇힌 것이 아닐까 의심했다. 하지만 주변 환경을 살펴보니 감옥은 절대 아니었다.

회칠도 하지 않은 흙벽, 짚으로 엮어 이은 지붕, 허름한 창문과 대패질도 하지 않은 문짝. 그저 산촌의 골방으로 생각되었다.

그러다 문득 백월림 산채를 떠올랐다.

‘어째 도적들 소굴 같군. 좋은 의도로 날 구해줬다면 이렇게 묶여둘 이유가 없잖아?’

그는 누운 채로 진기를 운기해 보았다.

혈도가 점해진 듯 오른쪽 반신은 마비 상태지만 좌반신 경락으로는 진기가 흘렀다. 지옥마부에서 고초를 겪을 때도 몸 왼쪽이 제압되지 않은 덕분에 탈출이 가능했는데 이번 역시 왼쪽은 자유로웠다.

철그렁……!

진기를 일으켜 대번에 쇠사슬을 끊어버린 백무향은 혈도에 박힌 금침을 뽑았다.

"가만, 뇌천검이 어디 갔지?"

침상에서 내려선 그는 뇌천검부터 찾았다. 하지만 한눈으로 살필 수 있는 골방 어디에도 뇌천검은 없었다. 그의 피가 절로 끓어오르며 분노가 치밀었다.

"감히 내 검을 훔쳐 가?"

그는 냅다 문을 박차고 밖으로 나섰다.

폭음에 놀란 아이들이 급히 한데 뭉쳤다. 아이들은 멀쩡하게 밖으로 나선 백무향을 보고는 입을 딱 벌렸다.

"맙소사! 취 누나 말대로 괴물이야!"

"세상에나! 쇠사슬을 끊었어!"

"금침으로 점혈까지 했다던데 어떻게 풀려났을까?"

백무향은 아이들을 향해 성큼성큼 다가섰다.

"꼬맹이들, 누가 내 검 훔쳐 갔어? 당장 가져오지 못해?"

아이들은 주춤 물러섰지만 그다지 두려워하는 기색이 아니었다.

이때 병장기를 꼬나 쥔 어른들이 달려나와 아이들을 막아섰다. 개중에는 낫과 괭이, 쇠스랑 등, 농기구를 쥔 사람도 있었다.

백무향은 그들을 쓸어보고는 퉁명스럽게 물었다.

"당신들 뭐야? 도적놈들이야?"

사냥꾼 복장의 털보가 대답했다.

"아니오."

"그럼 왜 내 검을 훔쳐 갔어?"

"훔칠 의도는 없었소. 다만 워낙 위험한 병기라 잠시 치워 둔 것뿐이오."

털보가 사람들 쪽으로 고개를 돌렸다.

"취, 어디 있느냐?"

그러자 사람들을 헤치고 한 여인이 나섰다. 사내처럼 건장한 체격에 갖옷을 걸친 여인은 바로 서문취였다. 그녀는 가슴에 뇌천검을 안고 있었다.

백무향은 곧장 서문취를 향해 다가섰다.

"내 검을 왜 네가 갖고 있어?"

서문취는 잔뜩 경계하는 눈빛으로 한 걸음 물러섰다.

"사실 널 죽이고 싶었어. 하지만 며칠간 조사를 해보니 세상이 온통 너에 대한 풍문으로 가득하더군. 대다수 사람들이 널 뇌천검제의 후예로 알지만 천사성에서는 너의 화염폭풍에 대해 거론했어. 어쩌면 네가 풍운성제님의 후예일 수도 있다고 했어."

"훗, 아주 멍청한 계집은 아니로군."

백무향은 불쑥 다가서며 그녀가 받쳐 들고 있던 뇌천검을 손에 쥐었다.

사람들이 흠칫 놀란 병장기를 뽑아 들자 털보 사냥꾼이 급히 외쳤다.

"경거망동하지 마라! 상대가 적이 아니라면 우리는 손님으로 예우해야 한다!"

백무향은 싸울 의사가 전혀 없다는 뜻으로 뇌천검을 어깨에 걸쳤다.

"당신은 누구요?"

"난 사해문 중경 분타를 책임지고 있는 사람이오. 관자평(關子平)이라 하오."

"그럼 서문취는?"

"우리 분타의 순찰향주요."

"내가 누구인지는 알고 있소?"

"서문취에게 얘기는 들었소. 뇌천공자 백무향 대협이 아니시오?"

백무향은 피식 실소를 지었다.

"난 대협이 아니오. 대협이고 싶지도 않고."

그는 마을을 죽 둘러보고는 중앙으로 걸음을 옮겼다.

"내가 일전에 서문취에게 밥값은 두둑하게 주었소. 몹시 시장하니 일단 식사부터 합시다."

관자평은 잠시 그를 바라보다가 문도들을 해산시켰다.

"돌아들 가라."

지붕만 씌워진 원두막.

원탁을 사이에 두고 세 사람이 둘러앉아 있었다.

백무향 앞에는 그래도 잘게 토막 난 닭 튀김과 돼지비계 볶음, 죽순과 버섯 요리 등이 놓였지만 관자평과 서문취 앞에는 만두와 한 접시의 소채가 전부였다.

그것을 뻔히 알면서도 백무향은 그들에게 음식을 전혀 나눠주지 않았다. 배를 빵빵하게 채운 그가 시원스럽게 트림을 했다.

"꺼억, 먹을 만한 건 없었지만 어쨌든 잘 먹었군."

그는 한 잔 술로 입가심을 하고는 물었다.

"관 분타주, 내가 서문취에게 준 돈은 상당한 거금이오. 이곳 분타 제자들이 일 년은 배 터지게 먹을 수 있는데 식사가 그게 뭐요?"

"우리 중경 분타보다 형편이 어려운 분타로 분배해 주다 보니 남은 게 별로 없소."

"형편이 어려운 분타?"

백무향은 분타 내의 허름한 초옥을 둘러보며 어처구니없는 표정을 지었다.

"내가 보기에는 이곳이 오히려 지원을 받아야 할 형편인데 다른 분타를 지원한단 말이오?"

"그래도 우리 중경 분타는 먹고사는 데는 지장이 없소. 강북에서 천사성의 핍박 속에 지내야 하는 총단과 분타들의 애로는 이루 말할 수 없소."

"그렇다면 살기 좋은 곳을 골라 모여 살면 되지 않소? 왜 천사성 관할 지역에 남아서 생고생을 하는 거요?"

관자평의 대답은 단호했다.

"그게 우리 사해문의 규칙이오. 어떤 어려움이 있더라도 자신의 구역을 지켜야 하오. 그동안 무수한 방파들이 출현했다 소멸되었지만 우리 사해문은 이백 년 동안 전통을 유지해 왔소. 끈질긴 생존력이 본 문의 장점이오. 우리 모두는 사해문의 위대한 부흥을 확신하고 있소."

"난 사해문이 어떤 방파인지 모르겠소. 하지만 이렇듯 버러지처럼 사는 건 전통을 지키는 것이 아니라 그저 숨만 쉬는 거요."

"말 삼가시오! 버러지라니?!"

관자평이 수모를 참지 못하고 탁자를 치며 일어섰다.

서문취는 백무향의 엄청난 무공을 경험했기에 행여 충돌을 불안해했다.

"분타주, 고정하세요."

그녀는 관자평과 함께 원두막 아래로 내려섰다.

"저 사람이 만에 하나 풍운성제 조사님의 후예라면 그 죄를 어찌 씻겠습니까?"

"설마 그럴 리가 있겠느냐?"

"제가 알아본 바에 의하면 백무향은 자신의 과거를 정확하게 기억하지 못한다고 합니다. 하지만 그는 뇌천진기를 지닌 데다 폭염마공과도 같은 화염폭풍까지 발출한다고 하였습니다. 다소 억지일 수 있지만 그가 쌍제의 공동 전인일 수도 있습니다."

"공동 전인?"

"풍운 조사님과 뇌천검제는 동시에 실종되지 않았습니까? 만일 쌍제가 같은 장소에서 타계했다면 두 분의 유품이 한 장소에 남겨졌을 것입니다."

서문취의 타당성있는 추리에 관자평은 연신 고개를 끄덕였다.

"그래, 네 말이 맞다. 일리가 있어."

"일단 제가 저자의 내력을 확실히 알아보겠습니다. 만일 풍운 조사님의 절기를 터득했다면 우리는 그를 태상문주로 모셔야 합니다. 우리 사해문은 태상문주님을 통해 새롭게 태어날 것입니다."

"오냐. 너만 믿겠다."

관자평은 백무향을 향해 가볍게 포권을 쥐어 보이고는 자신이 거처로 향했다.

백무향은 원두막에서 내려섰다.

"취, 내가 쓰러졌던 곳과 얼마나 멀어?"

"이백여 리 정도 됩니다. 분타주와 사냥을 나갔다가 우연히 공자를 발견하게 되었습니다."

"어라? 갑자기 왜 정중해졌어?"

“공자께서 풍운 조사님의 후예일 수도 있으니까요.”

“뭐, 좋을 대로 해. 한데 풍운마제는 어떤 사람이야? 이 사해문은 어떻게 창건된 거고?”

서문취가 공손히 허리를 굽혔다.

“소녀가 성제각으로 모시겠습니다.”

성제각(聖帝閣)은 사해문도들이 풍운마제를 기리기 위해 세운 사당이다. 사당은 그나마 중경 분타 내에서 가장 정성 들여 지어진 건물이었다. 대나무를 쪼개서 기와 대신 얹은 지붕이 독특했다.

사당으로 들어선 서문취는 향로에 향을 사르고는 단상을 향해 정중히 배례를 올렸다.

“제자 서문취, 창건 조사님을 뵈옵니다.”

백무향은 단상 위에 그려진 벽화에 시선을 고정시켰다.

섬세하게 그려진 벽화는 풍운마제의 전신 영정이었다. 피풍의를 두른 청년이 손에 술잔을 쥔 채 하늘의 태양을 직시하는 그림으로 풍류와 더불어 당당한 위세가 느껴졌다.

“……”

백무향은 풍운마제의 영정을 뚫어져라 응시했다. 하지만 그림 속이라 그런지 자신과의 유사점을 찾아보기 힘들었다. 그는 가벼운 두통을 느끼며 물었다.

“이 그림은 언제 그려진 거야?”

"대략 구십 년 전으로 알고 있습니다. 본래 성제각은 웅장한 건물이었는데 오행천의 침공으로 인해 파괴되었다 합니다. 다행히 천외삼성에 의해 오행천이 와해된 후 사해문이 다시 세워지면서 성제각이 만들어진 것입니다."

"그렇다면 여기 풍운마제의 영정은 그냥 상상에 의해 그려진 것이지 정확한 것은 아니잖아?"

서문취가 감격 어린 눈빛으로 영정을 올려보았다.

"풍운 조사님께서는 이백 년이 지난 오늘까지도 사해문 제자들의 가슴속에 또렷하게 살아 계십니다. 조사님이 존안이 어떠하든 무슨 상관이 있겠습니까?"

"나한테는 관계가 있어."

"그렇군요. 비록 무공을 직접 전수받지는 않았어도 사부님일 수 있으니까요."

"그래서가 아니야. 저 영정 속의 모습이 나와 같은지 비교를 해봐야 하거든."

"예에?"

눈이 휘둥그레진 서문취가 백무향에게로 시선을 돌렸다.

"나가자."

백무향이 앞서 사당을 나서자 서문취는 영정을 향해 예를 올리고는 총총히 그를 따랐다.

수수수……!

댓잎을 스쳐 지나는 바람 소리가 절로 시원함을 느끼게 해준다. 백무향은 대나무 숲 앞에 놓여진 대나무 평상에 걸터앉았다.

"취, 사해문의 조사가 아닌 무인으로서의 풍운마제에 대해 한번 얘기해 봐. 이름이 국창해……."

"존명을 함부로 입에 담지 마십시오."

서문취의 단호한 태도에 백무향은 쓴웃음을 지으며 고개를 끄덕였다.

"알았어. 나도 경건한 태도로 들을 테니 너도 냉정한 입장에서 평가를 해봐. 알았지?"

서문취는 잠시 생각을 정리하고는 입을 열었다.

"조사님은 백도인들의 시각에서 본다면 이단아였습니다. 흑도라고 지탄할 수는 없지만 확실한 백도는 아니었지요. 그분은 바람과 구름처럼 자유로운 분이셨습니다. 그래서 풍운(風雲)으로 불린 것이지요."

"한데 뭐가 이단아라는 거야?"

"조사님께서는 명문정파의 제자라 하여도 죄를 지으면 가차없이 징계를 내리셨습니다. 반면 비천한 신분이라 하여도 의로운 협행을 한 사람이면 영웅으로 칭송했습니다."

백무향은 고개를 옆으로 기울였다.

"당연한 일 아니겠어?"

"당연한 일이 당연하지 않게 전개되는 것이 현실입니다. 뛰어난 사문이나 대단한 가문을 둔 명문가의 제자들과 아무

런 배경이 없는 자들은 확실히 구분이 되니까요. 강호인들 상
당수는 사문이 없는 낭인들인데, 그들과 정파 제자들이 싸움
을 벌이게 되면 이유를 불문하고 일방적으로 지탄을 받게 됩
니다.”

“그건 사실이야.”

“조사님은 성격이 분명하신 분이시라 그런 부당함을 용납
하지 않으셨지요. 결국 많은 무리들이 조사님이 추구하는 공
정한 처벌에 한목소리를 내게 되었습니다. 그들은 조사님을
중심으로 하는 문파 창건을 주장하였고, 그래서 탄생된 문파
가 사해문입니다.”

백무향은 가볍게 고개를 끄덕였다.

“어째 문파의 수장이라기보다 종파의 교주(教主) 같군.”

서문취가 차갑게 말을 받았다.

“백도 놈들과 같은 평가를 하시는군요.”

“백도인들도 그런 말을 했다고?”

“당시 백도는 강 남북으로 급속히 확산되는 사해문의 세력
에 두려움을 느껴 그런 소문을 퍼뜨렸지요. 사해문을 마치 사
이비 종교 단체인 양 비하한 것입니다. 이로 인해 사해문과
백도무림 간의 대규모 격돌이 전개될 뻔했지만 백도맹주로
추대된 뇌천검제가 중재에 나섰지요.”

백무향은 바람에 흔들리는 대나무 숲으로 시선을 고정시
켰다.

"맞아. 풍운마제와 뇌천검제가 친구 사이라고 했지?"

"뇌천검제의 중재로 대격돌은 피했지만 많은 지역에서 다툼이 끊이지 않았어요. 하지만 조사님께서는 사해문의 제자라 하여도 잘못은 용서하지 않았지요. 그분의 지나친 냉정함을 놓고 백도 놈들은 마성(魔性)이라고 평가절하했습니다."

서문취는 잠시 얘기를 끊고는 성제각을 향해 공손히 예를 표했다.

"조사님께서는 세상 누구보다 공정한 분이셨습니다. 아직도 사해문 제자들이 그분을 흠모하고 존경하는 이유는 서릿발처럼 명확한 공정함 때문입니다."

백무향은 곰곰이 생각에 잠겼다.

'그렇다면 난 풍운마제가 아닌 것 같군. 과거에 내가 그토록 공정한 사람이었던가?'

그는 정신을 차린 후의 삶을 되새겨 보았지만 자신에 대해 정확히 평가하기가 힘들었다. 선악의 개념은 확실히 알고 있지만 강호에서의 옳고 그름은 다소 모호했다.

대나무 평상에서 일어선 그는 팔짱을 낀 채 천천히 걸음을 옮겼다.

"취, 네 얘기가 사실이라면 풍운마제는 분명 영웅이야. 아니, 마웅(魔雄)이라는 표현이 맞을 것이다."

"마웅이라고요?"

"그래, 백도의 영웅과 굳이 분류하자면 마웅이 적합해. 그렇다면 풍운마제로 불린다 해도 문제될 것 없어. 사해문 제자들이 그를 존경해 성제로 추앙하는 것이 오히려 풍운마제의 영광을 먹칠하는 격이지."

"……."

서문취가 심각한 모습으로 고민하자 백무향은 그녀의 어깨를 다독였다.

"그냥 내 개인적인 생각일 뿐이야. 분타의 순찰향주에 불과한 네가 바꿀 수 있는 문제가 아니니까 신경 쓰지 마."

서문취는 잔잔히 미소를 띠었다.

"공자께서 이렇듯 냉철한 평가를 내리실 줄은 몰랐습니다. 어쩌면 공자의 평가대로… 조사님께서 마웅이기를 원하셨을지도 모릅니다."

"나라면 그랬을 거야."

"예에?"

"내가 사해문의 조사라면 너도 대사모(大師母)로 추앙받겠지? 나와 한 번 연분을 맺었으니 그만한 자격이 있는 것 아니겠어? 하하하!"

백무향은 호탕한 웃음을 터뜨리며 넓은 마당을 가로질렀다.

서문취는 거의 강제로 겁탈당하다시피 그와 살을 섞은 지난 기억을 떠올리며 얼굴이 발갛게 상기되었다. 그녀는 그의 뒤를 따르며 공손하게 말했다.

"조사님에 대해 상세하게 알고 싶으시면 개봉에 있는 총단으로 모시겠습니다. 문주께서는 훨씬 많은 정보를 지니고 계십니다."

"됐어. 생각해 보니 난 풍운마제와 아무런 연관이 없는 것 같아. 솔직히 내가 펼치는 화염폭풍도 폭염마공인지 확실치 않고 말이야."

백무향은 도공답운비를 펼쳐 계단처럼 허공을 밟고 올라섰다.

"만나서 반가웠다. 다음에 또 보자."

유성이 흐르듯 그는 삽시간에 대나무 방책 너머의 하늘로 사라져 버렸다.

서문취는 가슴 한 자락이 베어진 듯 서늘해졌다.

'아, 대할수록 신비한 분이야. 비록 엉겁결에 맺어진 인연이지만… 정말 놓치고 싶지 않아.'

3

골짜기 입구는 여전히 시커먼 바위로 이루어져 있었다. 하지만 지난번과 달리 자욱한 안개를 피워낸 진세가 사라져 곧바로 곡 내로 진입할 수 있었다.

골짜기 안으로 들어선 백무향은 쓴 입맛을 다셨다.

"젠장, 귀선의 말이 사실이었군."

파괴의 현장.

환희마궁의 모든 누대와 전각이 철저하게 부서져 있었다. 마치 한바탕 폭풍이 스치고 지나간 현장처럼 흉물스런 벽돌 담 하나 남아 있지 않았다.

백무향은 잔해를 밟으며 이곳저곳을 살폈다.

사실 그는 환희마궁이 어디로 이주했든 관심이 없었다. 소견만 찾으면 되었다.

소수마후는 소견이 죽었다고 강조했지만 백무향은 소견의 죽음을 납득할 수 없었다.

제자로 데려간 소견이기에 죽였을 가능성이 오히려 희박하다고 판단했다. 자신의 눈으로 그녀의 시선을 확인하지 않는 한 믿지 않기로 했다.

문득 벼랑 아래쪽으로 아가리를 쩍 벌린 동혈이 보였다. 기관에 의해 여닫는 철문 역시 박살 난 상태였다.

동혈로 들어선 백무향은 이곳이 연공실로 쓰였음을 대번에 간파했다. 서고에는 책 한 권 남아 있지 않았고, 빈 서가만 덩그러니 놓여 있었다.

"연공실이로군. 소견이 환희마궁의 제자가 되었다면 이곳에서 무공을 수련했을 가능성이 높은데……."

생각이 여기에 미치자 갑자기 소견의 향긋한 체향이 풍기는 것만 같았다.

그는 연공실 이곳저곳을 샅샅이 뒤졌다.

문득 그는 연공실 바닥에 새겨진 몇 개의 글자를 찾아내게 되었다. 새겨진 글자는 병기로 지워져 일부만 남았기에 판독이 쉽지 않았다.

"소견이 이곳에 있었다면 어떤 단서라도 남겼을 거야. 갑작스런 이주가 나 때문이라고 생각할 수 있을 테니까."

백무향은 연공실 곳곳을 살피다가 한쪽 벽에 새겨진 조악한 그림을 보게 되었다. 수초 사이를 헤엄치는 물고기를 그렸는데 풀숲이 무성했다.

백무향은 물끄러미 그림을 바라보며 중얼거렸다.

"물고기가 왜 풀숲에 있는 거야? 물속에 있어야 정상인데……."

이때 순간적으로 하나의 글자가 뇌리를 스쳐 지나갔다.

"맞아. 풀이 많다면 초초(草草), 물고기는 어(魚), 그리고 풀 중에는 수수, 벼[禾], 콩 등이 있을 수 있지. 이 글자들을 조합하면 소(蘇)가 만들어진다."

그는 자신도 모르게 손뼉을 쳤다.

"소견! 그래, 소견이 여기 있었어! 소견은 그림으로 자신의 존재를 알리려 한 거다!"

그는 흥분을 금치 못하고 주먹을 불끈 쥐었다.

"기다려, 소견! 내가 구해줄게!"

냅다 동굴 밖으로 뛰쳐나온 그는 경사면을 타고 능선을 따라 높은 봉우리로 올라섰다.

"이것들이 어디로 은신처를 옮겼지?"

백무향은 안력을 높여 끝없이 이어진 산세를 둘러보았다.

반사귀선의 말대로라면 환희마궁이 이미 이삼 일 전에 무흔곡을 떠난 것이 틀림없다. 이제 와서 그들의 흔적을 찾는다는 것은 무리이겠지만 그는 지푸라기라도 잡고 싶은 심정이었다.

"어디로 갔을까? 어디로……?"

한참 동안 주변을 둘러본 그는 맥이 빠져 어깨를 축 늘어뜨렸다.

"젠장, 태옥교를 만나서라도 다시 단서를 찾아내라고 다그쳐야겠군. 다행히 광명신검이 살아났으니 날 박대하지는 않을 거야."

그는 쓴 입맛을 다시며 동쪽으로 행선지를 잡았다.

한데 아득한 능선 너머로 검은 연기가 치솟고 있었다. 규모로 미루어 산불로는 보이지 않았지만 제법 큰 불 같았다.

"가만, 저곳은 사해문 중경 분타가 있는 방향이잖아?"

검은 연기를 잠시 주시하던 그가 훌쩍 몸을 날렸다.

"어차피 중원으로 가는 방향이니 들러봐야겠군."

4

비스듬히 절단해 만든 죽창의 섬뜩함은 창검의 예리한 날보다 더했다. 그리고 그 죽창에 차례로 꿰뚫리는 동문을 바라보는 사해문 중경 분타 제자들은 공포와 두려움에 젖지 않을 수 없었다.

"아아악!"

처절한 비명과 함께 또 한 명의 제자가 죽창에 관통되며 목숨을 잃었다. 아직 젊은 아낙이었다.

살인자들은 또다시 죽창을 집어 들었다.

"어서 바른대로 불어!"

중경 분타의 사람들은 칠십 명 정도. 노약자를 제외하면 사십 명 정도는 맞서 싸울 무공을 지닌 장정과 여류 무사들이다. 하지만 그들이 고작 네 명에 의해 핍박을 받고 있었다.

네 명의 모습은 하나같이 독특했다.

유난히 눈이 크고, 귀가 크고, 팔이 길고, 다리가 긴 그들의 모습은 기형에 가까웠다.

바로 천사성의 추적 전문 고수인 천사오종이었다.

일전에 백무향의 화염폭풍에 적중돼 후사가 죽는 바람에 네 명만 남게 되어 이제 천사사종이 되었다. 당시 화상을 입은 청사와 비사는 얼굴이 절반이나 훼손된 상태였다.

그들의 횡포에 중경 분타의 대부분은 부서졌고, 방책과 망루가 불타고 있었다.

안사가 무시무시한 살기를 발하며 사해문 제자들을 쓸어

보았다.

“버러지 같은 새끼들, 어디 누가 이기나 두고 보겠다.”

그가 턱짓을 보내자 긴 다리의 각사가 십여 살 난 아이의 뒷덜미를 움켜쥐었다.

분타장 관자평이 털썩 무릎을 꿇었다.

“정말 모릅니다, 안사종. 행방을 안다면 저희가 숨길 이유가 없지 않습니까?”

“네놈들 처소에서 놈의 흔적이 발견됐는데도 시치미를 뗄 생각이냐?”

안사가 각사에게 지시를 내렸다.

“죽여!”

“알겠네.”

각사는 아이를 높이 던지고는 죽창을 치켜들었다. 실로 피도 눈물도 없는 잔악한 살행이었다.

보다 못한 서문취가 몸을 날리려 하자 관자평이 그녀의 허리춤을 쥐었다.

“나서지 마라. 총단을 지켜야 한다.”

아이는 울음을 터뜨리며 뾰족하게 세워진 죽창을 향해 떨어져 내렸다.

순간 한줄기 바람이 아이를 휘감았다. 아이를 옆구리에 끼고 사해문 제자들 앞으로 내려선 사람은 백무향이었다. 그가 아이를 놓아주자 아이 엄마가 달려와 와락 끌어안았다.

"아이고, 청아야!"

예상치 못한 백무향의 출현에 서문취는 감격의 눈물을 흘렸다. 반면 관자평은 난감한 표정이 되어 잔뜩 인상을 찌푸렸다.

백무향을 대면한 천사사종은 하나같이 원독의 눈빛을 발했다.

"백무향, 네놈을 다시 만나게 되었구나!"

"크으, 이 원수!"

특히 안사는 치명적인 화상에 몸부림치는 후사의 고통을 덜어주기 위해 동료의 심장에 표창을 꽂은 통한을 잊을 수가 없었다.

"으득, 네놈의 가슴을 갈라 심장을 씹어 먹을 것이다!"

백무향은 한번 겨룬 적이 있기에 그들이 무척 까다로운 상대임을 잘 알고 있었다. 하지만 지금은 과거의 그가 아니었다. 지옥마부에서 태무건을 만나 신법과 검강을 터득했고, 뇌천검보를 통해 뇌천검법을 익힌 그가 아니던가.

그는 죽창을 꿰뚫린 사해문을 제자들을 쓸어보며 인상을 찌푸렸다.

"이 잔악한 새끼들아, 왜 죄없는 사람들을 함부로 죽이는 거냐?"

"사해문 놈들은 그렇게 다뤄도 된다."

"뭐야?"

"놈들은 사람이 아니라 버러지니까. 버러지 몇 마리 밟아 죽였다 하여 무슨 문제가 있겠느냐?"

백무향은 관자평을 돌아보며 차갑게 질책했다.

"고작 네 놈뿐인데 이렇게 당한단 말이오? 아무리 놈들이 고수라 해도 싸우다 죽는 게 더 명예롭지 않소?"

"천사성과 맞설 수는 없소. 저들과 적이 되면 총단이 위험해지오."

"당신들 모두가 죽는다 해도?"

"그렇소."

결연한 답변에 백무향은 그만 할 말을 잃었다.

밟히고 밟혀도 어떻게든 살아남아 명맥을 보존하겠다는 저들의 집요함에 질리고 말았다.

이것이 사해문 모든 제자들의 생존 방식이라면 천 년이라도 유지될 것 같았다. 보기에는 구차하기 이를 데 없지만 전체를 위해 소수의 희생을 감수하는 그들의 의식은 나름대로 신념과 의지를 담고 있었다.

'죽을지언정 목숨을 구걸하지 않는 의연함은 인정해 주어야 한다. 지금 이들이 맞서 싸우지 않은 것은 힘이 없어서이지 용기가 없어서가 아니야.'

백무향은 사해문에 대한 인식을 달리했다.

살벌한 무림계에서 이들이 추구하는 생존 전략은 현명하다 할 수 있었다. 갖은 수모를 당하고 피를 흘리면서도 참고 견디는 인내력. 자신들에게 힘이 생길 때까지 저항을 삼가는 이들의 의지력을 높이 평가한 것이다.

'그래, 도와주자. 내가 뇌천검제일 가능성이 높지만 풍운마제일 수도 있으니까.'

마음을 다진 백무향은 천사사종과 마주 섰다.

"너희들이 날 찾기 위해 이들을 고문한 것이냐?"

"그렇다."

"뇌천검이 그토록 탐이 나냐?"

"소성주의 지엄한 명령은 반드시 수행되어야 한다. 하지만 지금은 후사를 살해한 네놈을 죽이고 싶을 뿐이다."

백무향은 가소롭다는 듯 조소를 머금었다.

"세상일이 너희 뜻대로 될 만큼 우습게보이냐? 어디, 덤벼봐. 오늘은 급한 일도 없으니 확실히 보내주겠다."

"사위분초(四圍分哨)!"

안사가 차갑게 외치자 다른 세 명이 신속하게 흩어지며 백무향을 에워쌌다. 각사와 비사가 좌우측에 포진했고, 청사가 뒤를 막았다.

한바탕의 격돌이 예상되자 관자평은 노약자를 대비시키고 제자들에게는 일단 불부터 끄도록 지시했다.

서문취가 결연한 모습으로 청했다.

"저도 함께 싸우겠습니다. 허락해 주십시오."

"천사사종은 천사성 내에서도 일류 급 고수다. 너는 물론이고 우리 분타의 제자들 모두가 덤벼들어도 개죽음을 당할 뿐이다. 우리는 그저 지켜보는 데 만족해야 한다. 소문대로라면 뇌천공자의 무공은 절세적이다. 비록 사 대 일의 대결이라 해도 쉽게 패하지는 않을 것이다."

백무향은 포위된 상태에서도 차분한 심정을 유지할 수 있었다.

소수마후와의 격돌을 통해 그는 자신의 무공 수위에 대해 충분한 자신감을 지니게 되었다. 예전에는 제대로 된 무공을 구사할 줄 몰라 본능에 의존했지만 이제는 고수로서의 면모를 갖추고 있었다.

안사는 그에게서 예전과 다른 신위를 감지하고는 바싹 긴장했다.

'이렇게 달라졌단 말인가?'

그가 양손으로 표창을 뽑아 들었다.

"쳐라!"

공격 명령이 떨어지자 배후의 청사가 종을 흔들었다.

땡땡땡―!

요란한 종소리가 백무향의 고막을 강타했다. 종소리는 상대를 흩뜨리기 위한 단순한 소음이 아니라 공력이 깃든 강력한 음공이었다.

백무향은 공력을 끌어올려 청력을 봉쇄할 뿐 미동도 하지 않았다. 곧바로 각사의 갈퀴와 비사의 박도가 좌우에서 날아들었다. 비로소 백무향이 뇌천검을 손에 쥐었다.

번쩍—!

우렛소리와 함께 번갯불 형태의 검신 드러났다.

"풍운만파섬!"

백무향은 팽그르르 회전하며 뇌천검법을 번개했다. 지표면이 연이어 폭발하면서 물결 문양의 검기가 바닥에 새겨졌다.

안사가 허공을 밟고 솟구치며 표창을 내던졌다.

"피해라!"

쐐애액—!

네 자루의 표창이 급격한 호선을 그리며 백무향의 두 눈과 단전, 심장으로 날아들었다.

백무향은 일전에 그들의 차륜전에 휘말린 기억을 되살렸다.

'놈들은 이번에도 치고 빠지는 수법을 펼칠 것이다. 그것을 깨뜨리려면 한 놈씩 죽여야 돼.'

그는 풍운만파섬 초식을 그대로 유지하며 왼손을 휘둘렀다.

"차앗!"

손끝에서 불꽃을 발하는 지강이 발출되자 네 자루 표창이 날아드는 외중에 일부가 녹아 떨어졌다. 이어 예리한 금속성과 함께 뇌천검과 충돌한 각사와 비사가 튕겨져 올랐다.

정확한 수순으로 삼 인의 합공을 막아낸 백무향은 훌쩍 몸을 뒤집었다.

"무형섬쾌광(無形閃快光)!"

번쩍—!

찰나지간 푸른 섬광이 피어올랐다가 스러졌다. 워낙 순간적인 섬광이기에 착시가 아닌지 의심할 정도였다.

뇌천검법 제이초 무형섬쾌광.

이 수법은 그가 새롭게 터득한 초식으로 십이초의 뇌천검법 중 유일한 쾌검식이다. 검기가 실린 상태에서 발출하는 쾌검이기에 살상 반경이 상당히 넓다.

갑자기 종소리가 뚝 그쳤다.

청사는 여전히 종을 쥐고 있었지만 이미 목이 없는 시체로 변해 있었다. 이어 동체가 쓰러지며 마지막 종소리가 한 번 땡그렁 울렸다.

세 명으로 줄어든 천사삼종은 경악을 금치 못했다.

"허억! 청사가?!"

"이, 이럴 수가!"

첫 번째 대결에서는 느닷없는 화염폭풍에 피해를 입었지만 차륜전을 못 견디고 달아난 쪽은 백무향이었다. 날짜를 헤아려도 두 달에 불과했다. 하건만 당시와 비교하면 백무향의 무공 수위는 상상을 불허할 정도였다.

"아, 정말 신인이세요!"

서문취는 환한 표정이 되어 연신 감탄을 발했다.

관자평 역시 단 이 초 만에 청사의 목을 벤 백무향의 무공에 놀라워하면서도 표정은 밝지 않았다.

"이쯤에서 사태가 종료되는 게 낫다. 상황이 악화되면 우리 사해문만 곤경에 처한다."

서문취가 지그시 입술을 깨물었다.

"어떤 고초를 겪는다 해도 지금은 저 잔악한 놈들이 모두 죽기를 원합니다."

사 인의 포위망이 삼 인으로 축소되었다.

백무향은 여유있게 귀를 후볐다.

"이제 귀를 열어도 되겠지? 계속 귀를 막고 있다 보니 조금은 답답하기는 했어. 다음에 죽을 놈은 누구냐?"

노골적인 무시에 천사삼종은 악에 받친 외침을 발하며 맹공을 펼쳐 왔다.

"뒈져라!"

"차아아앗!"

이성을 잃은 공세는 강력하지만 그만큼 허점이 많다.

도공답운비로 솟구친 백무향은 허공을 딛고 선 채 뇌천검을 내려쳤다.

"천뢰광류섬!"

콰르릉—!

요란한 뇌성벽력이 터지며 무수한 번갯불이 지상으로 내리꽂혔다. 천사삼종은 쏟아지는 번갯불에 정신이 아득해졌다. 공세를 회수해 방어하는 데 급급해야 했다.

비사는 박도가 박살 나면서 무수한 파편에 전신이 관통되었고, 각사는 피신하는 와중에 번갯불에 적중돼 참혹하게 쪼개졌다. 그나마 신안을 지닌 안사만 번갯불 사이의 틈새를 뚫고 겨우 피신할 수 있었다.

더 이상 대결일 수 없었다.

순식간에 세 명의 동료를 잃은 안사는 이미 전의를 상실했다. 사색이 된 그는 부들부들 떨면서 뒷걸음질을 쳤다.

"크으… 네놈이… 내 동료를 모두 죽이다니!"

뇌천검을 회수한 백무향은 죽창을 집어 들었다.

"네놈들이 살해한 사해문 제자들이 더 많다."

안사는 이를 부드득 갈며 솟구쳐 올랐다.

"이 복수는 소성주께서 천배만배로 갚아주실 것이다!"

그가 대나무 방책 너머로 날아가자 백무향은 죽창을 내던질 자세를 취했다.

"네놈도 죽어야 돼!"

한데 관자평이 달려와 양팔을 벌렸다.

"그만두시오!"

백무향은 죽창을 내리며 의아한 표정을 물었다.

"왜 제지하는 거요?"

"백 공자는 우리 중경 분타를 구해준 은인이지만 이로 인해 수많은 분타와 총단의 제자들이 목숨을 잃게 될 것이오.

천사성은 실로 무서운 자들이외다."

"지금 날 원망하는 거요?"

"은공을 어찌 원망할 수 있겠소? 다만… 우리의 불우한 처지를 한탄할 뿐이오."

백무향은 뒤로 죽창을 던졌다.

"젠장, 구해줘도 난리로군."

그는 한쪽에 서 있는 서문취를 손짓을 불렀다.

"취, 이리 와봐라."

가까이 다가선 서문취가 공손히 손을 모았다.

"찾으셨습니까, 공자?"

"천사성이란 곳이 어디에 있는 거냐?"

"낙양 부근의 망산(邙山)입니다."

"남궁북성의 하나라면 천사성의 정보력도 대단하겠군. 태백궁보다 뛰어난가?"

"어떤 부분에서는 더 뛰어납니다. 놈들은 필요하다면 누구에게라도 무자비한 고문을 가해 정보를 알아내는 자들이니까요."

백무향은 거의 폐허가 된 중경 분타를 둘러보았다.

"재건하려면 시간깨나 걸리겠군. 돈도 필요하겠고."

"오랜 세월 당해온 일입니다."

"분타주가 나 때문에 사해문 총단이 위험에 처하게 되었다는데 사실이냐?"

“그렇습니다.”

“총단을 구하고 싶어?”

“예에?”

백무향은 서문취의 허리를 끌어안았다.

“날 천사성으로 안내해. 현사군 그놈을 만나 담판을 짓겠다.”

허공으로 솟구친 그는 관자평을 향해 외쳤다.

“관 분타주, 앞으로 적을 만나면 싸우든가 달아나시오! 이 따위 개죽음은 당하지 말고! 이건 용기도 아닌 미친 짓이오!”

도공답운비를 펼친 그는 삽시간에 하늘 저편으로 사라졌다.

관자평은 멍한 눈빛으로 그가 사라진 빈 하늘을 바라보았다. 일순 가슴이 뭉클해졌다.

“뇌천공자, 귀하가 풍운 조사님의 후예이기를 간곡히 바라겠소.”

제 17 장

내 행동은 내가 책임진다

1

여산 태백궁.

광명원 푸른 잔디 위에서 화기애애한 잔치가 베풀어지고 있었다. 궁주 태무건의 회복을 축하하는 연회였다.

진입로를 따라 걸어놓은 화려한 등불은 마치 연등 축제를 방불케 했다. 태무건은 모처럼 수뇌들과 조촐한 저녁 식사 자리를 가지려 했지만 태옥교의 과도한 효심이 성대한 연회로 바꾸어놓았다.

긴 연회석의 상좌는 당연히 태무건의 차지였다.

좌우로는 문, 무상인 태옥교과 사도풍이 위치했고, 이각사 전의 수뇌들이 서열에 따라 자리에 앉았다.

태무건은 푸른 용이 수놓아진 장포 차림이었다.

단정하게 틀어 올린 상투에 금비녀를 꽂았으며 허리에는 자금옥 요대를 둘렀다. 내, 외상이 워낙 심해 아직 안색이 창백했지만 정광 어린 눈빛은 당대의 백도맹주로서 손색이 없었다.

태무건은 천천히 식사를 즐기면서 편안한 담소를 나누었다.

"청룡전주, 애기를 들으니 이번에 손주를 보았다면서?"

"그렇소이다, 궁주. 사내놈이외다."

"허허, 경사로군. 늦었지만 축하하네."

"감읍할 따름이외다, 궁주."

사도풍이 괄괄한 성격답게 한마디 던졌다.

"커헛, 손자를 보았다면 자네도 은퇴할 때가 되었군. 내 후임자를 알아보아야겠네."

그러자 청룡전주가 얼른 자리에서 일어서며 사도풍의 술잔에 넘치도록 술을 따랐다.

"아이고, 무슨 그런 섭섭한 말씀을. 아직 뒷방 늙은이로 내쫓길 나이는 아니외다, 무상."

좌중에서 스스럼없는 웃음이 터져 나왔다.

태무건은 연회를 베푸는 와중에도 현 무림의 정세나 자신의 겪었던 지옥마부에 대해서는 한마디도 언급하지 않았다. 이 순간만큼은 오랜 세월 생사고락을 함께해 온 지인들과 그저 덕담을 나누는 정도로 만족했다.

연회는 술시를 한참 넘겨서 겨우 파했다.

태무건은 친히 광명원 입구까지 나가 수뇌들을 배웅했다. 마지막으로 사도풍이 떠나면서 포권을 취했다.

"허헛, 궁주께서 귀환하시니 광명원이 비로소 빛을 발하는 것 같소. 내일부터는 집무실에서 뵙겠소."

"편히 쉬시오, 무상."

태무건은 담담히 미소를 지으며 마주 예를 표했다.

두 부녀만 남게 되자 태무건이 뒷짐을 진 채 천천히 걸음을 옮겼다.

"옥봉각 후원에 꽃이 아름답게 피었다고 들었다. 함께 산책이나 하자꾸나."

"예, 아버님."

태옥교는 손수 등불을 들고 부친을 안내했다. 자신의 처소로 향하는 그녀의 심정은 무겁기만 했다.

사실 그녀는 부친이 수뇌들과 더불어 연회를 벌이겠다는 지시를 내렸을 때부터 조금은 의혹을 품었다. 그러다 연회 도중 일체 무림 정세를 거론하지 않은 부친의 언행을 보며 중대한 상황을 예감했다.

옥봉각으로 들어선 두 부녀는 자연스럽게 후원으로 향했다.

나무로 이루어진 통로는 태백무고로 향하는 진입로이다.

태무건이 옥봉각 후원을 산책하겠다는 의도는 꽃 구경이 아니라 태백무고를 방문하기 위함이었던 것이다.

태백무고는 태무건 부녀만 출입할 수 있는 최고의 금역.

하기에 진세의 출입 방법은 그들만이 알고 있다. 어렵지 않게 기문진과 기관을 통과한 그들은 육중한 철문 앞에 이르렀다.

태무건이 철문 앞에 서자 태옥교가 숙연한 표정을 지었다.

"아버님……."

"열어라."

"알겠습니다."

태옥교가 기관을 작동시켜 철문을 열자 태무건은 연이은 네 개의 철문을 지나 태백무고로 들어섰다.

태백무고 내의 정경은 언제 보아도 장엄하다.

수백 개의 서가를 가득 채운 수만 권의 장서. 그 대다수는 전대와 당대의 절기를 수록한 비급들이다. 그리고 병기대에 꽂힌 수천 자루의 병기와 호갑은 유사시 태백궁 무사들을 중무장시킬 신병보갑이다.

광대한 태백무고를 지나친 그들 부녀는 자색 빛을 발하는 철문 앞에 나란히 멈춰 섰다.

천하의 신병으로도 격파할 수 없다는 자금철문(紫金鐵門).

태옥교가 무거운 어조로 입을 열었다.

"아버님께서는 천하의 태양이십니다. 오행마단이 언제 침공할지 모르는 와중에 어찌 폐관을 하시려는 겁니까?"

"아비가 뜻하는 바가 있으니 너무 염려치 마라."

"아버님께서 환궁하신 후 천사성의 횡포가 다소 진정되었는데 저들이 다시 날뛸까 우려되옵니다."

태무건은 딸의 어깨에 손을 얹었다.

"옥교야, 이제 사군에게 비밀을 밝히도록 해라. 다만 유달리 자존심이 강한 녀석이라 적개심이 우려되는구나."

"사군은 제가 어떻게든 설득해 보겠습니다."

"오냐. 천하의 안녕은 네게 달려 있음을 명심해라."

"예, 아버님."

태옥교는 기관을 작동시켜 견고한 자금철문을 열었다.

그그긍……!

자금철문이 옆으로 밀리며 환한 지하 광장이 모습을 드러냈다.

지하 광장은 외부의 반사광이 거울을 통해 스며들도록 설계되었기에 외부의 햇살과 달빛을 그대로 느낄 수 있다. 채광 구멍은 환기구를 겸했기에 지하 광장은 비교적 공기가 맑았다.

더욱 놀라운 것은 열 길 높이의 폭포와 작은 소였다.

지하수를 끌어들여 만든 폭포수는 소로 떨어지며 싱그러운 물안개를 일으켰다. 너무도 진귀한 광경이라 이곳이 지하 세계라는 사실을 잊게 해주었다.

태백연공실(太白鍊功室).

태무건은 이곳 연공실을 거칠 때마다 한 단계씩 무공이 증진되었다. 태백연공실은 수려한 경관을 갖추었으면서도 외부의 소란과 접근이 철저하게 차단된 곳이기에 오로지 무공 수련에만 전념할 수 있는 최상의 연공실이라 할 수 있었다.

소 옆에 세워진 좌대는 만년온옥으로 제작돼 있었다.

온옥은 따뜻함을 지닌 보옥으로 피의 순환을 돕고 기력 증진에 특효가 있는 보물이다.

온옥 좌대에 올라앉은 태무건이 가부좌를 틀며 허리를 폈다.

"이번 연공은 언제 끝날지 장담할 수 없다. 아마도 이 아비의 마지막 연공이 될 것 같구나."

태옥교는 마지막이라는 말이 다소 마음에 걸렸다.

"마지막이라는 말씀은 하지 마십시오. 아버님에게는 아직 우화등선이라는 무선(武仙)의 경지가 남아 있지 않습니까?"

"옥교야, 아비는 평생 자부심과 긍지를 지키며 살아왔지만 지난겨울 일생 최대의 수모를 겪게 되었다."

"잊으십시오. 그저 지나간……."

"듣거라!"

태무건의 준엄한 어조에 태옥교는 한쪽 무릎을 꿇었다.

"예, 아버님."

태무건은 소를 향해 떨어지는 폭포수로 시선을 돌렸다.

"아비의 패배는 오만에서 비롯되었다. 백 년 동안 은밀하게 세력을 키워온 오행마단을 너무 과소평가했던 것이다. 물론 아비의 가장 큰 실책은 저들이 마황진경의 절대마공을 터득했다는 사실을 간과한 데 있었다."

"마, 마황진경이 여태 존재한단 말입니까?"

"그렇다. 마황삼보는 확실히 존재한다. 황금성과 벽라마원이 오행마단 중 최강으로 부각될 수 있었던 것은 마황진경을 절반씩 나눠 갖고 있었기 때문이다. 아비는 암흑항아(暗黑姮娥)의 기환마공에 휩쓸리면서 광명을 잃고 말았다. 그런 와중에 금강마존(金剛魔尊)을 비롯한 두 마단 수뇌들의 공격을 받게 되었지."

태무건의 입가에 자조적인 쓴웃음이 피어올랐다.

"한데 정신을 차리고 보니 생각지 않게 지옥마부였다. 암흑상아와 금강마존이 잠시 다투는 틈을 타서 교활한 지옥마존이 아비를 지옥마부로 옮겨 감금한 것이다."

태옥교가 공손하게 머리를 조아렸다.

"아버님, 암흑이 잠시 하늘을 가릴 수는 있지만 종내에는 광명이 어둠을 몰아냅니다. 지나간 아픔은 잊으십시오."

"패배는 분명 치욕이다. 하지만 아비는 금제된 상황에서 한계를 뛰어넘는 심득을 얻게 되었다. 아비가 이곳 태백연공실에 든 이유도 그 심득을 마저 깨우치기 위함이다."

"아, 역시 아버님이십니다."

태옥교는 겨우 안도할 수 있었다.

사실 그녀의 부친이 오행천의 수뇌들에게 당한 패배는 세상이 무너지는 충격이 아닐 수 없었다. 광명신검의 참패로 인해 수십 년간 천하를 호령해 온 태백궁은 그 위엄과 명성이 크게 훼손되었다.

태옥교의 또 다른 우려는 부친의 회복 여부와 자부심이었다. 한데 부친의 굳건한 정신력과 의지는 그녀의 근심을 덜어주기에 충분했다.

태무건은 맑은 눈빛으로 딸을 내려다보았다.

"옥교야, 아비를 구한 자가 전대 고수의 부활일 수 있다는 네 생각을 확신하느냐?"

"그렇습니다. 그가 영웅인지 마왕인지는 분간할 수 없지만 이백 년 전의 고수라는 사실에는 변함이 없습니다. 귀선께서 그를 찾아갔으니 확실한 내력을 알아내실 겁니다."

"만일 그가 영웅이라면 천하의 홍복이다. 하지만 마왕이라면… 오행천보다 더한 혈겁이 예상되는구나."

"아버님을 구해왔으니 영웅입니다. 소녀는 그렇게 믿고 싶습니다."

태무건은 스르르 눈을 감았다.

"중요한 것은 그의 과거가 아니라 현재다. 아비가 보기에 그는 사악한 심성을 지닌 자가 아닌 듯했다. 그의 기억이 모호하다면 과거를 불문하고 그를 광명으로 이끄는 것이 네가 할 도리이다.”

“명심하겠습니다.”

“백무향과 현사군 두 사람 모두 아비를 대신할 수 있는 사람들이다. 넌 본 궁의 명예를 지키는 데 연연하지 말고 진심으로 그들과 협력할 마음을 지녀라. 그래야만 천하가 안정될 것이다.”

준엄한 지시를 마친 태무건이 가볍게 손을 저었다.

“이제 나가 보아라.”

“예, 아버님. 존체 보중하십시오.”

태옥교는 정중히 배례를 올렸다.

옥봉각 후원으로 나선 태옥교는 천천히 걸음을 옮겼다.

“아버님께서 폐관 수련을 마칠 때까지 결전을 미뤄야 한다. 지금은 누구보다 천사성의 협조가 절실해. 사군에게… 이제 모든 비밀을 밝힐 때가 온 것 같아.”

그녀는 가볍게 입술을 깨물었다.

“사군이 날 욕하고 꾸짖어도 용서를 빌겠어. 내가 그를 이용한 것은 사실이지만 진심은 아니었으니까. 그도 날 이해해 줄 거야, 아직도 날 사랑하니까.”

연못가를 걸으면서 그녀는 꽃향기를 깊이 들이켰다.

여인의 몸으로 그녀는 너무도 힘겨운 삶을 살아와야 했다.

백도맹주의 딸로 태어난 숙명이기도 했지만 그녀 스스로

도 가문의 영광에 도취된 것은 사실이었다. 하기에 그녀는 태백궁을 위해 자신을 바쳤다, 열렬한 사랑조차 뒤로 미루면서.

그녀는 정원을 가로질러 옥봉각으로 향했다.

한데 이때였다. 맑은 새 울음소리와 함께 허공으로 거대한 그림자가 날아들었다.

고개를 들어 올려본 태옥교가 환한 표정으로 외쳤다.

"귀선님의 북해천붕입니다! 공격을 삼가세요!"

그녀는 경비무사들이 행여 북해천붕을 공격할 것을 우려해 미리 경고했다.

끄아악―!

북해천붕은 신비로운 울음을 발하며 옥봉각 정원으로 내려앉았다.

정자 안.

용정차를 음미하던 반사귀선이 대뜸 물었다.

"피 냄새 나는 놈이 반사곡에서 죽지는 않았겠지?"

"예, 귀선님. 교시하신 대로 처방을 했더니 회복되었습니다."

"잘했다. 만일 놈이 반사곡에서 죽었다면 널 가만두지 않았을 것이다."

반사귀선은 한쪽으로 기울어진 머리를 받쳐 반대편으로 넘겼다.

두 사람이 거론하는 사람은 태옥교의 비밀 호위 잠혼이었다. 태옥교는 반사귀선이 일러준 처방대로 잠혼을 치료해 데려올 수 있었다.

태옥교가 사뭇 궁금한 표정으로 물었다.

"만나보셨습니까?"

"누구를 말이냐?"

"아, 만나셨군요."

"계집애, 뭔 눈치가 그리 빠르냐?"

반사귀선이 재미없다는 듯 고개를 흔들자 태옥교가 눈을 반짝였다.

"그가 정입니까, 마입니까?"

"옥교야, 왜 그렇게 세상을 흑백으로 구분하려는 것이냐? 더군다나 이백 년 전의 일이다. 그 기나긴 세월 동안 잠들었다가 깨어났으니 다시 태어난 것과 다름이 없다. 그가 과거의 누구였느냐 보다는 현실에서 어떤 사람으로 살아갈지가 중요한 법이야."

"귀선님, 아무리 세월이 변해도 본래의 심성은 바뀌지 않습니다. 세상이 왜 흑백과 정마로 구분돼 있겠습니까? 말씀해 주십시오."

태옥교의 간곡한 요구에 반사귀선은 난감한 표정을 지었다.

"내 평생 그렇듯 기괴한 체질은 처음 보았다. 그는 절반의 피가 거꾸로 흐르고 있더구나. 그게 어디 사람이겠냐?"

"피가 거꾸로 흐른다고요?"

"오냐. 그래서 뇌천진기와 폭염진기를 동시에 보유하고도 멀쩡할 수 있는 것 같구나."

"혹시 양심신공을 지닌 것은 아닙니까?"

"아니다. 양심신공을 수련한 흔적은 없다."

반사귀선의 진맥이라면 절대적으로 믿어야 했다. 태옥교는 잠시 생각에 잠기다가 고개를 끄덕였다.

"마교 비전의 대법 중에서 사람의 피를 거꾸로 회전시키는 수법이 있다고 들었습니다. 죽은 사람을 살릴 때 사용하는 역천의 마법이죠. 아마 그와 유사한 대법을 수련한 것 같습니다."

"흐음, 역시 똑똑한 계집이라 모르는 게 없군."

반사귀선은 입맛을 쩍 다시고는 목소리를 낮추었다.

"백무향이 과거의 고수임에는 틀림없다. 그리고 기억상실의 증상은 머지않아 회복될 것이다. 곧 자신이 누구인지 확실히 알게 되겠지."

"그가 누구입니까? 말씀해 주세요."

"그는… 뇌천검제보다는 풍운마제일 가능성이 더 높다."

"아아!"

크게 낙담한 태옥교는 두 손으로 얼굴을 감쌌다.

풍운마제!

가장 우려했던 사태가 현실로 다가온 것이다. 태백궁을 지원해 줄 위대한 영웅의 탄생을 기대한 그녀로서는 원통한 심정마저 들었다.

반사귀선이 혀를 차며 그를 위로했다.

"옥교야, 중요한 것은 그가 과거에 누구였는지가 아니다. 어떻게 뇌천진기와 폭염진기를 한 몸에 지닐 수 있느냐이다. 대체 이백 년 전에 어떤 일이 일어났는지, 검제와 마제의 독특한 기운이 어떻게 한 사람이 몸으로 흘러들어 갔는지 그것을 알아내야 한다."

"그… 그가 풍운마제라면 절망적입니다. 사해문까지 대대적으로 규합해 백도와 본 궁을 침공해 올 것입니다."

태옥교는 반사귀선 앞에 털썩 무릎을 꿇었다.

"귀선님, 제발 비방을 일러주십시오. 그가 과거를 기억해서는 안 됩니다. 뇌천검제가 아니어도 좋으니 그저 현재의 백무향으로 남도록 도와주세요."

"노부가 어떻게 그의 기억 회복을 막을 수 있겠느냐?"

"귀선님께서는 그런 특별한 약을 조제하실 수 있지 않습니까? 그 약을 복용시킬 방법은 제가 연구해 보겠습니다. 제발 약을 조제해 주십시오."

반사귀선이 정색을 하며 그녀를 꾸짖었다.

"이 녀석! 네 어찌 백도맹주의 딸로서 그토록 악독한 계책을 꾸밀 수 있단 말이냐? 그가 기억을 회복해 어떻게 살아가

느냐는 그의 운명이다. 노부는 그의 운명에 개입할 수 없다."

"귀선님, 천하 창생을 위한 고육책입니다. 모든 죄는 제가 짓겠습니다."

"어리석은 아이야, 네 어찌 네 생각만으로 천하를 움직이려 하는 것이냐? 백무향이 과거를 기억하지 못한다고 영웅이 되리라는 보장은 없다. 반대로 그가 과거를 기억한다고 반드시 마왕이 되지는 않는다. 그저 차분하게 지켜보면서 대처하는 게 현명한 방법이다."

태옥교는 반사귀선의 소매를 쥐며 사정했다.

"부탁입니다, 귀선님. 잠시 전 아버님께서 폐관에 드셨습니다. 아버님께서 출동하실 때까지만이라도 그의 기억 회복을 막아야 합니다. 제발 약을 조제해 주십시오."

"세상에 그런 약은 없다. 또한 만들지도 않을 것이다."

반사귀선은 그녀의 손을 뿌리치며 정자를 내려섰다.

"사람의 병을 흔히들 병마(病魔)라고 하지. 병마와 싸워 이기기 위해서는 좋은 약보다 강한 정신력이 필요하다. 백무향 때문에 미리 두려워하지 마라. 세상에 이마제마(以魔制魔)라는 말도 있지 않느냐?"

긴 휘파람으로 북해천붕을 호출한 반사귀선은 이내 어둠 저편으로 날아갔다.

정자 난간을 짚고 선 태옥교의 얼굴에 복잡한 상념이 피어올랐다. 그녀는 붉은 입술을 잘근잘근 씹으며 깊은 고뇌에 잠졌다.

'이마제마……. 마로써 마를 제압한다고?'

2

사천성에서 섬서성으로 진입하는 산길.

두 필의 말이 한적한 길을 따라 달려가고 있었다.

앞서 말을 모는 여인은 사뭇 육감적인 몸매의 소유자였다. 반쯤 드러낸 육봉 사이의 골이 선명했으며, 말안장을 깔고 앉은 엉덩이가 펑퍼짐하다. 빼어난 미녀는 아니었지만 성숙한 여인의 관능이 물씬 풍겼다.

여인은 바로 사해문 중경 분타의 순찰향주 서문취였다.

급한 모습으로 연신 채찍질을 하는 그녀와 달리 뒤를 따르는 청년은 느긋한 표정이었다. 두 눈에 가끔씩 모호한 기운이 스쳐 갔지만 꽤나 준수한 용모의 소유자.

"취, 엉덩이에 물집 생기겠다. 좀 천천히 가자."

청년은 물론 백무향이었다.

그가 사해문 중경 분타에서 천사사종 중 셋을 죽이는 바람에 사해문 총단이 위기를 맞게 되자 도의적으로 그가 책임을 지기 위해 천사성과 담판을 지으러 가는 길이다.

물론 천사성의 뛰어난 정보력을 통해 환희마궁이 이주해 간 곳을 알아내려는 것이 진정한 목적이었다.

서문취는 그를 돌아보며 못마땅한 표정을 지었다.

"백 공자에게 사해문 제자들의 죽음은 남의 일이겠지만 제게는 가족을 잃는 슬픔과도 같습니다. 저라도 서둘러 가야 합니다."

"이봐, 네가 가봤자 무슨 소용이 있어? 내가 가야 해결될 일인데?"

"그러니 제발 서둘러 주세요."

"이 이상 어떻게 더 서둘러?"

백무향의 무심한 태도에 서문취는 나직이 한숨을 내쉬었다.

"알겠습니다."

그녀는 다시 채찍질을 하며 구릉을 올라섰다. 일순 기겁을 한 그녀가 급히 말고삐를 돌려 내려왔다.

"도, 도적들입니다!"

"도적?"

"상당히 많습니다. 달리 돌아갈 길을 찾아봐야겠어요."

백무향은 어이가 없는 듯 피식 실소를 지었다.

"취, 내가 도적 따위를 겁내 달아날 사람으로 보여? 난 백무향이야. 천하제일은 아니라도 날 이길 놈은 거의 없어."

그는 말을 몰아 구릉 위로 올라섰다. 서문취의 말대로 스무 명도 넘는 도적들이 좁은 산길을 막아서고 있었다.

백무향이 심드렁한 모습으로 중얼거렸다.

“잘됐군. 놈들한테 노자나 좀 받아내야겠다.”

그 옆으로 선 서문취가 고개를 갸웃거렸다.

“도적 떼는 분명한데 좀 이상하군요?”

“그러게? 왜 모두들 무릎을 꿇고 있는 거지?”

의아한 표정으로 도적 떼를 주시하던 백무향이 눈을 번쩍 떴다.

“가만, 저 자식, 무을이라는 가짜 중이자 도사 아냐?”

도적들은 무릎을 꿇은 채 연신 고개를 조아리고 있었다.

누군가에게 흠씬 얻어맞았는지 성한 모습은 하나도 없었다. 대다수 팔다리 하나씩은 분질러졌고, 심하게 다친 자는 얼굴 전체를 천으로 감싸고 있었다.

빡빡 깎은 승려 머리에 도사 복장.

도둑들을 향해 훈계를 하는 사람은 기괴한 모습의 반승반도였다. 갓 스물에 이른 나이로 보였지만 치기 어린 장난기가 역력했다.

놀랍게도 반은 승려이고 반은 도사인 무을 도승이었다.

그는 합장한 자세로 설법을 펼치고 있었다.

“아미타불, 무량수불. 세상에서 가장 나쁜 짓은 도적질이오. 보아하니 힘깨나 쓰는 사람 같은데 왜 화전이라도 일구지 않는 거요? 하다못해 장작이라도 패서 내다 팔면 밥은 굶지 않을 것이오. 어쩌자고 흉한 병기를 손에 쥐고 도적질을 한단 말이오?”

　도둑들은 벌써 세 시진째 계속되는 설법에 모두 거품을 뿜고 있었다. 그들로서는 차라리 매를 맞는 편이 나을 것이다. 무릎을 꿇은 채 꼼짝도 못하고 장시간 훈계를 듣느라 미칠 것만 같았다.

　무을은 바위 아래 가득히 쌓인 패물을 힐끗 보며 물었다.

　“이게 도둑 소굴에 있는 재물 전부요?”

　한쪽 눈이 퉁퉁 부은 두령이 통사정을 했다.

　“그렇습니다, 무을 도승님. 모든 재물을 진상하겠습니다. 설법은 충분히 들었으니 제발 저희들을 보내주십시오.”

　“허어, 빈도가 재물이 탐나 가져오라 한 줄 아시오?”

　바위에서 훌쩍 뛰어내린 무을은 도적들을 한 명씩 앞으로 불렀다.

　“자, 고향 갈 노자요. 다시는 도적질 따위는 하지 마시오.”

　도적들은 두령과 동료들의 눈치를 살피며 노자로 주어진 은과 패물을 받아 들었다. 본래 녹림계에서 배신은 곧 죽음이었지만 무을이 보는 앞에서는 감히 거부할 수가 없었다.

　도적들을 모두 흩어 보낸 무을은 가장 값진 패물을 바랑에 챙겨 넣었다.

　“헤헷, 그야말로 도랑 치고 가재 잡기로군. 도적들을 교화시켰으니 부처님의 자비를 몸소 실천한 것이고, 두둑한 패물을 챙겼으니 한동안 맛있는 요리와 술을 실컷 먹고 마실 수 있겠어.”

일순 그의 눈이 바위 쪽으로 돌아갔다.

언제 당도했는지 백무향이 바위 위에 걸터앉아 있었다. 그는 무을의 교묘한 탐욕에 혀를 내둘렀다.

"이 사이비 도사 중놈아, 너야말로 세상을 해치는 도적이다!"

무을은 고까운 눈빛으로 그를 쏘아보았다.

"시주는 왜 귀찮게 날 쫓아다니는 거요?"

백무향을 훌쩍 뛰어내리며 그와 마주 섰다.

"너, 당장 객잔 수리비 변상해. 너 때문에 내가 박살 난 객잔 수리비를 뒤집어썼잖아!"

"참, 그때 시주의 이름이 뭐라고 했소?"

"백무향이다."

"맞아, 백무향. 그동안 세상을 두루 다니다 보니 자신이 과거의 뇌천검제임을 자처하는 미친놈이 있다 하더군. 때로는 풍운마제로 행세하기도 하고 말이오."

백무향은 덥석 그의 멱살을 쥐었다.

"이 자식 너, 지금 날 두고 하는 말이냐?"

무을은 그를 놀리듯 조소를 머금으며 비아냥댔다.

"왜 아니겠소, 미친 시주. 그래, 이백 년 전의 정마쌍제라면 해골 모습으로 다녀야 하는데 어떻게 이렇듯 멀쩡할 수 있겠소? 내가 알기로 정마쌍제는 금강불괴지신도 아니었소. 결국 시주는 세상을 속이는 사기꾼이오. 그래, 할 짓이 없어서 남의 뒤통수나 치며 산단 말이오?"

"이 사이비 도사 중놈아, 만일 내가 정마쌍제 중 한 사람이면 어쩔 거냐?"

"아미타불, 무량수불……. 그게 사실이라면 빈도가 진심으로 시주를 형님으로 모시겠소."

무을은 백무향의 손목을 가볍게 쥐었다. 웅후한 태청강기가 발휘되며 멱살을 쥔 백무향의 손이 절로 펴졌다.

일순 오기가 치민 백무향은 강력한 열양진기를 발출했다.

"차아앗!"

화르르륵―!

그의 몸에서 불꽃이 솟구치며 화염폭풍이 분출되었다.

무을은 깜짝 놀라며 합장의 자세를 취했다.

"에고, 아미타불!"

그의 전신으로 은은한 자색 광휘가 보호막처럼 형성되었다. 소림의 절학 반야바라밀다신공. 어떤 사악한 기운도 막아낸다는 불문의 전설적인 절기였다.

콰아앙!

엄청난 폭음과 함께 두 사람이 동시에 오 장 밖으로 밀렸다. 자욱한 흙먼지가 사위를 휩쓸며 불꽃에 그슬린 깊은 구덩이가 모습을 드러냈다.

무을은 믿을 수 없는 듯 입을 딱 벌렸다.

"맙소사! 설마… 풍운마제의 폭염마공?"

백무향 역시 자신의 화염폭풍을 정통으로 맞고도 끄떡없는 무을을 보고는 놀람을 금치 못했다.

'뭐 이런 자식이 다 있어? 오행천의 수괴 중 하나인 소수마후도 이 사이비 도사 중놈보다 강하지 못할 것이다.'

본능적으로 호승심이 솟구친 그는 뇌천검을 뽑아 들었다.

번쩍……!

번갯불 형상의 검신이 모습을 드러내며 섬전을 피워냈다.

무을은 바싹 긴장하며 삼 장을 더 뒤로 물러섰다.

"뇌천검? 저… 정말 뇌천검제의 현신이란 말인가?"

백무향은 그를 향해 뇌천검을 겨누었다.

"무을, 너와는 나쁜 감정이 없지만 한번 겨뤄보고 싶다. 네 정체가 정말 궁금해."

"내가 할 소리요. 시주는 대체 누구요? 사람이오, 귀신이오?"

"물론 사람이다."

"말도 안 돼. 사람이 어떻게 이백 년을 넘게 살 수 있단 말이오? 혹시 반로환동(返老還童) 경지에 이른 것이오?"

"골치 아프니까 자세히 묻지 마. 나중에 기억을 되찾으면 모두 말해줄 테니까."

백무향은 뇌천검법의 기수식인 풍운만파섬의 자세를 취했다.

무을은 눈을 가늘게 뜨며 눈알을 좌우로 굴렸다. 그 역시 자신의 무공에 대해 엄청난 자부심을 지녔지만 전설적인 양대 무공을 지닌 백무향과의 대결이 몹시 부담스러웠다.

초극에 이른 고수들의 대결은 순간적인 실수로 목숨을 잃게 된다. 자신이 과연 큰 의미도 없는 싸움에 목숨을 걸 필요가 있는지 골똘히 생각할 필요가 있었다.

이때 말발굽 소리와 함께 서문취가 백무향의 말을 이끌며 달려왔다.

"백 공자, 왜 싸우려는 겁니까?"

백무향이 왼손을 쳐들었다.

"취는 물러서 있어. 중도 아니고 도사도 아닌 사이비 녀석과 꼭 한 번 겨뤄봐야겠다. 아주 멋진 대결이 될 거다."

이 순간 무을이 바윗덩이를 손끝으로 가리켰다.

"얍!"

거대한 바윗덩이가 무형진기에 휘감겨 둥실 떠올랐다. 바윗덩이의 무게를 감안한다면 실로 가공할 내공이 아닐 수 없었다.

무을은 서문취를 향해 바윗덩이를 날렸다. 동시에 일장을 내질렀다.

"대력금강장!"

소림의 절기로 엄청난 파괴력을 지닌 장법이었다.

콰아앙!

요란한 폭음과 함께 바윗덩이가 산산이 부서지며 돌덩이

비가 지상을 강타했다.

"아앗!"

서문취가 사색이 되어 비명을 지르자 백무향이 도공답운 비를 펼쳐 날아들었다.

"천뢰광류섬!"

파지직—!

검극에서 무수한 번갯불이 피어오르며 쏟아져 내려는 돌덩이를 쪼갰다. 수백 개의 돌덩이가 잘게 부서지면서 서문취 주변으로 흩어졌다.

백무향은 서문취를 구한 후 무을 쪽으로 돌아섰다. 한데 무을은 이미 수림 저편으로 날아가고 있었다. 소림의 절기인 혜심밀어가 백무향의 고막으로 파고들었다.

"빈도가 할 일이 많아 대결은 추후로 미루겠소. 물론 시주가 두려워서가 아니니 오해하지 마시오. 오행천의 악도들을 모두 죽이면 난 자유로운 몸이 되니 그때 제대로 겨뤄봅시다, 뇌천검제인지 풍운마제인지 모를 노인네. 헤헷!"

백무향은 공연히 허공을 후려쳤다.

"젠장, 미꾸라지 같은 놈!"

그러다 무을의 혜심밀어를 떠올리고는 가볍게 미간을 찌푸렸다.

'가만, 오행천의 악도들을 죽인다고?'

무을이 말이 사실이라면 의외로 자신의 협력자일 수 있었다. 물론 그가 오행천 마인들과 싸워야 할 이유는 없지만 환희마궁은 용서할 수 없는 적이었다.

'중인지 도사인지 몰라도 절세고수임에는 틀림없어. 대체 어떤 내력을 지닌 녀석인지 궁금하군. 나중에 태옥교를 만나면 물어봐야겠다.'

말에서 내려선 서문취가 그 옆으로 다가왔다.

"공자, 대체 그 사람은 누구예요?"

"일전에 한 번 만난 적이 있었지. 하는 행동은 치졸해도 무공은 정말 센 놈이야."

"제가 보기에도 그렇습니다. 백 공자의 화염폭풍을 막아낸 신공이 혹시 소림의 반야신공이 아닌가 합니다. 하지만 소림의 제자 중에서 검을 메고 도복을 입는 제자는 없어요."

"나도 좀 헷갈려."

백무향은 말안장으로 훌쩍 뛰어올랐다.

"가자."

"예, 공자."

두 사람은 다시 말을 몰아 장안으로 향했다.

3

사해문 장안 분타.

장안 분타는 사해문 내에서 총단을 제외하면 가장 큰 규모의 분타다. 장안 외곽 회수 변에 세워진 지부는 삼백 명에 달하는 문도와 가족들이 모여 살던 터전이었다.

한데 지금은 온통 잿더미.

백여 채에 달하는 크고 작은 모옥은 모두 숯으로 화했고, 우물이며 돌담은 철저하게 파괴되었다. 그나마 사람이 죽은 흔적이 없다는 것이 다행이었다.

말에서 내려선 서문취는 털썩 무릎을 꿇으며 눈물을 쏟았다.

"흑흑, 장안 분타가 벌써 와해됐을 줄이야!"

백무향은 잿더미에서 피어오르는 매큼한 연기에 인상을 찡그렸다.

"오래되지는 않았군. 한데 명색이 지부라면서도 이렇게 쉽게 박살 난단 말이냐?"

잿더미를 둘러본 서문취가 침통한 어조로 대답했다.

"싸움은 없었던 것 같습니다. 아마 총단에서도 대항하지 말라고는 지침을 내렸겠지요."

"대체 사해문주가 누구냐? 얼마나 무능하기에 제자들과 식솔들이 죽어가는 데에도 싸우지 말라는 거냐?"

"문주님을 모욕하지 마세요. 그것이 우리 사해문의 생존 법칙입니다. 백 년 전 오행천에 수백 개 방파가 괴멸되고 수천 명이 죽었지만 그 와중에도 우리는 사해문은 살아남았습니다. 당장은 천사성의 핍박을 받고 있지만… 끝까지 살아남은 쪽은 우리 사해문이 될 겁니다.”

백무향은 건성으로 고개를 끄덕였다.

“그래, 가늘고 길게 살자 이거지? 대체 무슨 영화를 누리자고 그렇게 생존에 연연하는지 모르겠군.”

“사해문 제자들 중에서 창건 조사님과 같은 영웅이 탄생된다면 다시 과거의 광영을 되찾게 될 겁니다. 우리는 그날이 올 때까지 참고 견뎌야 합니다.”

“막연한 희망에 목숨 걸지 마. 너희 스스로 현실과 싸우며 살아가는 게 보다 합리적이지. 아니, 됐다. 너처럼 어린 계집애한테 말해봤자 내 입만 아프지.”

서문취가 안색을 굳히며 반박했다.

“백 공자, 저도 사리 분별쯤은 할 줄 아는 나이입니다.”

“스물대여섯 살이 어디 나이냐? 적어도 이백 살은 넘어야 세상을 좀 살았다고 할 수 있는 거야.”

“여러 번 공자의 도움을 받았기에 전 진심으로 공자를 존경합니다. 하지만 너무 희롱하지 마십시오. 공자가 마정쌍제의 후예일 수는 있어도 그 당사자일 수는 없습니다. 그것은 순리를 거스르는 역천(逆天)입니다.”

“그러니까 네 말은 날보고 빨리 죽으라는 거냐?”

“……”

“괘씸한 것, 사해문 놈들 꼬락서니가 하도 불쌍해서 도와주려 했더니, 영 돼먹지 못했군.”

백무향이 말 머리를 홱 돌리자 서문취가 급히 다가섰다. 그녀는 한쪽 무릎을 꿇으며 말고삐를 쥐었다.

"공자를 믿겠습니다. 제발 본 문을 버리지 마십시오."

"무슨 이유로?"

"부활하신 창건 조사님이시면 당연히 사해문을 지켜야 하지 않겠습니까?"

"틀렸어. 내가 창건한 사해문이 버러지 취급이나 받는 문파로 전락했다면 도와줄 이유가 없다. 차라리 해체되는 것이 낫다."

"공자, 본 문의 잠재력을 너무 무시하지 마십시오. 총단을 직접 보시게 되면 생각이 달라질 겁니다. 이백 년을 존속해 온 사해문이 어찌 버러지들의 집단이겠습니까? 결정을 내려기 전에 먼저 총단을 방문해 주십시오."

서문취의 간곡한 호소에 백무향은 다시 마음을 돌렸다.

"좋아. 어쨌거나 나와 살을 한 번 섞은 계집의 부탁이니 총단을 찾아가 보겠다."

"망극하옵니다, 공자."

"그렇다고 아직 너희 사해문을 돕겠다는 말은 하지 않았어. 그곳 역시 버러지들의 집단이라면 너희가 천사성 놈들에게 모두 죽든 말든 개의치 않겠다. 난 현사군이라는 놈에게 정보만 입수하면 되니까."

백무향은 무형진기를 발휘해 서문취를 일으켜 세웠다.

이때 잿더미가 된 장안 분타 주변으로 사람들이 무리를 지어 몰려들기 시작했다.

갓난아이서부터 노인네까지 다양한 연령층. 대부분 허름한 복장이었지만 깁고 세탁을 한 옷이라 깔끔했다. 청년들은 저마다 농기구와 병기를 쥐고 있었다.

"아, 장안 분타 제자들입니다!"

서문취가 급히 그들을 향해 달려갔다.

장안 분타 제자들은 폐허가 된 터전을 보고도 눈물 한 방울 흘리지 않았다.

이런 고초에 익숙한지 그들은 조를 나누어 재건에 나섰다. 노약자들은 타버린 잿더미를 치웠고, 건장한 청년과 여인네들은 나무를 베고 천막을 구해 임시 거처를 세웠다.

백무향은 조금도 슬프하지 않고 불평 한마디 내뱉지 않는 그들의 조용한 행동에 다소 소름이 끼쳤다.

'독한 자들이군. 목에 칼이 들어와도 희망을 버리지 않을 자들이다.'

이때 서문취가 중년 무사를 대동해 다가섰다.

"백 공자, 장안 분타의 집법향주입니다. 천사성의 침공 당시 출타한 상황이라 끌려가는 위기를 모면할 수 있었습니다."

중년 무사가 정중히 예를 올렸다.

"곽준(郭浚)이라 하오. 뇌천공자께서 중경 분타를 구해주었다는 소식은 이미 들었소.”

백무향은 안장에서 훌쩍 내려섰다.

“어찌 된 상황이오?”

“천하오종 셋이 중경 분타 내에서 살해되었으니 본 문이 백 공자와 같은 부류로 인식되는 것은 당연하오. 천사성 섬서 지부에서 정예들을 파견해 우리 분타를 불태우고 분타주와 향주들을 잡아갔소.”

“왜 놈들과 싸우지 않았소?”

“별도의 지시가 있기 전까진 대항하지 말라는 문주님의 지침이 내려진 상황이라 어쩔 수 없었소.”

“억울하지 않소?”

“억울하오.”

“나 때문에 이런 사단이 생겼는데 내가 원망스럽지 않소?”

“백 공자는 중경 분타의 제자들을 구해준 은인이오. 어찌 원망할 수 있겠소? 우리는 은혜를 중시하오. 사해문 제자들은 백 공자의 도움에 감사할 뿐 조금도 원망하지 않소.”

백무향은 그들의 의식을 분명히 이해할 수 있었다.

‘이들은 결코 나약한 자들이 아니지만 사해문에 대한 충성심이 너무 지나쳐.’

그는 조금씩 사해문과의 끈끈한 유대감을 느끼게 되었다. 처음에는 비천하게만 보이던 사해문이 그의 의식 일부를 차지하게 된 것이다.

“취, 천사성 섬서 지부로 안내해라.”

그가 말안장으로 올라앉으며 지시를 내리자 서문취는 난처한 표정을 지었다.

“공자…….”

“먼저 분타장과 향주들을 구한 후 사해문 총단을 방문하겠다.

“공자, 천사성 섬서 지부의 무사들을 죽이면 전면전이 벌어지게 될 겁니다.”

“내 행동에는 내가 책임진다. 넌 길 안내만 해.”

백무향의 준엄한 명령에 곽준이 서문취를 위로했다.

“모셔다 드리게. 만일 전면전이 펼쳐지면 문주님께서도 본문의 은공인 백 공자를 위한 싸움은 마다하지 않으실 것이네.”

“알겠어요, 곽 향주.”

서문취가 말에 오르자 백무향은 앞서 박차를 가했다.

“가자!”

제 18 장

사중뇌(邪中腦)의 분노

1

천사성 섬서 지부.

역시 강북 무림계를 석권한 대문파답게 지부의 규모는 사해문과 비교도 안 될 만큼 웅장했다. 장원을 둘러싼 담장은 성벽처럼 높았고, 담장 너머로 보이는 누대와 전각은 웬만한 문파의 총단을 능가할 정도였다.

활짝 정문 앞으로 십여 명의 천사성 무사가 도열해 있었다.

사도의 문파라 해도 그들의 규칙은 엄격해 보초를 서는 자나 순찰을 다니는 자들 누구도 잡담 한 번 건네지 않았다.

"아아악!"

"크으윽!"

대문을 통해 흘러나오는 비명 소리가 섬뜩하다.

본관 마당에서 실로 참혹한 형벌이 가해지고 있었다. 형틀에 묶인 사람은 모두 여섯 명. 바로 사해문의 장안 분타주와 향주들이었다. 그들은 모진 매질에 이어 벌겋게 달군 인두로 온몸이 지져지자 고통을 참지 못하고 비명과 신음을 토했다.

단청에 앉아 그들을 굽어보는 자는 얼굴이 흉터로 일그러진 파면인이었다. 그는 피와 살이 터지는 독형이 전개되는 현장을 바라보면서도 비위 좋게 식사를 하고 있었다.

"쩝쩝, 오늘따라 육회가 신선하구나."

그는 익히지 않아 핏물이 뚝뚝 떨어지는 쇠고기를 입 안 가득 넣으며 우물거렸다.

천사성 섬서 지부장 파심혈사(破心血邪)!

그는 천사성 내에서도 손꼽히는 고수이자 냉혹한 악인이었다. 병기는 허리춤에 꽂은 두 자루 가위로 상대를 곱게 죽이지 않는 것이 그의 악취미이다. 손가락 마디부터 조금씩 썰어 죽이는 그의 참혹한 살법은 하나의 공포였다.

파심혈사는 입가의 피를 혀로 핥으며 다그쳤다.

"숨기려 해도 소용없다, 장우취(張禹就). 아직 내 앞에서 실토하지 않은 놈은 없었으니까."

사해문 장안 분타주 장우취는 육순에 이른 노인이었다.

그의 몸은 피투성이였다. 혹독한 매질에 살가죽이 찢겨 허

연 뼈가 드러나 있었다. 거기에 달군 인두가 파고들자 죽음보
다 더한 고통을 겪어야 했다.

"크으윽! 저… 정말 모르오."

"흐음, 아직 놈의 행방이 기억나지 않는다 이거냐? 그렇다
면 기억이 날 때까지 지져 주겠다."

파심혈사는 생닭을 우적우적 씹으며 지시를 내렸다.

"놈들을 사정없이 지져라!"

엄한 지시를 받은 무사들은 새롭게 달궈진 인두를 집어 들
고 장우취와 향주들의 몸을 마구 찔렀다.

"크으윽!"

"아악!"

살이 타는 역겨운 냄새와 함께 호곡성이 하늘을 진동시켰
다. 이때 갑자기 마른하늘에서 날벼락이 쏟아져 내렸다.

번쩍—!

섬광이 내리꽂히며 고문을 가하던 여섯 명의 무사가 그대
로 쪼개졌다.

지켜보던 천사성 무사들 모두가 경악하고 말았다. 하지만
파심혈사는 그 와중에도 눈썹 하나 꿈쩍하지 않고 닭다리를
마저 씹었다.

"웬 놈이냐?"

백무향은 서문취를 대동해 형틀 옆으로 내려섰다.

"취는 저들을 풀어줘라."

“예, 공자.”

서문취가 형틀로 다가서자 천사성 무사들이 일제히 달려들었다.

“멈춰라!”

백무향은 그들을 향해 손가락을 튕겼다.

“네놈들이나 가만히 있어!”

불꽃을 발하는 화염지였다. 이제 그는 폭염마공을 자유자재로 구사할 만큼 열양진기를 조절할 수 있었다. 화염지에 적중된 무사들은 불꽃을 끄기 위해 바닥을 구르고 물을 뒤집어써야 했다.

파심혈사가 입가를 닦으며 대청에서 내려섰다.

“물러서라!”

천사성 무사들은 일제히 물러서며 두터운 포위망을 형성했다.

파심혈사는 백무향을 훑어보며 짜증스럽게 내뱉었다.

“네놈이 바로 뇌천공자로 불리는 백무향이냐?”

“그렇다.”

“크훗, 역시 사해문 버러지들과 한통속이군.”

파심혈사는 장우취를 힐끗 보며 음산한 웃음을 지었다.

“이래도 모른다고 할 것이냐?”

장우취는 길게 탄식을 지으며 서문취를 나무랐다.

“서문 향주, 대체 어쩌자고 백 공자를 모셔온 것인가?”

"어쩔 수 없었습니다. 저는 백 공자의 명을 거역할 수 없습니다."

백무향은 혹독한 고문을 당한 분타주와 향주들을 쓸어보고는 답답하다는 표정을 지었다.

"당신들은 왜 당하고만 사는 거요? 천사성 놈들도 버러지와 다를 바 없거늘!"

그는 파심혈사와 마주 섰다.

"생각 같아서는 네놈들 모두 죽이고 싶지만 일단 너희들 수괴를 만나 담판을 짓겠다. 협상이 깨지면 그때 죽여도 늦지 않으니까."

"협상? 무슨 협상 말이냐?"

"현사군이라는 자와 내가 해결할 문제다. 너 같은 조무래기가 나설 일이 아니다."

파심혈사는 허리춤에서 커다란 가위를 뽑아 들었다.

"네놈이 무슨 연유로 소성주를 뵈려 하는지 몰라도 한 가지 일러주겠다. 우리에게 협상은 없다. 복종과 죽음 둘 중 하나뿐이다. 네놈은 이제 결정해야 한다."

"무엇을 말이냐?"

"순순히 굴복한다면 네놈의 손가락과 발가락만 자른 후 총단으로 압송하겠다. 거부한다면 네놈을 산 채로 썰어주겠다."

백무향은 가소롭다는 듯 실소를 지었다.

"훗, 천사오종이라는 놈들도 내 손에 죽었다. 네가 놈들보다 강하다는 거냐?"

"천사오종은 분명 총단 소속의 일류 급 고수다. 하지만 추적에 능할 뿐 싸움 능력은 다소 부족하지."

"네가 뭘 믿고 그렇게 자신하는지 모르겠구나?"

파심혈사는 날카로운 가위 날을 혀로 핥았다.

"당연하지. 난 아직 패한 적이 없었으니까."

백무향은 그의 오만을 귓전으로 흘리며 서문취를 향해 돌아섰다.

"마차를 준비해 이들을 태워라."

서문취는 난감한 표정으로 천사성의 포위망을 살폈다.

"공자, 한바탕 싸움을 피할 수 없을 것 같습니다."

이때 파심혈사가 유령처럼 미끄러져 왔다.

"싸움이 아니라 너희 연놈이 죽는 것이다!"

쐐애액―!

두 자루 가위가 목과 심장으로 날아들었다. 일반 병기처럼 단순히 찌르는 수법이 아니었다. 파심혈사의 손놀림이 얼마나 빠른지 날아드는 동안 수십 번이나 가위질을 전개했다.

백무향은 기괴한 수법에 움찔하다가 뒤늦게 신법을 펼쳐 피했다.

어느샌가 그의 소맷자락과 옷깃이 예리하게 잘려 있었고, 목 부위의 피부가 베어져 가는 혈흔이 새겨졌다. 파심혈사의 현란한 가위질에 당한 것이다.

파심혈사는 비릿한 웃음을 지으며 재차 가위를 휘둘렀다.

"크홋, 이번에는 코를 베어주겠다."

백무향은 가급적 충돌을 피하려 했지만 그의 오만한 도발에 핏대가 솟았다.

"죽고 싶으냐?"

그의 전신에서 불꽃이 피어올랐다.

"꺼져!"

그는 파심혈사를 향해 일장을 내질렀다. 순간 엄청난 화염폭풍이 장내를 휩쓸었다.

"허억!"

기겁을 한 파심혈사가 급히 공세를 회수하며 빠르게 가위를 놀려 화염폭풍과 맞섰다. 그는 재빠른 가위질로 화염폭풍의 일부를 베어내며 간신히 탈출했다.

백무향의 가공할 무공을 실감한 그가 악을 쓰듯 외쳤다.

"죽여라―! 모두 놈을 쳐라!"

천사성 제자들이 일제히 병기를 앞세워 달려들었다.

"와아아!"

백무향은 검미를 불끈 치켜 올렸다.

상대가 백 명이든 천 명이든 두렵지 않았다. 하지만 다수의 천사성 제자들을 살해하면 그 보복으로 사해문의 무수한 제자들이 죽게 될 것이 우려되었다. 자신이 사해문 제자들을 구하기 위해 나선 이상 그와 사해문이 무관하다고는 누구도 믿지 않을 것이다.

한데 이때였다.

"와아아!"

우렁찬 함성 소리와 함께 이백여 명이 대거 지부 안으로 뛰어들었다. 뜻밖에도 사해문 장안 분타의 제자들이었다. 천사성 제자들의 포위망을 뚫고 들어선 그들은 분타주와 향주들을 구출했다.

서문취가 놀란 눈으로 집법향주 곽준을 바라보았다.

"곽 향주, 어찌 된 일입니까?"

"잠시 전 총단에서 문주님의 전서통문이 당도했네. 뇌천공자가 창건 조사님의 후예일 수 있으니 적극 보호하라는 지침일세. 방침이 바뀐 이상 상대가 천사성이든 태백궁이든 사해문 제자라면 목숨을 바쳐 뇌천공자를 지원해야 하네."

"아, 현명하신 판단입니다."

서문취가 백무향을 향해 예를 올렸다.

"공자, 저희도 함께 싸우겠습니다."

백무향은 사해문도들을 쓸어보고는 빙긋 미소를 지었다. 그들의 궐기에 왠지 갈채를 보내고 싶었다.

"그래, 싸워라. 대신 날 위해서가 아니라 너희 사해문을 위해서다."

형틀에서 풀려난 분타주 장우취가 결연하게 외쳤다.

"그동안 우리는 수모와 치욕을 참으며 살아왔다! 이제 일어서야 할 때다! 형제들의 목숨을 빼앗아간 천사성 악도들을 죽여라!"

사해문도들은 한 맺힌 울분을 토하듯 함성을 질렀다.

"와아아아!"

"천사성 악도들을 죽여라!"

그들은 노도처럼 천사성 제자들을 향해 돌격을 감행했다.

백무향은 훌쩍 몸을 날려 파심혈사 앞으로 내려섰다.

"파심혈사, 네놈들은 워낙 단순해 복종과 죽음 두 가지밖에 모른다고 했던가? 때로는 퇴각도 현명한 방법이다."

파심혈사가 독기를 발하며 이를 갈았다.

"자만하지 마라. 감히 본 성과 맞선 이상 네놈과 사해문은 핏물로 사라질 것이다."

그는 휘하 정예들을 향해 외쳤다.

"사해문 버러지들을 모두 밟아 죽여라!"

양측은 마치 계곡을 타고 흘러내린 두 개의 물줄기처럼 충돌했다. 섬서 지부는 삽시간에 혈전장으로 화했다.

백무향은 전투 상황을 빠르게 쓸어보았다.

'장안 분타의 전력으로 놈들이 지부와 맞서는 것은 무리다. 나 때문에 생긴 격돌이니 조금 도와줘야겠군.'

그는 파심혈사를 향해 몸을 날렸다.

"끝내 맞서겠다면 네놈부터 죽여주겠다."

파심혈사는 움찔하며 급히 뒤로 물러섰다.

"천사혈위대, 놈을 막아라!"

좌우에서 경호무사들이 뛰어들며 장벽을 형성했다. 천사혈위대는 섬서 지부를 수호하는 지부 최강의 무사들이다.

"쳐라!"

쐐애액―!

섬뜩한 파공성과 함께 십여 명의 혈위대가 동시에 백무향을 향해 날아들었다. 죽음을 도외시한 저돌적인 공세였다.

백무향은 허리춤의 뇌천검을 쥐었다.

"무형섬쾌광!"

눈부신 섬광이 폭사되었다. 소리도 없었다. 섬광이 스러졌을 때 혈위대 절반이 동강 난 채 쓰러져 있었다. 뇌천검법 중 유일한 쾌검에 당한 것이다.

일검으로 혈위대 절반을 격파한 백무향은 파심혈사를 향해 날아들었다. 파심혈사는 감히 대적할 엄두를 못 내고 전각 지붕을 타고 도주했다.

"어림없다!"

백무향은 왼손을 쳐들었다.

장심에서 붉은 구슬과 같은 강기가 운집되었다. 폭염마공의 상징인 폭염열화주였다.

"가랏!"

폭염열화주는 한줄기 광선처럼 허공을 가로질렀다.

입에서 단내가 나도록 도주하던 파심혈사는 등 뒤로 날아드는 무시무시한 열기에 깜짝 놀라 고개를 돌렸다.

"커억!"

턱이 빠지도록 입이 벌여졌다. 눈앞에 보이는 세상이 온통 불덩이였다. 폭염진기에 의해 형성된 폭염열화주가 급속도로 확산된 것이다.

파심혈사는 급히 가위를 꺼내 휘둘렀다. 어떤 공격도 막아낸 능란한 가위질이 전개되었다. 그러나 폭염마공의 파괴력은 단순한 손 기술로 막아내기에 너무 막강했다.

"크아악!"

순식간에 불덩이로 화한 그가 바닥으로 곤두박질쳤다. 옷과 피부에 이어 그의 영혼마저 삽시간에 재가 되었다.

폭염마공으로 파심혈사를 해치운 백무향은 사납게 날뛰는 천사성 단주들의 목을 베어버렸다. 지부장을 비롯해 지부의 수뇌 급들이 쓰러지자 전세가 급격히 역전되었다.

사해문도들의 저돌적인 공세에 천사성 제자들이 서서히 뒤로 밀렸다. 일부 제자들이 달아나자 나머지도 전의를 잃고 도주를 시작했다.

어떤 경우에도 퇴각을 금하는 것이 천사성의 엄격한 율법이었지만 죽음에 대한 집착보다 강할 수는 없었다. 그들은 장렬한 옥쇄보다를 목숨을 선택하였다.

천사성 제자들이 모두 도주하자 사해문도들은 서로를 얼

싸안으며 감격의 눈물을 흘렸다.

"와아! 이겼어! 우리가 이겼다고!"

"그래, 천사성 놈들을 우리가 꺾은 거야. 흑흑!"

"우리의 가족과 형제를 무참히 살해한 원수 놈들! 이제야 조금은 원한을 갚은 셈일세!"

분타주 장우취는 얼굴에 흥건한 피와 땀을 닦으며 주변을 둘러보았다. 한데 백무향과 서문취의 모습이 보이지 않았다. 백무향은 사해문의 우세가 확실시 되자 서문취를 대동해 이미 떠난 것이다.

장우취는 깊은 감동에 젖었다.

"아무런 보답도 못했는데 그냥 떠나시다니… 뇌천공자는 진정 신인이시다. 그분 덕분에 우리 사해문이 이백 년 만에 부활하게 될 것이다!"

2

등주(鄧州)는 하남성과 호북성의 접경지이다. 멀리 단강구 호수가 바라보이는 산자락에 천 년 거목이 일산과 같은 나뭇가지를 펼친 채 깊은 뿌리를 내리고 있다.

오랜 세월 바람과 서리에 시달린 거목은 때 이른 낙엽을 뿌려냈고, 바닥에 수북이 깔린 낙엽이 융단처럼 펼쳐졌다.

바스락바스락……!

낙엽을 밟으며 다가서는 발걸음이 조심스럽다.

푸른 취의 치마를 이끌며 천 년 거목 아래로 다가서는 여인은 잠시 인간 세상으로 내려온 선녀처럼 고결한 절색이었다. 피부는 병적으로 창백했고 체구가 지나치게 말랐지만 여인의 아름다움을 훼손하지는 못했다.

흔한 장신구 하나 매달지 않았고, 화장을 전혀 하지 않았기에 여인은 태어난 모습 그대로였다.

여인이라면 누구나 아름답게 보이기를 원하지만 이 여인은 그러한 본능조차 없어 보였다.

십전옥봉 태옥교.

여인은 태백궁의 소궁주이자 문상 신분인 태옥교였다.

본래 남북쌍성은 서로 간의 충돌을 피하기 위해 경계를 정했다. 태백궁 제자들은 강북으로 진입할 수 없으며, 부득이 통과할 상황이면 사전에 통보를 하고 허가받아야 했다. 물론 천사성 제자들도 마찬가지였다.

이곳 등주는 강남북의 접경지이기는 해도 하남성에 해당되기에 사실 태옥교가 등주를 밟고 있는 것은 약속 위반이라 할 수 있었다.

태옥교는 수심 어린 눈빛으로 회색 하늘을 올려보았다.

회색 하늘은 아침부터 추적추적 비를 뿌려대고 있었다. 북쪽 하늘 저편으로 짙은 먹구름이 도사리고 있는 것으로 보아 더 세찬 폭우가 쏟아질 것만 같았다.

태옥교는 거목을 따라 천천히 걸음을 옮겼다.

'진정해, 옥교. 네게는 아무런 사심이 없었어. 오로지 천하를 위해, 그리고 가문을 위해 천사성의 성장을 도왔을 뿐이다.'

이때 세찬 바람과 함께 거목 주변의 낙엽이 소용돌이에 휘말려 올라갔다.

태옥교는 깊이 숨을 들이키며 걸음을 멈추었다.

휘류류……!

낙엽이 바닥을 선회하며 그녀의 발밑으로 운집되었다. 주변이 깊이 파이는 바람에 그녀는 마치 외롭게 솟은 섬을 밟고 선 상황이 되었다. 이어 약간의 간격을 두고 또 하나의 낙엽섬이 형성되었다.

"하하하! 마침내 우리가 만나게 되었구려, 옥교!"

호쾌한 웃음소리와 함께 한 사람이 맞은편 낙엽 섬을 밟고 내려섰다.

황색 경장 위에 푸른 피풍의를 두른 청년.

관옥 같은 피부와 주사를 바른 듯한 붉은 입술은 마치 남장 여인을 방불케 하였다. 눈매가 다소 날카로웠지만 또렷한 이목구비는 천하의 미공자로서 손색이 없었다.

태옥교는 그의 풍모에 감탄을 발하며 공손히 손을 모았다.

"현 공자, 참으로 오랜만입니다. 한데도 소성주임을 한눈에 알아볼 수 있습니다."

"나도 마찬가지요. 당신의 청초한 모습은 여전하오. 물론 여인으로 성장했기에 더욱 예뻐졌지만."

미공자는 깍듯하게 답례를 취했다.

당금 천하에서 태백궁의 대공녀인 태옥교와 어깨를 나란히 할 수 있는 후기지수는 오직 한 명뿐이다.

천사성의 소성주 현사군(玄獅君)!

그가 바로 사중뇌(邪中腦)로 불리는 흑도 최고의 기재다. 천사성이 불과 십여 년의 세월 만에 하북의 작은 조직에서 강북 최강의 방파로 성장한 데에는 그의 천재적인 두뇌 덕분이라 할 수 있었다.

과거 흑도의 무리들은 전세가 불리하면 도주하는 것이 관례처럼 되어 있었다. 한데 현사군은 도주를 절대 용납하지 않았다.

또한 강북의 흑도 문파를 하나씩 통합하면서도 그는 번거로운 협상에 연연하지 않았다. 그가 제시한 방안은 아주 단순했다.

복종과 죽음.

현사군은 그렇듯 엄격한 원칙을 통해 강북 흑도 무림계를 통합해 천사성을 세울 수 있었다. 물론 모든 영광과 위엄은 그의 부친인 천사성주에게 돌아갔지만 그가 천사성의 실권자임은 모두가 아는 사실이다.

태백궁과 천사성은 당금 무림계를 대표하는 백도와 흑도

의 최강 문파이며 이를 부정할 사람은 없었다.

당연히 물과 불처럼 대립하여야 할 두 문파이지만 이상하게도 서로 간에 큰 충돌은 없었다. 태백궁은 백도무림계의 우려에도 불구하고 천사성의 성장을 묵인하며 어떤 제재도 가하지 않았다.

덕분에 천사성은 천하의 흑도를 통합하는 맹주로서 자리매김을 하게 되었고, 이제는 태백궁조차 쉽게 넘볼 수 없는 거대 방파로 성장할 수 있었던 것이다.

현사군은 정감 어린 눈빛으로 태옥교를 응시했다.

"옥교, 당신은 지금 강북의 땅을 밟고 있소. 이는 본 성과의 약조를 위반한 명백한 도전이오. 난 당신을 제압해 천사성으로 압송할 생각이오."

"제가 그렇게 호락호락한 여인은 아닙니다."

"하하, 난 광명신검께서 이미 태백연공실로 폐관 수련에 드셨다는 정보를 입수했소. 아마도 오랜 실종에서 귀환하신 후 심신이 많이 상했기 때문일 것이오. 광명신검께서 나설 수 없는 태백궁이라면 결코 본 성의 적수가 될 수 없소."

태옥교는 그의 신속한 정보력에 감탄했다.

"대단하십니다. 아버님께서 폐관 수련에 드셨다는 사실은 본 궁 내에서도 극비에 해당되는데 벌써 정보를 입수하셨군요."

"사실 당신의 서찰을 받고 난 흥분과 더불어 의혹을 감출

수 없었소. 당신을 만난다는 사실이 너무나 기뻤지만 우리의
지난 약조와 어긋났기 때문에 조금은 불안한 것이 사실이
오.”

“맞습니다. 천사성이 충분히 성장하면 천하맹주의 자리를
놓고 건곤일척의 승부를 벌일 때 만나기로 했었지요.”

“그렇소. 한데 지금은 광명신검께서 폐관에 드신 상황이
아니오? 혹시 본 성이 두려워 투항을 하려는 것은 아니오?”

현사군은 시선을 들어 먹구름이 몰려드는 하늘을 올려다
보았다.

“십 년 전 아버님을 모시고 태백궁을 방문했을 때가 생각
나는군. 그때도 마치 세상이 뒤집힐 듯 뇌성벽력이 몰아쳤었
소.”

“당시 아버님의 오십 세 생신이었지요. 흑백도 모든 방파
에서 축하객을 보내왔고, 하북의 작은 문파인 흑사장(黑邪莊)
의 장주와 소장주도 초청을 받았습니다. 소장주의 총명함이
천하에 알려졌기에 제가 한 번 보고 싶어 소장주 부자를 초청
한 것이지요.”

“알고 있소. 만일 옥교가 초청하지 않았다면 흑사장같이
작은 흑도의 조직이 어떻게 태백궁주의 생신 연회에 초대를
받을 수 있었겠소?”

태옥교는 감회 어린 눈빛으로 빗방울을 바라보았다.

“당시 많은 기재들이 초대를 받았지만 소녀와 담론을 하고

세 가지 질문에 정확한 답변을 한 사람은 오직 현 공자뿐이었습니다."

"하하, 그건 사실이오. 나 역시 당신의 미모와 총명에 매료돼 감히 그 자리에서 당신을 아내로 삼겠다고 공언했소. 그때 당신은 십 년 내에 태백궁과 견줄 방파를 창건한다면 기꺼이 내 청혼을 받아주겠다고 하였소."

"그 마음은 여전히 변함이 없습니다. 현 공자가 십 년 동안 보내온 일천 통의 서찰을 통해 소녀 역시 현 공자를 사모하게 되었습니다."

현사군은 섭물진기를 발출해 낙엽으로 길을 만들어 그녀에게 가까이 다가섰다.

"세상에서 옥교를 아내로 맞이할 사람은 오직 나뿐이오. 난 그렇게 자부하고 또 그럴 자격이 있소. 난 오로지 당신을 차지하기 위해 지난 십 년 동안 하루에 한 시진 이상 자본 적이 없소."

십 년 동안 하루 한 시진의 수면.

이것은 결코 헛된 말이 아니었다. 현사군은 오직 한 시진의 수면만으로 체력을 유지하며 무공을 수련하고 모든 업무를 관장해 왔다. 가히 초인적인 정신력이 아닐 수 없었다.

우르르릉……!

먹구름이 하늘을 두텁게 덮으면서 은은한 우렛소리가 울려 퍼진다.

두 사람은 가지를 넓게 펼친 천 년 거목 아래 있었지만 빗줄기가 굵어지면서 조금씩 빗방울이 들이치기 시작했다.

태옥교는 단단히 작심을 하고 현사군과 마주 섰다.

"현 공자의 정신력과 의지에는 소녀도 감탄하고 있습니다. 그렇듯 굳건한 정신력을 지녔기에 강북 최강의 천사성을 세울 수 있었겠지요. 십 년 전 흑사장과 같은 규모의 철가보(鐵家堡)와 자운림(紫雲林)이 있었지만 그들은 결국 패주로 성장하지 못했습니다."

일순 현사군의 눈매가 가늘어졌다.

"철가보와 자운림? 대체 무슨 말을 하는 거요, 옥교?"

지금은 멸문된 두 가문은 그도 잘 아는 사도의 작은 조직이었다.

철가보의 소보주와 자운림의 소림주는 당시 그와 함께 사도삼성(邪道三星)으로 불린 절세적인 기재들이었다. 한데 철가보와 자운림은 흑사장이 천사성으로 성장하는 와중에 스스로 와해돼 버렸다.

현사군에게도 두 가문의 갑작스런 몰락이 큰 의혹이었지만 한편으로는 적수가 사라졌다는 안도감 때문에 상세한 내막은 조사하지 않았다. 한데 그들 두 가문이 태옥교의 입에서 거론된 것이다.

"옥교, 당신은 두 가문이 왜 몰락했는지 알고 있단 말이오?"

“물론입니다.”

“말해보시오.”

“현 공자, 그전에 한 가지를 약속해 주십시오. 끝까지 소녀를 믿어주겠다고 약조하셔야 합니다.”

현사군은 심상치 않은 상황을 직감했다.

태옥교의 고통과 슬픔 어린 눈빛이 그를 충격과 혼란에 빠뜨렸다. 그녀에 대해 모든 것을 알고 있다고 자부해 왔던 그로서는 그녀의 이런 모습을 이해할 수 없었다.

'내가 모르는 비밀을 숨기고 있다. 지금 그것을 밝히려 하지만 내 반응을 우려하고 있어. 대체 어떤 비밀이기에?

현사군은 잠시 그녀를 응시하다가 무겁게 입을 열었다.

“옥교, 난 당신을 사랑하오. 오로지 당신을 향한 내 사랑을 성사시키기 위해 십 년 동안 내 모든 열정과 심혈을 바쳤소. 다행히도 상상치 못할 기연을 만나 기반을 다질 수 있게 되었지. 만일 내게 숨긴 사실이 있다면 솔직하게 털어놓으시오. 어떤 비밀인지 몰라도 난 당신을 용서할 수 있을 것이오. 설사 당신이 순결한 여인이 아니더라도… 난 당신을 용서할 자신이 있소.”

“그럼 말씀드리겠습니다.”

태옥교는 그 앞에 무릎을 꿇었다.

“먼저 현 공자의 용서를 간곡하게 청합니다.”

“옥교……?”

현사군은 당혹감을 금치 못했다.

태옥교는 천하제일의 사문을 둔 광명신검의 핏줄이다. 광명신검은 무림계에 있어 제왕과도 같은 신분이기에 그녀는 어려서부터 공주처럼 고귀하게 자라왔다.

사중뇌로 불릴 만큼 총명한 그였지만 그녀가 이렇듯 몸을 낮추어 용서를 빌 이유가 대체 무엇인지 파악할 수가 없었다.

태옥교의 두 눈에 눈물이 그렁그렁 맺혔다.

"흑사장과 마찬가지로 철가보와 자운림도 절세적인 기연을 만나 전대의 비급과 보물을 손에 넣었습니다. 하지만 두 가문은 자그마한 성과에 도취되어 몰락하였지요. 하지만 도황(刀皇)의 절기와 보물을 얻은 흑사장은 달랐습니다. 소장주는 부친과 함께 도황의 절기를 수련했고, 막대한 보물을 기반으로 세력을 확장했습니다. 그 와중에 하늘의 도움인지 전대의 비급과 또 다른 신병까지 손에 넣었습니다. 덕분에 십 년이라는 짧은 시일 내에 천사성이란 거대 방파를 창건할 수 있게 된 것이지요."

시퍼런 벼락과 함께 하늘과 땅을 진동시키는 우렛소리가 울려 퍼졌다.

콰르르릉!

번갯불의 여파로 현사군의 일그러진 모습이 마치 악귀상처럼 보였다. 그는 이를 악물고 있었다.

악몽이다. 이건 악몽이다!

그는 현실을 부정하기 위해 눈을 질끈 감았다가 다시 떴다.

그러나 모든 것은 엄연한 현실이었다. 쏟아지는 빗줄기와 자신 앞에 무릎을 꿇은 채 눈물을 흘리는 태옥교…….

현사군은 너무도 엄청난 치욕과 수모로 인해 심장이 터질 것만 같았다. 그녀가 내뱉은 한마디 한마디는 천둥이 되어 그의 고막을 강타했다. 숨이 막히고 피가 거꾸로 솟구쳤다.

"우욱!"

기혈이 뒤집히며 피를 뿜어낸 그는 낙엽 더미 위로 털썩 주저앉았다.

"공자?"

태옥교가 급히 다가서며 그의 어깨를 감싸 쥐었다.

"괜찮으세요?"

현사군은 무섭게 핏발이 곤두선 눈으로 그녀를 직시했다.

태옥교는 감히 그와 눈길을 마주할 수 없어 고개를 돌렸다.

"요, 용서하십시오."

현사군은 떨리는 손으로 그녀의 손을 쥐었다. 우악스런 손길에 그녀의 가녀린 손이 으스러질 것만 같았다.

"도, 도황의 절기와 보물! 네… 네가 그것을 어찌 아느냐? 나와 아버님밖에 모르는 비밀인데?"

"그것은… 태백무고에서 나온 비급입니다."

또 한 번 섬전과 천둥이 내리쳤다.

"이야아!"

광기에 젖은 현사군은 태옥교의 목을 움켜쥐며 바닥에 찍어눌렀다.

"이 더러운 년! 네가… 네가 감히 나 현사군을 우롱했단 말이냐?"

"아닙니다. 저는 그저 혹사장의 성장을 도왔을 뿐입니다."

"크흐홋, 도왔다고?"

현사군은 이를 부득부득 갈았다.

"지금 내 심정이 어떤지 짐작이나 하겠느냐? 내 스스로 심장을 찢고 머리를 박살 내고 싶다! 십 년에 걸쳐 쌓아 올린 천사성의 위업은 나 스스로도 자부할 정도였다! 한데… 한데 그 모든 것이 네년의 머리에서 나온 계책이었단 말이냐? 날 네년의 손아귀에 쥐고 갖고 놀았던 것이냐?"

"흑! 용서하십시오."

"이유가 뭐냐? 대체 왜 그런 추악한 계책을 펼쳤단 말이냐?"

현사군은 그녀를 일으켜 앉혔다.

"세상을 손아귀에 쥔 네가 무엇이 부족해서 천사성을 탄생시키려 한 것이냐?"

"오행마단… 그 마도들의 혈겁을 우려해서입니다. 오행천의 잔당들인 오행마단이 너무도 가공하게 성장하고 있음을 간파해 천사성과 함께 대항하기 위해 십년지계를 펼친 것입니다. 태백궁이 아무리 강해도 단독으로는 천하를 지킬 수 없기 때문이다."

"오행마단 때문이라고?"

현사군은 그녀의 멱살을 움켜쥐며 얼굴을 바싹 들이댔다.

"나도 오행마단에 대해서는 어느 정도 파악하고 있다. 하지만 놈들의 어느 한 마단도 천사성의 전력에는 미치지 못해."

"물론 일개 마단의 마력은 충분히 감당할 수 있습니다. 하지만 저들이 통합을 이룬다면 과거 오행천보다 더 강력한 대마단이 형성됩니다. 천하는 멸절입니다. 태백궁도 천사성도… 흑백무림계도… 피와 죽음으로 뒤덮이게 될 것입니다."

"태옥교, 정말 똑똑하구나. 그리고 무서울 만큼 교활해."

현사군은 그녀를 거칠게 밀쳐 버렸다.

"세상에서 가장 추악한 계집!"

그는 쏟아지는 빗줄기를 올려다보았다. 빗줄기 때문에 사나이의 부끄러운 눈물을 보이지 않을 수 있다는 것이 다행이었다. 그는 참담한 심정을 마음껏 눈물로 쏟아냈다.

"세상이 어찌 되든 난 상관없다. 옥교 네 마음만 얻을 수 있다면 난 세상이 피로 물든다 해도 눈 하나 깜짝하지 않을 수 있다. 넌 차라리 내게 모든 사실을 고백하고 도움을 청했어야 옳았다. 오행마단의 위협에 함께 대항할 방법으로 흑도 통합을 지원했어야 했다."

"물론 그것이 순리입니다. 하지만 제게는 흑사장의 보다 빠르고 강력한 성장이 필요했습니다."

"그래, 결국 너는 미모와 계략을 이용해 그것을 이루었다. 하지만 난 철저하게 망가졌다. 십 년에 걸쳐 네 손바닥 위에서 놀아났다는 모멸감과 굴욕은 평생 씻을 수 없을 것이다."

현사군은 전신을 부들부들 떨며 그녀를 가리켰다.

"난 네년을 저주해! 저주할 것이다!"

태옥교는 무릎걸음으로 그에게 다가갔다.

"공자, 그래서 이렇게 용서를 비는 것입니다. 오행마단의 혈겁이 종식되면 공자의 손에 제 목숨을 맡기겠습니다. 제 목에 사슬을 걸고 세상 끝까지 끌고 다녀도 좋습니다."

"난 사람이다. 네가 말하는 대로 움직이는 꼭두각시가 아니야. 너의 눈물이 아무리 뜨거워도 내 분노를 삭일 수 없고, 너의 참회가 아무리 절실해도 이미 무너진 내 자존심을 치유할 수 없다."

"공자, 소녀는 당신을 사랑합니다. 계집의 짧은 소견임을 감안해 넓은 아량을 베풀어주십시오."

태옥교는 그의 손을 감싸 쥐며 애절한 눈물을 뿌렸다.

현사군은 매몰차게 그녀의 손을 뿌리쳤다.

"가증스런 계집, 내가 더 분노하는 것은 너의 눈물이라면 나의 용서를 받을 수 있을 것이라는 그 도도함 때문이다."

그는 홱 돌아서며 허리춤에 찬 칼을 내려쳤다.

"차아앗!"

번쩍―!

어마어마한 광휘와 함께 천 년 거목이 대번에 쪼개졌다. 천 년 거목이 소리없는 비명과 함께 두 쪽 난 몸을 바닥에 눕혔다.

현사군은 푸른 서기를 발하는 칼을 바닥에 꽂았다.

"네년이 개에게 던져 주듯 건넨 도황의 패왕도(覇王刀)를 돌려주겠다."

"공자……?"

"패왕도로 당장 네년을 쪼개고 싶지만 이날까지 내가 연모했던 계집이기에 살려준다! 이제 네년은 엄청난 후회를 하게 될 것이다! 혈겁은 오행마단이 아니라 천사성에서 비롯될 것이다! 천사성의 힘이 부족하면 오행마단의 마력을 얻어서라도 너희 태백궁을 박살 내고 세상을 멸절시킬 것이다!"

허공으로 떠오른 현사군은 피에 전 광소를 터뜨렸다.

"카하핫! 네년은 세상에서 가장 기나긴 고통 속에 살게 될 것이다!"

그의 몸은 이내 빗줄기 속으로 사라졌다.

"오오, 하늘이시여!"

태옥교는 칠흑처럼 검은 하늘을 올려다보았다.

"이 어리석은 계집을 죽여주십시오. 저의 얕은 꾀와 오만이 또 하나의 혈겁을 만들어냈습니다."

쏴아아……!

거센 빗줄기가 그녀의 여린 몸을 사정없이 때렸다. 하지만 처절한 자책감으로 마비된 그녀의 심신은 피가 식어가는 한기조차 느낄 수 없었다.

이때 하나의 그림자가 그녀 옆에서 내려섰다. 두 눈을 제외하고는 검은색 일색의 복면인. 바로 그녀의 비밀 호위 잠혼이었다.

잠혼은 그녀의 머리 위로 검은 피풍의를 펼쳐 빗물을 막아주었다.

긴 시간이 흘렀다.

장탄식과 함께 고뇌 속에서 깨어난 태옥교가 천천히 몸을 일으켰다.

"이제 괜찮아요."

피풍의 밖으로 나선 그녀는 바닥에 꽂힌 패왕도를 뽑아 들었다.

보기에는 그저 평범한 칼. 여느 대장간 진열대에서 흔히 볼 수 있는 칼에 불과했다. 하지만 그 칼이 백오십 년 전 도황으로 불리웠던 절세도객의 칼이었기에 패왕도로 불릴 수 있었다.

태옥교는 패왕도를 잠혼에게 건넸다.

"평범한 대장장이가 제련한 칼이지만 도황의 정신과 진기가 깃든 칼입니다. 그래서 신도(神刀)가 되었지요."

"……."

잠혼이 의아한 표정을 짓자 태옥교는 그의 손에 손수 패왕
도를 쥐어주었다.

더 이상 슬픔과 고뇌 어린 모습이 아니었다. 자책과 눈물이
상황을 되돌릴 수 없기에 그녀는 냉정하게 현실을 직시해야
했다.

그녀는 한 번의 실수로 좌절하고 낙담할 만큼 나약한 여인
이 아니다. 깃털처럼 연약한 체구를 지녔지만 그녀의 정신력
은 누구보다 강하고 예리했다.

그녀는 결연한 어조로 주문을 걸었다.

"이제 잠혼은 이 패왕도로 많은 사람을 죽여야 할 겁니다.
무림 정의를 위해, 태백궁을 위해… 그리고 나를 위해!"

제 19 장

태상문주가 되다

1

장안에서 하남성으로 넘어가는 방향으로 낙령(洛寧)이란 성시가 있다.

낙령 남동쪽으로 낙수가 흐르는데 강변을 끼고 자리한 산이 낙척산(落拓山)이다. 낙척산은 토질이 척박해 나무도 별로 자라지 않은 민둥산인 데다 경관 또한 볼품이 없었다.

다각다각……!

돌길을 따라 말을 타고 낙척산 계곡 앞에 이른 일남일녀는 다름 아닌 백무향과 서문취였다.

서문취가 계곡 상단에 세워진 허름한 망루를 가리켰다.

"저기가 바로 사해문 총단입니다."

　백무향은 수려함이라고는 전혀 갖춰져 있지 않은 낙척산을 둘러보고는 한심하다는 표정을 지었다.

　"여기가 총단이라고? 그래, 아무리 무지해도 그렇지 이런 곳에다 총단을 세웠단 말이냐?"

　"비방을 삼가세요. 창건 조사님께서 최초에 사해문을 세우신 곳입니다."

　"뭐야? 그럼 풍운마제가?"

　"그렇습니다. 조사님께서는 천시되고 소외된 자들을 영도하신 분답게 사람들에게 버려진 낙척산을 총단으로 삼으신 겁니다. 조사님께서는 세상의 아랫자리를 마다하지 않으셨던 진정한 성인이셨지요."

　백무향은 떨떠름한 표정으로 고개를 끄덕였다.

　"그랬단 말이지? 하기는 명당을 찾아 총단을 세우려면 비용도 많이 들고 그 지세를 차지하려는 자들과 다툼도 많겠지. 나름대로 현명한 판단이야."

　그는 조금씩 풍운마제의 소탈함과 의연함에 매료되어 갔다.

　'내가 과거의 풍운마제임이 밝혀져도 부끄럽지 않겠어.'

　두 사람은 말을 몰아 계곡 안으로 들어섰다.

　계곡 입구에는 이 장 높이의 목책이 세워져 있었다. 통나무를 엮어 세운 방책으로 견고함보다는 그저 형식적인 울타리로 보였다.

말에서 내려선 서문취가 큰 소리로 외쳤다.

"저는 중경 분타의 순찰향주 서문취입니다! 뇌천공자를 모시고 급히 문주님을 뵙고자 합니다!"

그러자 목책 위 문루(門樓)로 몇 명의 보초가 모습을 드러냈다. 그들은 서문취와 백무향을 살피고는 아래쪽을 향해 명했다.

"문을 열어라!"

목책 문이 일부 열리며 단안한 용모의 중년인이 경비무사들을 대동하고 밖으로 나섰다.

서문취가 중년인을 향해 예를 올렸다.

"호문당주(護門堂主)를 뵈옵니다."

호문당은 내삼당에 소속된 조직으로 총단 수호와 내부 관리를 담당한다. 호문당주는 마상의 백무향을 올려다보며 공손히 손을 모았다.

"은공의 방문을 환영합니다."

백무향은 상대의 정중한 환대가 부담스러워 마냥 말 위에 앉아 있을 수가 없었다. 마상에서 내려선 그가 간단히 답례를 취했다.

"백무향이오."

"문주님께서 기다리고 계십니다. 드시지요."

호문당주가 앞서 안내를 하자 좌우에 도열한 경비무사들이 깍듯이 허리를 굽히며 예를 표했다.

백무향은 서문취와 함께 계곡 내 분지로 들어서며 주변을 살펴보았다.

분지 둘레는 계단식으로 밭이 경작돼 있었다. 척박한 풍토를 감안한다면 밭을 만든 것만으로 대단한 성과라 할 수 있었다. 약간의 평지는 중앙 광장으로 놔두었고, 지면의 굴곡이 심한 계곡 둘레를 따라 삼백여 채의 모옥과 돌집이 세워져 있었다.

백무향은 습관적인 두통을 느끼며 이마를 짚었다.

'비렁뱅이들 소굴 같지만… 왠지 낯설지가 않아. 눈으로 보기에는 볼썽사납지만 마치 고향으로 돌아온 듯 가슴이 편해. 설마 내가 과거에 풍운마제였단 말인가?'

다섯 개 돌 계단 위에 세워진 돌집은 비교적 규모가 컸다. 단단한 나무로 기둥을 세웠고, 돌벽 사이를 진흙으로 메워 제법 견고해 보였다.

바로 사해문주의 거처인 사해전(四海殿)이었다.

백무향이 돌 계단 앞에 이르자 전각 앞에 모여 있던 사람들이 서둘러 돌 계단 아래로 내려섰다.

중년 무사들을 대동한 초로의 노인이 먼저 포권을 취했다.

"노자광(盧子廣)이 마제의 후예를 뵙소이다."

사해문주 노자광.

별호는 풍천고검(風天孤劍)으로 천하에서 손꼽히는 검법의 달인이다. 하지만 명성에 비해 그를 알고 있는 사람은 많지 않다.

백무향은 물끄러미 그를 바라보았다.

"사해문주 되시오?"

"그렇소이다. 외람되이 사해문 제구대 문주 직을 맡고 있소이다."

"내가 풍운마제의 후예임을 확신하는 거요?"

"그동안 수집한 정보로 미루어 귀공이 마제의 후예일 가능성이 높다 판단했소이다. 물론 마정쌍제의 공동 전인일 가능성도 배제할 수 없지요. 또한 만에 하나 마제의 후예가 아니더라도 본 문의 은공임에는 변함이 없소이다."

백무향은 노자광을 비롯해 당주들을 둘러보고는 다시 물었다.

"내가 풍운마제의 후예라면 어떻게 입증을 해야겠소?"

"성제각을 수호하는 풍운사로께서 입증해 주실 것이오."

백무향이 서문취를 돌아보았다.

"풍운사로가 누구냐?"

"총단 성제각을 수호하는 본 문 최고의 원로들이십니다. 무도한 천사성이 아직 총단을 침공하지 못하는 이유도 본 문에 풍운사로가 계시기 때문이지요."

"그래? 사해문이 아주 형편없는 문파는 아니었군."

노골적인 비아냥에 노자광과 당주들의 표정이 다소 굳어졌다.

백무향은 서문취를 앞세워 걸었다.

"일단 풍운사로를 만나보겠다."

노자광과 당주들은 그의 오만함에 몹시 불쾌했지만 함부로 감정을 드러낼 수가 없었다.

만일 그가 진짜 풍운마제의 후예라면 그들에게는 태사존과 같은 존재가 된다. 사해문도들 모두가 추앙하는 풍운사로조차 배례를 올려야 할 존귀한 신분이 되는 것이다.

계곡 안쪽에 자리한 협곡은 진입로부터 특별했다.

바닥에는 귀한 대리석 석판이 깔렸고, 석벽 좌우로 침입자를 막아내기 위한 기관 장치가 설치돼 있었다. 안쪽으로 들어서자 고풍스런 정원이 그 자태를 뽐내고 있었다.

백무향은 내심 감탄을 금치 못했다.

금잔디가 융단처럼 펼쳐진 정원이며 백 년 수령의 노송들이 기괴한 형상으로 가지를 뻗어내고 있는 정경에서 오랜 세월 동안 깃든 정성을 가슴 깊이 느낄 수 있었다.

'풍운마제를 향한 이들의 존경심이 정말 지극하군. 풍운마제가 이렇듯 대단한 존재인가?'

협곡 안쪽에는 단이 세워져 있었고, 단 위로 웅장한 전각이 전면을 드러내고 있었다. 아름드리 붉은 기둥과 황금 기와는 보기에도 현란해 제왕의 전각을 방불케 했다.

황금성제각(黃金聖帝閣).

사해문의 분타마다 성제각이 세워져 있지만 황금 기와가

엎어진 성제각은 총단의 황금성제각이 유일했다. 하기에 황금성제각은 사해문 제자들에게 있어 성역과도 다름없었다.

노자광과 서문취, 그리고 여섯 명의 당주는 단상의 전각을 향해 정중히 배례를 올렸다.

"성제의 가호를 기원합니다."

한데 화려한 황금성제각을 응시하는 백무향의 표정이 점점 차갑게 굳어졌다. 왠지 가슴속에서 분노가 치밀었다.

엄격한 절제 속에 살아가는 사해문 총단 내에 이렇듯 화려한 황금 전각이 세워져 있다는 것이 불쾌했다. 황금 전각은 사해문도들이 추구하는 검소함에 정면으로 위배되는 사치이며 역겨운 우상이었던 것이다.

백무향은 자신도 모르게 대리석 계단을 밟고 단상으로 올라섰다. 순간 네 줄기 경풍이 날아들며 그를 밀어냈다.

퍼퍼펑—!

폭음에 놀란 노자광 등이 깜짝 놀라며 고개를 쳐들었다.

강제로 떠밀린 백무향이 눈을 부릅떴다.

"뭐야, 이것들은?"

돌 계단을 막아선 네 사람은 빛바랜 마의를 걸친 봉두난발의 노인들이었다. 손에는 저마다 죽봉을 쥐었는데, 그들의 얼굴에 깊게 패인 주름이 세월의 흐름을 대변해 주었다.

풍운사로(風雲四老).

그들이 바로 황금성제각을 지키는 사대원로로 사해문의

수호신에 해당되는 고수들이었다.

서문취가 급히 풍운사로를 향해 절을 올렸다.

"제자 서문취가 네 분 원로님을 뵙습니다. 이분 공자께서 창건 조사님의 후예일 수 있으니 예우로써 대해주십시오."

풍운사로가 동시에 형형한 안광을 뿜어냈다.

"창건 조사님의 후예라고?"

서문취가 답변을 하기도 전에 백무향이 다시 계단을 밟고 올라섰다.

"풍운마제의 후예가 아니라 내 자신이 풍운마제일 수 있다."

"이런 발칙한 놈!"

풍운사로가 일제히 죽봉을 내려쳤다. 그들의 죽봉은 무쇠보다 단단하다는 오금죽(烏金竹)으로 제작되었기에 철봉으로 내려친 듯 막강한 경풍을 일으켰다.

백무향은 두 손을 가슴 앞에 교차시켰다.

화르륵!

그의 전신이 삽시간에 불덩이로 화했다. 이글거리는 불꽃은 소용돌이와 같은 화염폭풍으로 화해 풍운사로를 향해 급속하게 뿜어졌다.

"허억!"

"이, 이것은?"

기겁을 한 풍운사로가 죽봉을 풍차처럼 회전시키며 화염

폭풍에 대항했다.

퍼퍼―펑―!

잇단 폭음과 함께 불덩이가 사위로 비산되었다. 금잔디와 노송이 불길에 휩싸이자 노자광과 당주들이 급히 장삼을 벗어 불꽃을 껐다.

풍운사로는 충격과 의혹의 눈빛으로 백무향을 직시했다.

"저… 정녕 마제의 후예이시오?"

"내 무공이 입증해 줄 것이다."

백무향은 오른손을 높이 쳐들었다.

그의 손이 붉어지며 장심에서 눈부신 불꽃 구슬이 형성되었다. 구슬이 얼마나 밝은지 태양처럼 강렬했다.

풍운사로는 형용할 수 없는 감동에 젖어 털썩 무릎을 꿇었다.

"오오, 폭염열화주!"

"풍운 조사님의 독문절기가 분명하다!"

백무향은 장심에 운집한 열양강기를 홱 내던졌다. 폭염열화주가 날아간 방향은 놀랍게도 황금성제각이었다.

콰아앙!

엄청난 폭음과 함께 황금성제각이 산산조각이 났다. 붉은 칠을 한 아름드리 나무 기둥은 허리가 꺾어졌고, 화려한 황금 기와는 열양진기에 녹아 금물로 화했다.

일 수유의 정적.

너무도 충격적인 광경에 넋이 빠진 사해문 제자들은 무릎을 끓거나 주저앉은 채 한동안 깨어나지 못했다.

황금성제각이 그들에게 어떤 의미였던가.

황금성제각은 삼 갑자 전 풍운마제를 기리기 위해 사해문 전 제자들의 열정과 성심으로 창건된 후 그들의 정신적 지주가 되었다. 언젠가 풍운마제의 후예가 탄생할 것이라는 기대, 그리고 사해문의 영광스런 부활을 약속하는 징표가 바로 황금성제각이었다.

오행천의 혈겁 속에서도 사해문 제자들은 목숨을 바쳐 황금성제각을 지켰다. 잔악한 파천마황조차 사해문도들의 희생에 감동해 파괴를 금했던 것이다.

한데 사해문 제자들이 정신과 희망이 무너졌다. 그것도 풍운마제의 후예로 생각되는 자에 의해.

겨우 정신을 차린 풍운사로는 통한의 눈물을 뿌렸다.

"크흐흑, 성제시여! 불민한 제자들을 죽여주소서!"

"원수를 죽인 후 성역을 지키지 못한 저희도 자결로써 죄를 씻겠습니다."

서문취는 새하얗게 질려 있었다.

백무향을 총단까지 안내한 사람이 그녀였고, 그가 풍운마제의 후예일 수 있음을 시사한 사람도 그녀였다. 한데 그는 사해문의 은인이 아니라 원수다. 그것도 황금성제각을 파괴한 불구대천의 원수가 된 것이다.

백무향 주변으로 내려선 풍운사로는 무서운 살기를 뿜어
냈다.

"찢어 죽이리라, 악적!"

"으드득! 성역을 훼손한 원수!"

백무향은 냉소를 치고는 그들을 쓸어보았다.

"너희가 감히 창건 조사에게 대항하겠다는 것이냐? 폭염열
화주를 너희들 눈으로 보고도 내가 누구인지 모른단 말이
냐?"

"……?"

"나도 내 자신이 누구인지 정확히 모른다. 하나 분명한 사
실은 내가 절반은 풍운마제일 수 있다는 것이다. 물론 풍운마
제의 후예일 수도 있다. 그렇지 않고서는 화염폭풍을 설명할
수 없으니까."

백무향은 풍운사로 앞으로 다가섰다.

"그리고 풍운마제가 언제 황금성제각 따위를 원했더냐? 그
가 황금으로 치장되기를 바라더냐, 비단으로 단장되기를 바
라더냐? 그러고도 너희들이 풍운마제의 뜻을 진정으로 파악
한 제자들이란 말이냐?"

그의 전신에서 뿜어지는 엄청난 신위에 풍운사로는 마치
산악을 대한 듯 압도되고 말았다. 삼십 년 이래 사해문의 수
호신으로 추앙받아 온 그들이었지만 백무향과 마주 서자 절
로 고개가 숙여졌다.

"태, 태사존을 뵈오이다!"

풍운사로는 일제히 무릎을 꿇으며 고개를 조아렸다.

그들이 부복하자 노자광, 서문취, 당주들도 최고의 경의를 표하며 절을 올렸다.

"태사존을 뵙습니다!"

백무향은 비로소 엄한 표정을 지으며 피식 실소를 지었다.

"좋아, 날 태사존으로 인정한다면 첫 번째 영을 내리겠다. 앞으로 내 앞에 무릎을 꿇는 놈은 사해문에서 방출할 것이다. 모두 일어섯!"

방출될 것이라는 엄포에 사해문 제자들은 주문에라도 걸린 듯 일제히 일어섰다.

백무향은 박살 난 황금성제각을 돌아보았다.

"저것부터 치워. 내 거처는 화려하지 않아도 좋다. 그저 넓고 쾌적하기만 하면 돼."

태상문주의 탄생!

사해문 총단 제자들은 갑작스런 통문에 경악하고 말았다. 한데 그들이 채 충격에서 벗어나기도 전에 노자광은 돌 계단 아래 운집한 그들을 향해 태상문주의 지시를 통보했다.

"향후 모든 예법은 간소화한다. 부복 배례를 폐지하며 이를 어기는 자는 축출된다. 문주인 나는 물론이고 태상문주를 뵙는 자리라 해도 절을 올리는 자는 누구를 막론하고 사해문을 떠나야 할 것이다. 또한 전 지부와 분타에 세워져 있는 성제각은 철거된다."

성제각 철거라는 지침에 제자들은 심하게 술렁였다.

성제각은 사해문 제자들 모두가 신성시 여기는 풍운마제의 사당이다. 아무리 태상문주의 영이라 해도 반발하지 않을 수 없는 특단의 조치였던 것이다.

노자광은 제자들의 반발을 의식해 목소리를 높였다.

"태상문주는 창건 조사님의 후예이자 현신이시다! 성제를 기리기 위한 사당은 당연히 철거되어야 한다! 반론을 제기하는 자는 항명죄를 물어 제명할 것이다! 그리고 이제부터 본 문을 핍박하는 세력과는 당당하게 맞선다! 천사성은 물론이고 구파일방이나 태백궁이라도 본 문의 제자를 해치는 자는 적으로 간주할 것이다!"

그야말로 대혁신이었다.

봇물처럼 쏟아지는 새로운 지침에 사해문 제자들은 정신을 차릴 수가 없었다. 성제각 철거라는 특단의 조치조차 자연스럽게 묻혀지고 말았다.

노자광은 지침이 기재된 두루마리를 말아 옆구리에 끼었다.

"존엄하신 태상문주의 지침이니 반론은 용납지 않겠다."

박살 난 황금성제각 대신 나무와 돌로 쌓은 모옥이 급조되었다. 태상문주가 거주하는 태상각(太上閣)으로 불리기에 너무 허름했지만 백무향은 아주 흡족해하였다.

백무향은 돌 계단 아래 서 있는 풍운사로에게 지시를 내렸다.

"그대들을 태상각 사대호법으로 명하겠소. 내 지시가 있을 때까지 누구도 들이지 마시오."

"예, 태상."

풍운사로는 정중히 포권을 취하고는 협곡 입구로 향했다.

백무향은 주변을 쓸어보고는 쓴 입맛을 다셨다.

'내가 괜한 짓을 한 것은 아닌지 모르겠군. 소견을 구출해야 할 상황인데 내 처지도 모른 채 사해문에 뛰어들었으니 말이야.'

하지만 이상하게도 새로 방침을 정하고 사해문 제자들에게 지시를 내려는 일이 전혀 어색하지 않았다. 마치 오래전부터 해온 일처럼 자연스러웠다.

그는 콕콕 쑤시는 두통을 달래기 위해 관자놀이를 문질렀다.

"젠장, 이놈의 두통은 언제나 되어야 없어질까? 어쨌거나 내가 뇌천검제이든 풍운마제이든 어느 한 사람으로 행동을 하면 되는 거잖아? 달리 생각해 보니 뇌천검제보다는 풍운마제가 확실히 매력적이야. 격식에 구애받지 않아도 되고, 강호 정의니 무림 도의니 하는 속박에서 자유로울 수 있으니 말이야."

갓 세워진 건물이라 송진 냄새가 코를 찔렀다.

서문취가 한창 내부를 청소 중에 있었다. 누가 지명한 것도 아닌데 그녀는 자연스럽게 태상각에 배속되었다.

백무향이 들어서자 서문취가 급히 허리를 굽혔다.

"태상님을 뵈옵니다."

"앞으로 허리도 굽히지 마."

"하오나……."

"청소는 대충 끝난 것이냐?"

"침소만 겨우 끝냈습니다."

"뭐, 이만하면 됐어."

백무향은 서문취의 손을 이끌고 침상으로 향했다. 그녀를 침상에 앉힌 그는 장삼을 벗어 서탁 위로 던졌다.

"벗어."

서문취의 얼굴이 울상이 되었다.

"태, 태상님?"

"감히 내 명을 거역하겠다는 거냐?"

"아, 아닙니다."

서문취는 등을 돌린 채 옷을 벗었다.

일전에 그를 유혹하려다 오히려 살을 섞은 적이 있지만 그 때와는 비교될 수 없는 상황이었다. 한낱 분타의 향주 급에 불과한 그녀가 태상을 모신다는 것은 성은에 해당되는 홍복이었다.

"땀 냄새가 심합니다. 몸을 씻고 오겠습니다."

"괜찮아. 향기로운데, 뭐."

백무향은 그녀의 등 뒤로 앉으며 매끄러운 어깨를 어루만졌다.

서문취는 움찔하다가 치마를 벗기 위해 허리띠를 끌렀다. 한데 백무향이 그녀의 손을 가볍게 쳤다.

"누가 다 벗으라고 했어? 허리를 꼿꼿이 펴고 앉아."

"예에……?"

"내가 아무리 여색을 밝힌다 해도 대낮부터 널 안을 수는 없잖아?"

백무향은 그녀의 백회혈에 오른손을 얹고 명문혈에 왼손을 밀착시켰다.

"널 측근 시위로 삼겠다. 앞으로 널 우습게보는 놈은 없을 거다. 물론 그만한 실력을 지녀야겠지.

"태상님?"

"너무 감격해할 것 없어. 내 여자는 지켜야겠다는 생각에 기경팔맥을 타통시켜 주려는 거니까. 적어도 소견처럼 악도에게 빼앗기는 일은 다시 없어야 돼."

백무향은 뇌천진기를 운기해 서문취의 경락으로 주입시켜 주었다.

서문취의 두 눈에 눈물이 그렁그렁 맺혔다.

처음에는 백무향의 은자를 갈취하기 위해 접근했다가 강제로 연분을 맺게 되었는데 이렇게까지 발전될 줄은 꿈에도 생각지 못했었다.

'내 여인이라고? 아, 태상님께서 날 그렇게 생각해 주실 줄이야……'

그녀는 비로소 그를 처음으로 사내로 생각했다. 사해문의 태상문주가 아닌 사내 백무향으로.

2

天邪城

성문 위에 부착된 거대한 현판은 곤명 대리국에서 들여온 푸른 대리석으로 제작된 보물이다. 흑도무림계를 평정한 천사성은 그 명성에 걸맞게 천하에서 가장 커다란 현판을 새겨 위엄을 과시했다.

한데 이 위대한 현판이 중대한 위기를 맞게 되었다.

콰아앙!

대폭음과 함께 현판에 새겨진 글자 중 '천(天)'이 훼손된 것이다.

성루에서 보초를 서고 있는 천사성 무사들은 입을 딱 벌린 채 석상처럼 굳어졌다. 그들은 이 엄청난 불경을 지켜보면서도 감히 한마디 불만도 표할 수 없었다.

천사성의 현판을 훼손한 사람은 과거 현판에다 직접 글자를 새긴 당사자였기 때문이다.

사중뇌 현사군이었다.

그의 몸에서는 여전히 분노와 자괴감에 의한 불꽃이 피어오르고 있었다. 핏발이 곤두선 두 눈은 악귀를 방불케 했다.

"카하핫!"

그의 광기 어린 웃음에 천사성의 성벽이 진동했다.

이때 성문을 통해 천사성 최고 수뇌들이 연이어 뛰쳐나왔다.

"허억! 감히 어떤 놈이 현판을 훼손한 것이냐!"

현판을 올려다보며 종이 깨지는 듯한 폭갈을 터뜨린 사람은 무려 구 척에 달하는 거인이었다. 짧은 갖옷만 걸쳐 우람한 근육이 그대로 드러나 있었다.

천사성주 패천사왕(覇天邪王) 현후곤(玄侯坤).

그는 현 무림의 흑도맹주이며 가장 강력한 패도의 소유자이다. 다소 부족한 지모는 아들이 대신해 주기에 그들 부자는 세상에서 가장 잘 어울리는 조합이었다.

현후곤은 아들을 보고는 가볍게 꾸짖었다.

"사군아, 대체 무엇을 하느라고 본 성의 현판이 박살 나는 것을 지켜만 보고 있었단 말이냐? 그 쳐죽일 놈이 대체 누구냐?"

"접니다."

"뭐, 뭐라고?"

현후곤은 잠시 주변을 쓸어보다가 아들을 직시했다.

"네가 지금 뭐라고 했느냐?"

"현판을 훼손한 사람은 바로 저입니다."

"허어!"

현후곤은 아들의 이마를 손으로 짚었다.

"이런, 몸이 불덩이야! 네가 지금 제정신이 아니로구나?"

"그렇습니다. 전 지금 이 세상을 파괴하고 모든 인간들을 죽이고 싶습니다. 세상을 피로 씻고 싶습니다!"

"그, 그래, 네가 원한다면 세상을 피로 씻자꾸나. 네가 원해서 이루어지지 않은 일이 어디 있었더냐? 너는 사중뇌가 아니더냐? 아니, 세상 최고의 두뇌를 지닌 네가 무엇을 못하겠느냐?"

현후곤은 아들을 한껏 높여주고는 목소리를 낮추었다.

"사군아, 이런 모습, 너답지 않구나. 어떤 상황에서도 냉정함을 잃지 않았던 네가 아니더냐? 아비의 과격함을 경계하던 네가 왜 이런 모습을 보이는 것이냐?"

현사군은 지그시 이를 물었다.

"부끄럽습니다, 아버님. 정말 부끄럽습니다."

현후곤은 아들의 어깨를 감싸 쥐었다.

"태옥교 때문이냐? 그 계집이 널 마다한 것이냐?"

현사군은 부친의 손을 밀어냈다.

"그 더러운 계집에 대해서는 거론하지 마십시오!"

"이런, 순결하며 청초하다고 소문난 계집에게 달리 사내가 있었던 것이냐?"

"창녀보다 더 추악한 계집입니다. 아버님, 우리는 지난 세월 동안 그 계집의 계략에 놀아난 꼭두각시에 불과했습니다. 모든 것은 그 계집의 두뇌에서 나왔습니다. 천사성은 아버님과 제가 만든 것이 아니라 그 계집이 계획에 의해 세워진 것입니다."

현후곤은 어색한 웃음을 지으며 아들의 등을 쓸어주었다.

"사군아, 네가 아마도 실연을 당했나 보구나. 하룻밤 푹 자고 나면 괜찮아질 게다. 세상에 어디 계집이 태옥교뿐이더냐?"

"아버님!"

현사군은 차갑게 가라앉은 음성으로 질책했다.

"제가 실연 따위에 무너질 사람이겠습니까?"

현후곤은 머리카락 한 올 없는 대머리를 긁적거렸다.

"이 녀석아, 자초지종을 얘기해 봐라. 아비는 도대체 네가 무슨 말을 하는지 이해할 수가 없구나."

"아버님은 깊이 이해하실 필요 없습니다. 참담한 굴욕과 수모는 저 혼자만으로 충분합니다."

현사군은 훌쩍 솟구치며 현판을 향해 날아갔다.

“차아앗!”
그는 소맷자락에 진기를 주입해 대리석 현판에 새로운 글
자를 새겼다.

血邪城

현판을 올려다보던 현후곤의 표정이 딱딱하게 굳어졌다.
“혈. 사. 성?”
바닥으로 내려선 현사군이 말을 받았다.
“그렇습니다. 이제 우리의 목표는 천하일통이 아닙니다.
태백궁의 철저한 파멸과 백도의 멸절입니다. 태옥교에 의해
세워진 천사성은 사라졌습니다. 복수와 증오로 탄생된 혈사
성이 있을 뿐입니다. 만일 우리 혈사성의 힘으로 부족하다면
오행마단의 힘을 빌어서라도 태백궁을 박살 내고 말겠습니
다.”
엄청난 공언에 현후곤은 입맛을 쩍 다셨다.
“사군아, 꼭 그리해야겠느냐?”
“그렇습니다.”
“오냐. 내 아들에게 수모와 굴욕을 안겨준 적이라면 아비
의 적이기도 하다. 당장 긴급 회의를 소집하겠다.”
현후곤은 주변을 향해 외쳤다.
“단주 급 이상은 모두 의사청으로 집결하라!”

의사청에 집결한 혈사성 수뇌들은 백 명에 달했다.

현후곤은 단상 위에서 지켜보았고, 회의를 주재하는 사람은 현사군이었다.

"혈사성의 이름으로 무림첩을 발부할 것이다. 소림, 무당을 비롯한 구파일방과 천하 일천 개 대소 문파에 전해라. 그 내용은 이렇다. 혈사성은 정식으로 태백궁과 건곤일척의 승부를 벌일 것이며 어느 누구의 개입도 원치 않는다. 누구든 끼어드는 방파는 적이든 동료든 멸문을 면치 못할 것이다!"

혈사성 최강 고수 급인 현명칠사(玄冥七邪) 중 수좌 혼극사(混極邪)가 신중한 모습으로 물었다.

"소성주, 진정 태백궁과 진검 승부를 벌일 생각이시오?"

"그렇소."

"자칫 천하를 상대로 싸워야 할지도 모르오."

"우려할 것 없소. 구파일방 중 누구도 태백궁을 지원하지 않을 것이오. 그들 역시 삼십 년 이래 계속된 태백궁의 유아독존에 염증을 느끼고 있으니까. 백도 놈들은 겉으로는 우호적인 태도를 취하고 있지만 그들 역시 태백궁의 와해를 내심 바라고 있소."

현사군은 의사청 탁자 위에 거대한 대륙천도를 펼쳤다.

"전쟁이 선포된 이상 태백궁과의 약조는 깨졌소. 현명칠사는 강소와 절강, 사천으로 진입해 본 성의 위엄을 널리 알리시오."

그는 현명칠사 중 다섯 명에게 진입 경로를 일일이 지시했
다. 현사군은 분노와 격동의 시간 속에도 태백궁을 괴멸시킬
방도를 구상해 두고 있었기에 그 계획은 철저했다. 지시를 받
은 수뇌들이 차례로 의사청을 나갔다.

한 시진 후 의사청에는 두 부자만 남게 되었다.

현후곤이 단상을 내려서며 기분 좋은 웃음을 터뜨렸다.

"카하핫! 역시 사중뇌로구나. 사군아, 과연 태백궁이 어떻
게 대응을 해올지 궁금하다."

"옥교 그 계집이 지은 죄가 있으니 당분간은 어떤 반격도
펼쳐 오지 않을 것입니다. 그동안 태백궁 총단이 위치한 안휘
성을 제외한 전 지역을 장악할 필요가 있습니다."

현사군은 한 잔의 술을 단숨에 들이켰다.

"그 후로는 국지전을 통해 태백궁의 전력을 약화시키다가
총공격을 펼칠 것입니다."

"태옥교는 몰라도 사도풍은 정면 대결을 펼치려 할 텐데?"

"사도풍도 광명신검이 폐관 수련에 든 이상 절대 궁을 비
우지 않으려 할 것입니다. 그들에게 있어 광명신검의 존재는
절대적이니까요."

"하핫, 이 아비야 싸움밖에 모르지 않느냐? 모든 전략과 계
책은 네가 주도해라. 아비는 그저 너를 따를 뿐이다."

현후곤은 아들의 잔에 가득히 술을 따라주었다.

이때 유난히 커다란 눈을 지닌 장한이 의사청 안으로 들어섰다. 천사오종 중 유일한 생존자인 안사였다.

"보고드립니다."

"말해라, 안사."

"뇌천공자 백무향이란 놈이 사해문의 태상문주가 되었다고 합니다."

"태상문주? 놈이 어떻게?"

"정보에 의하면 놈이 풍운마제의 절학 폭염열화주로 황금성제각을 박살 냈다 합니다. 자신이 풍문마제의 현신과 다름없기에 사당은 용납지 않겠다는 것이 의도라 하였습니다."

현후곤이 탁자를 내려쳤다.

"백무향! 놈이 사해문 총단에 있다면 당장 출동해 놈을 죽이겠다! 감히 본 성의 섬서 지부를 박살 낸 놈이니 이참에 사해문 버러지들과 함께 쓸어버리겠다!"

그의 엄청난 괴력에 자단목 탁자가 산산조각이 났다.

현사군은 턱을 만지며 한동안 생각에 잠기다가 물었다.

"안사, 넌 놈과 두 번씩이나 만났으니 놈에 대해 잘 알 것이다. 어떤 변화가 있었느냐?"

"첫 번째 대면 때 놈의 무공은 대단치 않았습니다. 갑작스런 폭염마공에 피해를 입었지만 차륜전으로 상대할 정도는 되었습니다. 한데 사해문 중경 분타에서 놈을 만났을 때는 절세고수가 되어 있었습니다. 뇌천검으로 정확한 초식을 구사했기에 저희로서는 도저히 감당할 수가 없었습니다.”

“뇌천검법을 익혔거나 다시 기억해 낸 것이겠군. 한데 놈이 왜 사천에 머물러 있었던 것이냐?”

“놈은 구만대산에서 함께 중원으로 건너온 소견이란 계집을 찾고 있습니다.”

“그래, 들은 적이 있군.”

“확실치는 않지만 오행마단 중 환희마궁이 무혼곡에 있었던 것 같습니다. 소견을 잡아간 무리가 환희마궁이기에 놈과 한바탕 격돌이 벌어졌다 합니다. 그 대결로 인해 놈은 부상을 입고 사해문 중경 분타로 옮겨졌으며, 환희마궁도 다른 곳으로 이주했습니다.”

“흐음, 정말 알 수 없는 놈이군.”

자리에서 일어선 현사군은 팔짱을 낀 채 천천히 걸음을 옮겼다.

“오행마단 중 하나인 환희마궁과 단독으로 맞서고도 죽지 않았단 말인가? 대체 놈의 무공 수위가 어느 정도일까?”

현후곤이 자신의 가슴을 탁 쳤다.

“무엇을 고민하느냐? 아비가 놈과 겨뤄보면 확실히 알게 되겠지.”

현사군은 다소 우려의 표정을 지었다.

“아버님, 만일 놈이 풍문대로 마정쌍제의 후예라면 감당하기 힘든 강적입니다.”

“카하핫! 아비는 도황의 절기를 터득한 몸이다. 설사 놈이 마정쌍제의 현신이라도 두렵지 않다.”

현후곤은 큰 걸음으로 의사청을 나갔다.

“가자!”

현사군은 안사 쪽으로 시선을 돌렸다.

“넌 환희마궁이 어디로 이주했는지 찾아내라.”

“예, 소성주.”

안사가 물러가자 현사군도 의사청 입구를 향해 걸음을 옮겼다. 그의 입가에 싸늘한 미소가 감돌았다.

“세상에 기적은 없다. 이백 년 전에 죽은 쌍제가 회생할 수는 없지. 놈은 그저 쌍제의 절기를 터득한 괴물일 뿐이다.”

제 20 장

참을 수 없는 유혹

1

기경팔맥이 타통된 서문취의 무공은 놀랍도록 빠르게 증진되었다.

백무향은 태상각 돌 계단에 걸터앉아 서문취의 검법을 물끄러미 지켜보고 있었다.

그는 자신이 구사할 수 있는 유일한 검법인 뇌천검법을 서문취에게 가르쳐 주었다. 뇌천검법은 뇌천검을 지녀야만 완벽한 초식을 구사할 수 있지만, 워낙 뛰어난 절기이기에 서문취는 평범한 장검으로도 상승검법의 위력을 발휘했다.

백무향은 맛있게 술을 한 모금 들이켰다.

'아직 공력이 부족해 검기가 제대로 발출되지 않는군. 최

소한 검기는 뿜어내야 뇌천검법으로 손색이 없는데 말이야.'

이때 문주 노자광이 태상각 정원으로 들어섰다.

"태상을 뵈옵니다."

백무향은 손짓으로 그를 불러 올렸다.

"그래, 어찌 되었소?"

"태상의 지시대로 사천성에 있는 모든 분타에 전서구를 띄워 환희마궁에 대한 수색을 지시했습니다. 잠시 전 몇몇 분타에서 답신을 보내왔는데 호북성 일대에서 은밀한 세력의 흔적을 찾아냈다 하오이다."

"은밀한 세력? 하기는 오행마단은 다섯 분파로 갈라져 있으니 환희마궁과 지옥마부 외에 다른 놈들도 있겠지. 다른 마단도 상관없으니 정확한 소굴을 알아내시오. 어느 놈이든 잡아다 족치면 환희마궁의 소재를 알아낼 수 있을 테니까."

"알겠습니다, 태상."

노자광은 검법을 수련하고 있는 서문취를 잠시 응시하다가 다시 백무향에게 아뢰었다.

"태상, 어떤 연유인지 몰라도 천사성이 혈사성으로 개명을 한 후 태백궁과의 정면 대결을 공포했소이다."

"본래 싸울 놈들이 아니었던가?"

"태백궁의 대공녀와 현사군은 각별한 관계입니다. 비록 정사를 대표하는 문파이지만 정면 대결을 펼칠 사이가 아니지요. 더군다나 이번 지시는 현사군이 대공녀와 십 년 만에 해후한 이후 즉각적으로 내려졌다 합니다."

백무향은 기품 어린 용모의 태옥교를 떠올리고는 터무니없는 상상을 했다.

'태옥교는 현사군과 앞날을 약속한 사이다. 한데 서로 만난 후 느닷없이 전면전을 벌인다고? 혹시 옥교가 날 마음에 두고 현사군과의 정혼을 깬 것 아닐까? 아무리 생각해도 이유는 그것밖에 없는 것 같군.'

그의 입가에 절로 미소가 감돌았다.

한데 이때였다. 요란한 경종 소리가 낙척산 일대를 진동시켰다.

급히 태상각 정원으로 들어선 순찰총감이 보고를 올렸다.

"급보입니다! 천사성, 아니, 혈사성에서 패천사왕과 사중뇌를 위시한 정예 군단이 대거 쳐들어왔습니다!"

노자광의 안색이 창백하게 변했다.

"뭐, 뭐야? 혈사성주가 직접 나섰단 말이냐?"

수련을 중단하고 돌 계단으로 올라선 서문취 역시 침통한 표정을 지었다.

"혈사성의 침공은 예상했지만 패천사왕까지 나설 줄은 몰랐습니다. 놈들의 목적은… 이곳 총단의 괴멸일 겁니다."

자리를 털고 일어선 백무향이 계단을 내려갔다.

"내가 있는데 무슨 걱정이냐? 다시는 사해문을 넘볼 생각을 못하게 만들어주겠다."

그는 정원을 가로지르며 짤막하게 외쳤다.

"사대호법!"

풍운사로가 좌우로 내려서며 손을 모았다.

"대령했소이다, 태상."

"손님이 찾아온다니 마중을 나가야겠소. 놈들이 피라도 흘리면 공연히 총단이 더럽혀지니 말이오."

"신명을 바쳐 싸우겠소이다!"

낙수 변 평지.

갈대 숲을 옆으로 끼고 혈사성 무사들이 포진해 있었다.

대략 삼백여 명. 대규모 병력은 아니지만 혈사성의 정예들이기에 거대문파의 전력과 버금갈 정도였다.

현후곤은 호피가 깔린 태사의에 당당히 앉아 있었다. 좌우에는 현사군과 현명칠사 중 한 명인 철혈사(鐵血邪)가 시립해 있었다.

현사군은 스산한 회색 빛 하늘을 올려다보고 있었다.

그에게 있어 사해문 따위는 관심 밖이었다. 피해를 입었을 경우 반드시 보복한다는 규정을 앞세워 그의 부친이 직접 출동했지만, 그는 줄곧 태백궁의 대응을 보고받고 있었다.

진정한 원수는 태옥교였다.

현사군은 자신이 받은 굴욕과 수모를 어떻게 갚아야 할지가 가장 큰 고민이었다.

그는 태옥교가 너무 쉽게 굴복하는 것도 원치 않았다. 자신이 당한 정신적 타격 이상으로 그녀를 괴롭히고 고통스럽게 만들어야만 직성이 풀릴 것 같았다.

이때 낙척산 자락을 타고 사해문 제자들이 낙수 변으로 내려오기 시작했다.

사해문 제자들은 대부분 허름한 복장인 데다 대오도 제대로 갖추지 않아 오합지졸처럼 보였다. 그들 중 일부는 병기 대신 농기구를 쥐고 있기도 했다. 동원된 제자들은 칠백 명 정도로 노약자를 제외한 사해문 총단의 전력이었다.

백무향은 노자광과 서문취, 사대호법인 풍운사로 등 수뇌급들을 대동하고 앞으로 나섰다.

현후곤이 손을 내밀자 철혈마군이 육중한 언월도를 바쳤다. 그는 거드름을 피우며 천천히 몸을 일으켰다.

"어떤 놈이 백무향이냐?"

백무향이 십 보 거리를 두고 그와 마주 섰다.

"나다."

"큭, 어린 놈이로군."

"내가 보기에는 네가 더 풋내기다. 네 할아비의 할아비가 살아 있어야 나와 동년배일 테니까."

현후곤의 이가 빠드득 갈렸다.

"이런 호로새끼를 보았나!"

그의 언월도가 그대로 내리꽂혔다.

촤아악!

엄청난 도기가 지표를 가르며 뻗어나갔다. 도기의 높이가 무려 열 길에 달했다. 도기는 지진이 일어난 듯 지표를 갈랐다.

"엇?"

백무향은 가공할 위력에 흠칫 놀라 옆으로 비켜섰다.

그를 지나친 도기는 그대로 뻗어나가 배후에 도열해 있던 사해문 제자들을 강타했다. 미처 피하지 못한 제자 십여 명이 참혹하게 쪼개졌다.

현후곤은 회심의 광소를 터뜨렸다.

"카하핫, 형편없는 겁쟁이로구나! 명색이 태상문주라는 놈이 제 목숨이 아까워 수하들을 죽인단 말이냐?"

백무향의 표정이 싸늘하게 굳어졌다. 자존심이 몹시 상했다.

"받아라!"

뇌천검이 뽑히는 순간 사위의 빛을 흡수한 섬광이 벼락처럼 내리꽂혔다.

번쩍―!

뇌천검법 중 무형섬쾌광이었다.

현후곤은 지독히 강렬한 광휘에 움찔 놀라 옆으로 이동했다.

그를 스쳐 간 번갯불은 곧장 날아가 포진해 있는 혈사성 제자들을 강타했다. 혈사성 제자들은 상부의 명령이 없는 한 함부로 대오에서 이탈할 수 없기에 두 눈 멀쩡히 뜬 채 번갯불을 맞았다.

폭음과 함께 스무 명에 가까운 제자들이 죽거나 중상을 입었다.

이번에는 백무향이 통쾌한 웃음을 터뜨렸다.

"하하핫, 너도 어쩔 수 없군!"

현후곤의 두 눈에서 불똥이 튀었다.

"으으, 이 악독한 놈!"

지켜보던 현사군이 나서며 부친을 진정시켰다.

"존체를 생각하십시오, 아버님. 제가 잠시 상대해 보겠습니다."

"으음, 오냐."

현후곤은 아들의 의견을 중시하기에 뒤로 물러나 태사의에 앉았다.

현사군을 훑어본 백무향이 먼저 물었다.

"네가 사중뇌라는 현사군이냐?"

"그렇다."

"너희 두뇌가 태옥교보다 더 뛰어나다 하던데 사실이냐?"

"그 교활하고 추악한 계집애에 대해서는 거론하지 마라."

"좋다. 한 가지만 묻겠다. 혹시 환희마궁의 소재에 대해 알고 있느냐?"

"알고 있다 해도 내가 왜 그걸 네게 알려주어야 하느냐?"

백무향은 뇌천검을 내보였다.

"네가 천사오종을 보내 내 뇌천검을 빼앗으려 했지 않느냐? 네가 탐욕을 부리지 않았다면 사해문 제자들이 핍박을 당하는 일도 없었을 것이다. 당연히 내가 널 징계해야 하지만 환희마궁의 소재를 밝히면 널 용서해 주겠다."

현사군은 가소롭다는 조소를 흘렸다.

"크흣, 세상의 풍문이 과연 사실이로군. 네가 스스로를 뇌천검제이거나 풍운마제의 현신으로 자처하는 미친놈이라 하더군. 내가 보기에도 확실히 미쳤어. 감히 누구를 용서하겠다는 것이냐?"

"그렇다면 사중뇌로 불리는 네놈이 한번 설명해 보아라. 내가 어떻게 뇌천검을 뽑을 수 있고 화염폭풍을 구사할 수 있는지 말이다."

"무림사 이래 뇌천진기를 지닌 사람은 뇌천검제가 처음이 아니다."

백무향의 기세가 대번에 꺾였다.

"뭐야? 처음이 아니라고?"

"그렇다. 벽력자나 천뢰혈공(天雷血公) 같은 고인도 뇌천진기를 흡수해 진기로 변환시킨 사람들이다. 다만 뇌천검제는 뇌천검을 지닌 데다 정파맹주로 추대되는 바람에 특별하게 부각된 것이다."

백무향은 그의 해박한 지식에 내심 감탄을 금치 못했다.

'어째 이놈이 태옥교보다 더 똑똑한 것 같군.'

현사군은 뒷짐을 진 채 천천히 걸음을 옮겼다.

"네가 어떻게 뇌천진기를 지녔는지 몰라도 전혀 불가능한 일은 아니다. 또한 뇌천검에는 강력한 뇌천진기가 담겨 있기에 너의 뇌천진기가 점점 강해질 수 있는 것이다. 그리고 화염폭풍은 강력한 열양진기를 지닌 자라면 누구나 구사할 수는 수법이니 그 정도로 풍운마제임을 자신할 수 없다."

"훗, 네 말을 들으니 정말 내가 미친놈이로군. 하지만 어쩌겠냐? 내가 분명 풍운마제일 가능성이 높으니 말이다."

백무향은 어린아이를 대하듯 그를 꾸짖었다.

"현사군, 네가 얼마나 나쁜 놈인지 몰라도 명석한 두뇌는 인정하겠다. 본 문은 백도 정파가 아니니 네가 태백궁과 정면 대결을 펼친다 해도 알 바 아니다. 즐거운 심정으로 지켜볼 테니 조용히 물러가라. 본 문과 맞서려 했다가는 태백궁과 맞서기도 전에 괴멸될 것이다."

현사군은 잠시 그를 응시하고는 몸을 돌렸다.

"천만에. 죽을 놈들은 사해문 버러지들이다."

진영으로 돌아온 현사군이 철혈사에게 출전을 명했다.

"한번 겨뤄보시오."

"예, 소성주."

철혈사는 허리에 감은 쇠사슬을 풀어 쥐고는 앞으로 나

섰다.

"어느 놈부터 죽겠느냐?"

백무향이 서문취를 돌아보며 물었다.

"취, 이놈은 누구냐?"

"혈사성 현명칠사 중 한 명인 철혈사입니다."

"센 놈인가?"

"혈사성 내에서 열 손가락 안에 드는 자로 알고 있습니다."

"그래?"

백무향은 풍운사로 중 한 명을 호출했다.

"삼로, 겨뤄보시오."

"존명."

삼로가 나서며 죽봉을 비껴 쥐었다.

양측 제자들은 반원형을 이뤄 포진하였고, 한복판이 결전장이 되었다. 철혈사군이나 풍운사로 중 삼로는 양측의 수뇌급이기에 싸우기 전부터 팽팽한 긴장감이 감돌았다.

싸움이 빈번한 강호무림에서도 초절정 급 고수들 간의 대결은 극히 드문 경우에만 이루어진다. 어느 누구라도 패배할 경우에는 사문과 개인의 명성에 치명적인 훼손을 가져다주기 때문이다.

쇠사슬을 쥔 철혈사와 죽봉을 비껴 쥔 삼로는 서로를 직시한 채 대치 상태를 유지했다.

섣부른 공격을 삼가는 것이 고수들의 면모다. 하수들은 자신의 무공과 의욕에만 앞세우지만 고수들은 상대의 역량을 먼저 헤아린다. 상대를 헤아릴 수 있는 안목을 지닌 자가 승리할 가능성이 더 높다.

서로에 대한 확인이 끝나자 철혈사가 먼저 공격을 펼쳤다.

"철혈횡사!"

쇠사슬은 마치 살아 있는 생체처럼 길게 뻗어나가며 삼로를 휘감았다.

삼로는 과감하게 쇠사슬 속으로 뛰어들며 죽봉을 휘둘렀다.

"현풍마운!"

죽봉이 십수 개의 그림자를 그리며 쇠사슬을 강타하고 철혈사군의 머리로 내리꽂혔다. 철혈사군은 훌쩍 솟구쳐 오르며 쇠사슬을 맹렬하게 휘둘렀다.

퍼퍼퍼펑—!

잇단 폭음 속에 두 사람은 현란한 그림자를 일으키며 격전을 벌였다.

현사군은 격돌의 상황을 직시하며 가볍게 미간을 찌푸렸다.

'풍운사로가 사해문의 수호신이라는 말이 헛된 풍문은 아니로군. 철혈사군과 버금갈 정도라면 버러지들의 방파는 아니다.'

십여 초가 지났을까?

쇠사슬과 죽봉이 교차되면서 철혈사군이 뒤로 밀렸다.

"차앗!"

삼로는 힘찬 기합성과 함께 죽봉을 비스듬히 내려쳤다. 승리를 확신하는 공세였다.

철혈사군은 죽봉의 공세를 피하지 않은 채 쇠사슬에 공력을 주입시켜 검처럼 내질렀다. 패배의 수모보다 양패구상을 선택한 것이다.

"크윽!"

"허억!"

답답한 신음과 함께 두 사람이 각기 비틀거리며 물러섰다. 철혈사군은 한 팔이 떨어져 나갔고, 삼로는 옆구리가 관통되는 중상을 입었다. 형세는 삼로의 우세였지만 결과는 대등했다.

풍운사로 중 둘이 나서 삼로를 부축했다.

현사군은 철혈사의 혈도를 찍어 출혈을 막아주었다.

"혈사성의 명예를 높여준 대결이었소."

"송구하오이다, 소성주."

"먼저 귀환하시오."

혈사성의 단주들 몇이 나서 철혈사를 부축해 동행했다.

양측 수뇌 급들의 일전이 승부를 가리지 못하자 현후곤이 목을 좌우로 움직이며 앞으로 나섰다.

"백무향, 너희 사해문이 버러지들의 문파라는 말은 취소하겠다. 풍운사로 중 하나가 본 성 철혈사와 대등하게 싸웠다면 대문파로서의 자격이 충분하다.”

“오냐. 이제야 눈뜬장님에서 깨어났구나.”

“큭, 오판하지 마라. 본좌가 한낱 버러지들을 상대로 직접 나섰다는 오명을 듣기 싫어서다.”

철저한 무시에 백무향의 표정이 차갑게 굳어졌다.

“너희들이 혈사성이든 천사성이든 상관없다. 또한 백도 정파이든 마도의 악적이든 개의치 않겠다. 날 농락한 놈은 용서할 수 없고, 사해문을 모욕한 놈 역시 가만두지 않겠다.”

그가 분연히 앞으로 나서자 현후곤 역시 언월도를 꼬나 쥐고는 성큼성큼 걸음을 옮겼다. 강렬한 광휘가 피어오르며 두 사람의 기합성이 터져 나왔다.

“풍운만파섬!”

“창랑도천파!”

당대 최강 반열에 이른 절대고수였지만 그들은 마치 삼류고수들의 대결처럼 탐색전도 없이 곧바로 격전에 돌입했다.

뇌천검의 번갯불이 허공을 수놓고 언월도의 도기가 지표를 갈랐다.

쾨— 콰콰쾅!

가히 하늘과 땅이 뒤바뀌는 대격돌.

괴력의 소유자인 현후곤은 도황의 도법과 더불어 권공까지 발출했다. 백무향은 검강을 일으켜 도기를 막아내고는 폭염마공을 운기했다.

"차아앗!"

화려한 불꽃이 피어오르며 엄청난 화염폭풍이 몰아쳤다.

"엇?"

현후곤은 전신을 태울 열기에 깜짝 놀라 권공을 회수하며 급히 뒤로 미끄러졌다. 그의 신속한 퇴각에도 불구하고 용포 자락 일부가 불꽃에 그슬렸다.

지켜보던 현사군의 눈망울이 세차게 흔들렸다.

'풍문이 사실이로군. 놈은 뇌천진기와 폭염마공을 동시에 지니고 있다. 하지만 공력을 운용하는 방법이 다를 텐데 어떻게 한 몸에 양대진기를 지닐 수 있단 말인가? 설마 전설적인 양심신공을 지녔단 말인가?'

현후곤의 얼굴에 섬뜩한 살기가 피어올랐다.

"크흐흐, 좋아! 모처럼 적수를 만나 아주 기쁘구나. 네놈에게 도황의 진정한 절기를 보여주겠다."

백무향은 그를 향해 뇌천검을 겨누었다.

"너의 마지막이 될지 모르니 최강의 초식을 펼쳐야 할 것이다. 저승에 가서 후회는 하지 않아야 하니까."

"으득, 이 새끼!"

현후곤은 언월도를 자신이 몸에 바싹 붙이며 극한의 공력을 운기했다. 사위로 섬광이 뿜어지며 그의 몸이 언월도와 합치되었다.

뇌자광이 경악에 젖어 급히 몸을 솟구쳤다.

"어도술(御刀術)이다! 최대한 물러서라!"

현사군 역시 지시를 내려 혈사성 정예들을 뒤로 물렸다. 곧 펼쳐질 엄청난 격돌의 여파를 우려해서였다.

일순 칼 속에 몸이 스며든 언월도가 둥실 떠올랐다.

번쩍―!

눈부신 섬광이 폭사되며 한줄기 광선이 허공을 가로질렀다. 지표면이 폭발하며 깊은 흔적이 새겨졌다.

백무향은 아직 뇌천검법의 마지막 초식을 터득하지 못했기에 어검술의 경지에는 이르지 못했다. 문득 그는 태무건이 가르쳐 준 검강을 떠올리며 두 손으로 뇌천검을 움켜쥐었다.

검극에 뇌천진기를 운집한 그는 힘차게 뇌천검을 내려쳤다.

"차앗!"

그물 같은 검강이 피어오르며 빛이 되어 날아드는 현후곤을 휘감았다.

콰쾅!

마치 세상이 무너지는 듯한 굉음.

아찔한 섬광이 교차되면서 사나운 폭풍이 지표를 휩쓸었다. 십 장 이내는 폐허가 되었고, 수십 장 밖으로 피신한 양측의 제자들 상당수가 폭음에 의한 음공에 내상을 입고 말았다.

하늘까지 피어오른 자욱한 흙먼지가 가라앉기까지는 제법

시간이 지나서였다.

"으윽……!"

백무향은 한쪽 무릎을 꿇은 채 뇌천검을 지팡이 삼아 짚고 있었다. 몸 우반신이 온통 피투성이였다. 허연 가슴뼈가 드러날 정도로 심한 관통상을 입고 말았다.

서문취가 주르륵 눈물을 흘렸다.

"흑흑, 태상님."

반면 현후곤은 비교적 가벼운 경상만 입은 상태였다. 용포가 베어지며 굳건한 상반신이 드러났지만 피부에 몇 줄기 혈흔이 그어진 부상에 불과했다.

"카하핫! 역시 네놈은 뇌천검제의 제자에 불과하다. 네가 전설의 검제라면 어도술 정도를 못 막았겠느냐?"

현후곤은 언월도를 어깨에 얹고는 빠른 걸음으로 다가섰다. 백무향을 쪼갤 기세였다.

백무향은 뇌천검을 회수하고는 힘겹게 몸을 일으켰다.

"아직 끝나지 않았다!"

그는 왼손을 높이 쳐들었다.

열양진기가 운집되면서 장심이 벌겋게 달아올랐다. 이어 붉은 구슬 같은 정화가 형성되었다.

현사군이 하얗게 질려 외쳤다.

"폭염열화주?"

그가 절정의 신법을 발휘해 날아들었다.

"아버님, 맞서지 마십시오!"

백무향은 분노가 실린 폭염마공을 냅다 발출했다.

"죽어라!"

폭염마공의 정화인 폭염열화주가 한줄기 광선이 되어 허공을 가로질렀다.

고오오오!

바람 소리는 웅장했고, 세상의 빛이 순간적으로 소멸되었다. 아득한 암흑 속에 오직 붉은 불덩이만 보일 뿐이었다.

현후곤은 힘찬 기합성과 함께 언월도를 쳐들어 폭염열화주를 갈랐다. 위기를 감지했지만 물러서지 않은 오기는 그의 강한 자존심 때문이었다.

콰앙―!

고막을 강타하는 폭음과 함께 불꽃이 쏟아져 내렸다. 마치 천신의 분노에 의해 쏟아지는 불벼락인 듯했다. 현후곤의 몸이 삽시간에 불길에 휩싸였다.

"아버님!"

현사군은 급히 피풍의를 펼쳐 부친의 몸을 휘감고는 호신강기를 발출했다. 화염폭풍은 순식간에 칠 장 이내를 불태우고는 스러졌다.

현사군은 부친이 몸에 붙은 불꽃을 끄며 상세를 살폈다.

"아버님, 괜찮으십니까?"

내상과 더불어 심한 화상을 입은 현후곤은 턱을 덜덜 떨었다.

"가… 가자, 사군아."

현사군은 부친을 안아 들고는 바람처럼 몸을 날렸다.

"퇴각한다! 경호해라!"

혈사성 제자들은 현사군 주위를 겹겹이 에워싸며 붉은 구름처럼 멀어져 갔다.

급박한 상황이 종료되자 백무향은 털썩 주저앉았다.

"젠장, 정말 강적이었어!"

노자광과 서문취가 그를 부축했다.

"태상!"

"태상님, 괜찮으세요?"

백무향은 가슴의 깊은 상처를 살피며 신경질적으로 소리쳤다.

"취, 네 눈에는 내가 괜찮아 보여?"

사해문 태상각.

백무향은 침상에 비스듬히 기대앉아 있었다.

천으로 두툼하게 상처 부위를 동여맸지만 뼈가 드러날 만큼 상처가 깊어 몹시 쓰라렸다. 사해문 총단에는 평범한 금창약뿐이라 약을 듬뿍 발라도 큰 효과가 없었다.

서문취가 죽을 떠서 백무향에게 먹여주었다.

"낙수에서 갓 잡은 잉어로 어죽을 끓였어요."

"만년화리로 끓여야 약발이 잘 듣잖아?"

"태상님도 참, 만년화리 같은 세상의 영물을 어떻게 잡을 수 있겠어요?"

"아니면 만금을 써서라도 사 오던가. 내가 너희들의 태상이잖아? 혈사성 놈들 막아주느라 이 꼴이 되었는데 돈 몇 푼을 아껴?"

백무향이 수저를 밀치자 서문취가 정중히 허리를 굽혔다.

"저희 모두는 태상님의 하해와 같은 은혜에 감격하고 있습니다. 죽을 목숨을 구해서가 아니라 본 문 제자들 모두가 고대하던 부흥의 시대가 왔기 때문입니다. 태상님께서는 창건 조사님의 현신이라 해도 과언이 아닙니다."

"당연하지. 내가 풍운마제인데."

"창건 조사님께서는 사치와 허영을 금하셨습니다. 그래서 총단 내에 귀한 보물이며 값진 약재조차 둘 수 없었습니다. 이 점을 깊이 헤아려 주십시오."

백무향은 물끄러미 서문취를 바라보다가 편안히 기대앉았다.

"죽을 마저 먹자. 싱싱한 생선의 기운이 느껴지는구나."

"감사하옵니다."

서문취는 죽을 호호 불어 식혀서 백무향의 입에 넣어주었다.

죽 한 그릇을 말끔히 비운 백무향은 서문취의 시중을 받아 얼굴을 씻고 머리도 빗었다. 공연히 미안한 생각이 들어 그가 넌지시 물었다.

"내가 시녀처럼 부려먹는 게 싫지?"

"당치 않으십니다. 태상님을 모실 수 있게 되어 영광입니다. 모두가 저를 부러워하는 걸요?"

"그래?"

백무향은 싱긋 웃으며 자세를 바꾸어 걸터앉았다.

"바람 좀 쐬자."

"아직 부상이 심하세요. 며칠 더 요양하셔야 합니다."

"괜찮아. 내가 원래 무쇠처럼 단단했는데 요즘 들어 많이 약해졌어. 그래도 회복 속도는 빨라."

백무향이 몸을 일으키자 서문취가 얼른 그를 부축했다. 그를 그녀의 어깨에 팔을 두르며 나직이 속삭였다.

"취, 내가 그래도 책임은 질 줄 아는 놈이야. 널 모른 체하지는 않겠어."

"태상님……."

서문취는 감동에 젖어 양 볼을 발갛게 물들였다.

두 사람이 태상각을 나서자 사대호법 중 셋이 내려서며 예를 올렸다.

백무향은 호법들을 쓸어보며 물었다.

"삼로는 좀 어떻소?"

"요혈과 뼈를 상해 회복이 늦어지고 있소이다."

"흐음, 반사귀선을 찾아가 영단이라도 구해와야겠군. 그 노인네 영단은 죽은 사람도 살릴 만큼 신통하니 말이야."

서문취가 놀란 눈으로 물었다.

"귀선님의 의술은 대단하지만 무척 괴팍하신 분이라 치료를 받기가 쉽지 않다고 들었어요. 한데 귀선님을 만난 적이 있으세요?"

"물론이지. 지난번 네가 날 중경 분타로 옮기기 전에 반사귀선한테 치료를 받은 적이 있었어. 덕분에 소수마후에게 치명상을 당하고도 살아날 수 있었던 거지."

백무향은 조심스럽게 상체를 좌우로 틀었다. 다행히 뼈와 신경이 다치지 않아 운신이 가능했다.

이때 사해문주 노자광이 작은 함을 옆구리에 끼고 태상각 정원으로 들어섰다.

"태상을 뵈옵니다."

"어서 오시오, 문주."

"태상께서는 과연 신인이십니다. 정보에 의하면 혈사성주 혈후곤은 심한 화상과 내, 외상으로 한동안 치료를 받아야 할 상황이라 하였는데 태상께서는 이렇듯 건재하시군요."

백무향은 짐짓 어깨를 으쓱거렸다.

"하핫, 패천사왕이란 자가 그런 꼴이 되었으니 세상이 발칵 뒤집혔겠군."

"이제 어떤 방파도 감히 본 문을 무시하지 못할 것입니다.

모두 태상문주 덕분입니다."

노자광은 정중히 허리를 굽히고는 함을 바쳤다.

"받아보십시오."

"이게 뭐요?"

"잠시 전 태백궁에서 보내온 물건입니다. 태상께 드리는 대공녀의 예물이라 하였습니다."

"태옥교가?"

백무향은 다소 들뜬 심정으로 함을 열어보았다. 함 속에는 밀랍으로 싸인 두 개의 환약과 한 통의 서찰이 들어 있었다. 서찰을 펼쳐 든 그는 싱긋 미소를 짓고는 품속에 넣었다.

"일로, 이 영단을 가져가 반은 삼로의 상처에 바르고 반은 복용시키시오. 수일 내로 완쾌될 것이오."

영단을 받아 든 일로가 의아한 눈빛으로 물었다.

"대체 어떤 영단입니까?"

"반사귀선의 반사속명단이오."

"오오!"

모든 사람들이 환한 표정으로 서로를 바라보았다.

백무향은 밀랍에 싸인 또 하나의 영단을 집어 들고는 회심의 미소를 지었다.

"혈사성의 노골적인 도전을 본 문이 대신 막아주어 고맙다는 뜻이 아니겠소? 나와 삼로가 부상을 당한 소식을 듣고는 영단을 보낸 것이오. 정보력도 대단하지만 마음 씀씀이도 정말 마음에 들어."

그가 노골적으로 태옥교를 두둔하자 서문취의 낯빛이 다
소 흐려졌다.

전각으로 돌아온 백무향은 붕대를 풀어내고 영단의 반을
으깨 상처 부위에 발랐다. 나머지 절반을 복용한 그는 운공조
식도 하지 않고 뇌천검을 집어 들었다.

서문취가 그에게 장삼을 입혀주며 물었다.

"출타하시게요?"

"그래."

"대공녀가 태상님을 뵙자는 서찰을 보내온 것이었군요?"

"자신이 안휘성을 떠날 수 없어 경계 지역인 계수(界首)에
서 만나자고 하더군."

"소녀가 모시겠습니다."

서문취가 따라나서자 백무향이 점잖게 손을 내저었다.

"중요한 회동이라 하니 나 혼자 가겠다."

"태상님, 아직 부상 중이십니다. 혈사성 무리들이 곳곳에
서 태상님을 노리고 있을 텐데 어찌 혼자 출타하려 하십니
까?"

"혈사성주인 패천사왕도 날 어쩌지 못했는데 조무래기들
이 내 상대가 되겠느냐?"

백무향은 서문취의 볼을 가볍게 다독여 주었다.

"수일 내로 돌아오마."

2

안휘와 하남의 접경지 계수.

산 전체가 붉게 물든 정경은 한 폭의 그림이었다. 산허리로 한 채의 장원이 세워져 있는데 주변은 발 디딜 곳 없는 벼랑이었다. 이런 험지에 장원이 세워져 있다는 것이 경이로움 그 자체였다.

백무향은 깊지 않은 하천의 수면을 밟고 벼랑 위에 세워진 벼랑 위로 훌쩍 뛰어올랐다.

단풍나무를 배경으로 세워진 장원은 아담했다. 벼랑 가에 세워진 누각과 본당, 작은 곁채가 있을 뿐이었다.

백무향은 내려다 보이는 풍광을 감상하며 나직이 감탄을 발했다.

"훌륭해. 세상 시름을 잊고 살기에 딱 좋은 곳이로군."

그가 정원으로 들어서자 본당에서 한 여인이 그를 마중 나왔다.

"어서 오십시오, 공자."

그녀를 물끄러미 바라보던 백무향은 자신의 눈을 의심했다.

푸른 피풍의 아래로 보이는 하얀 옷은 올이 성긴 망사라 속옷과 피부가 은은히 내비쳐 보였다. 관능적인 몸매의 소유자는 아니었지만 여인은 속살을 드러내는 것만으로 세상을 유혹하기에 충분할 미모를 지녔다.

바로 십전옥봉 태옥교였다.

평소답지 않게 곱게 화장까지 한 그녀는 그야말로 꽃의 아름다움이며 달의 자태였다. 칠채 머리 장식이 눈부셨고 귀에 달린 귀고리가 하늘하늘 춤을 춘다.

백무향은 그녀에게 풍기는 그윽한 여인의 향기에 가슴이 울렁거렸다.

"하하. 대공녀, 이렇듯 고운 모습을 왜 여태 숨기고 있었던 것이오?"

"과찬이십니다. 어서 드시지요."

"그럽시다."

백무향은 그녀의 안내를 받아 전각 안으로 들어섰다.

탁자에는 풍성한 요리가 준비돼 있었다. 요리를 담은 접시가 아름다웠고 술잔 또한 장인의 손에 의해 구워진 명품으로 보였다.

백무향이 좌정하자 태옥교가 손수 술을 따라주었다.

"어렵게 구한 술입니다."

독특한 술 향기를 음미한 백무향이 눈을 번쩍 떴다.

"울금향? 이거 울금향이 아니오?"

"그렇습니다. 과거 풍운마제께서 가장 사랑했던 술입니다. 워낙 비싼 술이라 특별한 날에만 드실 수 있었지요."

“대공녀는 내가 풍운마제임을 확신하는 거요?”

“물론 뇌천무제께서도 울금향을 즐겨 드셨습니다. 두 분이 친구 사이라 술 취향도 같았나 봅니다.”

백무향은 전대 고수들의 별호가 거론되자 가벼운 두통을 느끼며 관자놀이를 문질렀다.

“대공녀, 마정쌍제에 대한 얘기는 그만둡시다. 머리가 아파서 말이야.”

“알겠습니다.”

태옥교는 잔잔한 미소를 머금고는 백무향과 건배를 했다.

단숨에 술잔을 비운 백무향은 혀로 느낀 울금향의 맛을 한껏 되새겼다.

“그래, 역시 울금향이로군. 세상에서 오직 울금향만이 이런 깊은 맛을 지닐 수 있지.”

태옥교가 다시 그의 술잔을 채워주었다.

“공자를 위해 충분히 준비해 두었으니 마음껏 드십시오.”

“나야 고맙지만 왜 이렇게 날 환대하는 거요?”

“백 공자께서는 충분히 그만한 자격이 있으십니다. 소녀의 아버님을 구해주신 은혜는 평생을 갚아도 다 못 갚을 겁니다.”

“이미 뇌천검보를 받았지 않았소? 게다가 대공녀가 세 도적놈한테 죽을 뻔한 나를 구해준 보답이니 더는 개의치 마시오.”

백무향은 다시 술잔을 비우자 태옥교는 요리를 접시에 담아 그 앞에 내려놓았다.

"소녀가 직접 만든 요리입니다. 맛없다 흉보지 마십시오."

"하하, 이거 영광이군."

백무향은 요리를 몇 점 먹어보고는 혀를 내둘렀다.

"정말 대공녀가 직접 요리를 했단 말이오?"

"그렇습니다."

"내가 보기에 대공녀의 십전 중 하나가 요리인 것 같소. 내 평생 이렇듯 맛있는 요리는 처음이오."

"과찬이십니다."

태옥교는 매혹적인 미소를 짓고는 그와 더불어 술과 요리를 먹고 마셨다.

백무향이 초어찜을 접시에 덜며 말했다.

"지난번 대공녀가 일러준 대로 무흔곡에서 환희마궁을 찾아낼 수 있었소. 한데 소수마후 할망구가 지닌 이상한 반지에 맞아 그만 벼랑으로 떨어지는 바람에 분하게도 소견은 만나지도 못했소."

"상세한 얘기를 듣고 싶습니다."

태옥교가 청하자 백무향은 환희마궁에서 소수마후와 겨루었던 상황을 소상하게 들려주었다.

태옥교의 안색이 찌푸린 하늘처럼 흐려졌다.

"백 공자는 소수마후의 오행마환에 의해 당한 것입니다.

오행마환은 마황삼보 중 하나로 금강불괴지신이라도 파괴하
는 무서운 마물이지요. 한데 소수마후가 파천마검까지 지녔
을 줄은 몰랐습니다."
  "마후의 검법은 형편없었소."
  "마황진경을 수련하지 못해서 그럴 겁니다. 파천마검은 비
록 삼성의 절기에 의해 동강 났지만 여전히 뇌천검과 버금갈
위력을 지닌 절대적인 마검입니다."
  술잔을 마저 비운 백무향이 물었다.
  "혹시 말이오, 환희마궁이 이주해 간 곳에 대한 정보는 없
소? 소견이 남긴 흔적을 찾아냈는데 무사한 것이 확실해. 소
견을 꼭 구출해야만 하오."
  태옥교는 온화한 눈빛으로 그를 바라보았다.
  "이번에 공자께서 혈사성의 침공을 격파해 준 덕분에 전면
전을 피할 수 있었습니다. 이 자리에 공자를 모신 것은 또 한
번의 고마움을 보답하기 위해서입니다."
  "이미 두 알의 반사속명단을 주지 않았소?"
  "받은 은혜가 크기에 그 정도로는 부족합니다."
  태옥교는 몸을 일으켜 백무향 옆으로 바싹 붙어 앉았다.
  "환희마궁은 호북성 서쪽에 새로이 소굴을 마련했습니다.
사천성 깊은 곳에서 호북성까지 진출했다는 것은 노골적인
야망을 드러낸 것이라 할 수 있지요."
  백무향은 태백궁의 정보력에 내심 감탄을 금치 못했다.

“정확히 어디요?”

“아직 확실한 거처는 알아내지 못했습니다 은시(隱施) 부근으로 추정될 뿐입니다.”

“은시? 그 정도면 충분하오. 사해문 제자들을 몽땅 풀어서라도 은시 일대를 이 잡듯 뒤지면 밝혀지겠지.”

백무향은 그녀의 몸에서 풍기는 달콤한 체향에 본능적인 욕정을 느꼈다.

“한데 말이오, 오늘따라 왜 이렇게 매력적이오?”

“솔직히… 공자를 유혹하기 위해 꾸몄습니다.”

“그렇다면 울금향에 무언가를 탄 것도 의도적이오?”

태옥교가 가볍게 움찔했다.

“아, 알고 계셨어요?”

“뒷맛이 조금 이상하더군. 처음에는 몰랐는데 몇 잔을 마시면서 울금향에 어떤 약을 탄 것을 알았소.”

“사실입니다. 부… 부끄럽지만… 미약을 조금 넣었습니다.”

“미약?”

백무향의 표정이 묘하게 변했다. 그는 술잔을 내려놓으며 태옥교의 한쪽 어깨에 손을 얹었다.

“왜 미약 따위가 필요한 거요?”

태옥교이 양 볼이 발갛게 달아올랐다.

“소… 소녀는 공자를 모시고 싶습니다. 하오나 온전한 정신으로 대하기 너무 부끄러워…….”

“아, 그렇소?”

백무향은 태옥교를 와락 끌어안았다.

“술맛 버리게 왜 쓸데없이 미약 따위를 섞은 거요? 당신이 그저 눈짓만 보내도 얼마든지 안아줄 수 있는데.”

그는 접시를 모두 밀어내고는 그녀를 탁자 위에 눕혔다.

“아……!”

태옥교는 어린 새처럼 가늘게 떨며 눈을 감았다.

백무향은 벌겋게 충혈된 눈으로 내려다보다가 그녀의 젖가슴에 두 손을 얹었다.

참을 수 없는 유혹.

굳이 태옥교가 술에 미약을 타지 않았어도 그를 유혹하기에 충분했다. 청순함과 고귀함이 깃든 그녀의 매력을 누가 마다할 것인가.

한데 그녀의 젖가슴을 어루만지던 그의 두 손이 우악스럽게 어깨를 움켜쥐었다. 그는 불꽃 같은 안광을 발하며 차갑게 외쳤다.

“더러운 매춘부! 술에다 어떤 약을 탄 것이냐? 어서 말해!”

〈제3권으로 계속〉

다세포 소녀 원작 만화 출간!!

초등학생이 반드시 읽어야 할 좋은 책 49권

각 학년별로 초등학생이 반드시 읽어야할 좋은 책을 선정하여 통합논술의 기본이 되는 '올바른 독서법' 을 일깨워 줍니다.

교과서와 함께하는 초등학교 통합논술

초등1학년 | 값 12,000원 / 초등2학년 | 값 9,500원 / 초등3학년 | 값 11,000원 / 초등4학년 | 값 9,500원 / 초등5학년 | 값 9,500원 / 초등6학년 | 값 11,000원

♣ 혼자 할 수 있어요.

엄마가 책 읽는 방법을 가르쳐 주어도 좋아요.
독서지도하는 선생님이 가르쳐 주어도 좋답니다.
"초등 교과서와 함께하는 **통합논술 시리즈**"는
아이 스스로 독서할 수 있도록 꾸며진 책이에요.
엄마와 선생님은 요령만 가르쳐 주시면 된답니다.

♣ 교과서의 중요한 내용이 총정리되어 있어요.

각 학년별로 중요한 교과 내용이 함께 수록되어 있어요.
초등학생은 교과서 내용을 충실하게 공부해야 합니다.
아울러 그와 병행한 독서가 대단히 중요하지요.
"초등 교과서와 함께하는 **통합논술 시리즈**"는
두가지 방법 모두 알려준답니다.

♣ 이 책은 훌륭하신 선생님들이 함께 쓰신 책이랍니다.

동화작가 선생님들이 쓰셨어요. 소설가 선생님도 쓰셨답니다.
국어 논술독서지도 선생님들도 함께 쓰셨지요.
"초등 교과서와 함께하는 **통합논술 시리즈**"는
엄마의 마음으로 모든 선생님들이 함께 꾸민 책이랍니다.